本书由广东省高校创新团队项目"清代文学与大湾区文化底蕴发掘与研究"资助出版,谨致谢忱!

蒋 寅◎主编

清代文学研究

第一辑

中国社会科学出版社

图书在版编目(CIP)数据

清代文学研究. 第一辑/蒋寅主编. —北京：中国社会科学出版社，2024.7

ISBN 978-7-5227-3459-0

Ⅰ.①清… Ⅱ.①蒋… Ⅲ.①中国文学—古典文学研究—清代—文集 Ⅳ.①I206.2-53

中国国家版本馆CIP数据核字(2024)第079501号

出 版 人	赵剑英
责任编辑	郭晓鸿
特约编辑	杜若佳
责任校对	师敏革
责任印制	戴 宽

出　　版	中国社会科学出版社
社　　址	北京鼓楼西大街甲158号
邮　　编	100720
网　　址	http://www.csspw.cn
发 行 部	010-84083685
门 市 部	010-84029450
经　　销	新华书店及其他书店
印　　刷	北京明恒达印务有限公司
装　　订	廊坊市广阳区广增装订厂
版　　次	2024年7月第1版
印　　次	2024年7月第1次印刷
开　　本	710×1000　1/16
印　　张	16.25
插　　页	2
字　　数	229千字
定　　价	89.00元

凡购买中国社会科学出版社图书，如有质量问题请与本社营销中心联系调换
电话：010-84083683
版权所有　侵权必究

目 录

在中国发现批评史
　　——清代诗学研究与中国文学理论、批评传统的
　　　　再认识……………………………………… 蒋　寅（1）
生活在别处
　　——清诗的写作困境及其应对策略……………… 蒋　寅（29）
清代广东妇女著作知见辑补…………………………… 邓　丹（65）
今世只教学钗玉，人间何处不潇湘
　　——清代女作家吴兰征与《红楼梦》…………… 邓　丹（79）
阮元骈文观的形成及其历史意义……………………… 陈志扬（96）
章学诚重评韩愈古文史地位及其旨趣………………… 陈志扬（115）
广东地方曲艺之"红楼梦"作品初探………………… 李　静（139）
明清堂会演剧的形式、女观众与狎旦………………… 李　静（148）
文体记忆与文化记忆的协奏
　　——梁修《花埭百花诗》用典艺术初探………… 闵定庆（166）
节日狂欢氛围与花埭百花诗坛的共时性呈现
　　——试论《花埭百花诗》的"狂欢化"写作…… 闵定庆（181）
晚清岭南文化传承的自觉与乡土认知的新变
　　——以《南海百咏》的晚清流播为论述中心…… 翁筱曼（196）

文学地理学视野下的晚清学海堂文学教学 ………… 翁筱曼(215)
"盛世"情结:肌理说的生成背景 ………………… 张　然(226)
肌理说对文本与作者的区隔
　　——兼谈翁方纲对"穷而后工"的质疑 ………… 张　然(242)

在中国发现批评史
——清代诗学研究与中国文学理论、批评传统的再认识

蒋 寅

【摘 要】 近代以来，批评史乃至整个文学史研究始终是前重后轻、前实后虚，对明清以来关注不够。然而传统总是距离最近的部分对我们影响最大，由于明清文学理论与批评研究的薄弱，20 世纪中国文学理论和批评传统的构建，始终存在很大缺陷和偏颇。其中最突出的表现，便是学界对古代文论和批评持有三个偏见：其一，中国文学批评属于感悟式、印象式的；其二，没有成系统的理论著作；其三，缺少真正科学意义上的理论范畴，没有严格意义上的理论命题。但清代诗学的丰富文献将改变我们的看法，促使我们重新认识中国文学理论、批评的传统，看到它拥有的丰富的概念、命题和独特的批评形式，从而实现"在中国发现批评史"的学术理念。而真正意义上的批评史研究也是理论创新的一个重要前提。

【关键词】 文学理论；偏见；系统；命题；概念

从 1983 年我第一次参加中国古代文学理论学会的年会，在寻找古代文论民族性的主题下听到的各种对古代文论民族特色的概括，到三十年后在"失语症"或丧失话语权的令人沮丧的反思中听到的对古代文论"异质性"的强调，虽然心态和出发点完全不同，但思维方式和得出的结论却惊人的相似。明明是一个尚未登台的无交流

状态，却被偷换成没有声音的判断。中国香港学者黄维樑的这样一个感慨，竟似成为中国文论不言自明的判词："在当今的西方文论中，完全没有我们中国的声音。20世纪是文艺理论风起云涌的时代，各种主张和主义，争妍斗丽，却没有一种是中国的。"① 再经过一番追根溯源的反思，这笔账很大程度上被算到中国文论传统头上，于是在反思传统的名义下对传统文学理论和批评形成三个以偏概全的结论，这在很长一段时间内主导了我们对传统的认识。以至于今，当学人一谈到中国古代文论的传统，不自觉就陷入这些先入为主的观念中。

一 关于中国文学理论、批评的三个偏见

虽然三个偏见作为老生常谈随时都能听见、看到，但为了避免给人无的放矢的印象，我还是花了很大力气来搜集证据，以致本文延宕多年方得成稿。按照我的归纳，三个偏见表达为这样一些判断：

（一）中国文学批评属于感悟式、印象式的

早在20世纪30年代，朱光潜在欧洲留学期间写作《诗论》，就提出了"中国人的心理偏向重综合而不善分析，长于直觉而短于逻辑的思考"的论断②。长期以来，这一结论框定了后人对传统文学理论和批评基本性格的认识，限制了人们全面认识传统的视野。四十年后美国加州大学叶维廉又在1971年写作的《中国文学批评方法略论》一文中指出："中国的传统批评中几乎没有娓娓万言的实用批评，我们的批评（或只应说理论）只提供一些美学上（或由创作上反映出来的美学）的态度与观点，而在文学鉴赏时，只求'点到即止'。"③ 虽然他并不否认中国传统文学批评的功能和价值，但对事实的认定明显与朱光潜的论断如出一辙。而且这并不只是他们一两

---

① 黄维樑：《〈文心雕龙〉"六观"说和文学作品的评析——兼谈龙学未来的两个方向》，《北京大学学报》1996年第3期。
② 朱光潜：《诗论》，北京出版社2005年版，第1页。
③ 叶维廉：《从现象到表现》，台北：东大图书公司1994年版，第116页。

个人的看法，许多老一辈学者都这么认为。先师程千帆先生在1979年3月的日记中，记下他比较中西文艺理论得出的认识，以为中国文论"科学性、逻辑性不强，随感式的，灵感的，来源于封建社会悠闲生活"①。几十年过去，至今学界的一般看法仍是"西方美学偏于理论形态，具有分析性和系统性，而中国美学则偏于经验形态，大多是随感式的、印象式的、即兴式的，带有直观性和经验性"②。叶维廉举的例子以司空图《二十四诗品》为代表，虽然当代学者有不同的看法和评价，但仍同意以诗话为主体的中国诗学具有这样一些特点：一是，类比与譬喻式的论诗方式；二是，"语录"与"禅语体"式的批评话语；三是，"以诗论诗"的独特文体③。这些特点概括了今人对中国古代文学理论、批评言说方式的理解。

（二）没有成系统的理论著作

这种论断也由来已久。1924年，陈荣捷就断言："中土之文学评论，实不得谓为有统系的研究，成专门的学问。"④ 1928年出版的杨鸿烈《中国诗学大纲》也认为："中国千年多前就有诗学原理，不过成系统有价值的非常之少，只有一些很零碎散漫可供我们做诗学原理研究的材料。"⑤ 朱光潜《诗论》则说："中国向来只有诗话而无诗学……诗话大半是偶感随笔，信手拈来，片言中肯，简练亲切，是其所长；但是它的短处在零乱琐碎，不成系统。"⑥ 1977年，中国台湾学界曾有一场关于批评方法的论争，以夏志清与颜元叔为对立双方的代表。夏志清认为，当下的文学批评太过注重科学化、系统化，且迷信方法，套用西洋理论往往变成机械的比较文学研究；颜元叔则反驳说，夏志清是"印象主义之复辟"，并认为中国传统的文

---

① 徐有富：《程千帆沈祖棻年谱长编》，南京大学出版社2013年版，第288页。
② 转引自叶朗《中国美学史大纲》，上海人民出版社1985年版，第14页。
③ 方汉文：《当代诗学话语中的中国诗学理论体系——兼及中国诗学的印象式批评之说》，《兰州大学学报》2010年第3期。
④ 陈荣捷：《中国文学批评》，《南风》1924年第1卷第3期。
⑤ 杨鸿烈：《中国诗学大纲》，商务印书馆1976年版，第7页。
⑥ 朱光潜：《诗论》，北京出版社2005年版，第1页。

学批评，如诗话、词话都只是印象式的批评，主张批评应该基于理性的分析，而不应只停留在直觉层面和对作家传记的了解上。两人的对立观点引发了有关中国古代文学批评是不是主观的、印象主义式的论辩，议论蜂起，见仁见智①。但最终大家都承认，"中国文学批评确实比较没有系统，缺乏分析与论证，似乎较为主观。这点，颇令人沮丧"②。大陆文学理论家则往往在中西比较的视野下认定："西方的诗学理论有较强的系统性，而我国传统的理论则较为零散。因为西方传统理论重分析、论辩，当然就表现出很强的系统性；而中国的诗学理论批评重感受、重领悟，所以往往表现为片言只语。"③《中国诗学批评史》的作者陈良运也说中国诗学"缺少全面的、系统的诗学专著，诗人和诗评家关于诗的发展史及诗的创作与鉴赏等方面的见解与阐述，多属个人经验式和感悟式的，尚未自觉地进行理论建构和实现整体把握"④。非古典文学专业的学者尤其会认同这种看法，如周海波《中国现代文学批评史论》第一章就认为，中国古代批评家"从朴素的整体观念和直觉阅读感受出发，构筑了一个漫不经心的缺少严密逻辑推导和理性特点的批评框架。在批评文体专事记载阅读偶感和某种体验，是一些人生碎片的集合"，"而过分简单化的语句，又使人感到古典批评的某种空白艺术，那些零散的、断片的词句，在表达自己的批评思想时有些躲躲闪闪，而微观批评方法和考据式的方法，使整个批评文体缺少综合性"，因而"中国古典文学批评较之西方文学批评，主要缺少那种富有哲学精神的理性色彩"⑤。至于西方学者，限于自己接触到的少量文献，更容易产生一个印象："大多数有关诗歌及其本质的讨论都见于有关具体的诗歌

---

① 参见沈谦《文学批评的层次——从夏志清颜元叔的论战谈起》，《幼狮文艺》1977年第45卷第4期；收入《期待批评时代的来临》，台北：时报出版社1979年版。
② 龚鹏程：《细部批评导论》，《文学批评的视野》，台北：大安出版社1990年版，第390页。
③ 黄药眠、童庆炳编：《中西比较诗学体系》，人民文学出版社1991年版，第24页。
④ 陈良运：《论中国诗学发展规律、体系建构与当代效应》，钱中文编：《文学理论：迈向新世纪》，山东人民出版社1997年版，第483页。
⑤ 周海波：《中国现代文学批评史论》，上海人民出版社2002年版，第23页。

或对联的文章、书信或附带性言论的上下文之中；全面、整体性的理论著作往往是例外。从严格意义上讲，中文中确实没有与在内含与结构上系统表述的'理论'（theory）一词相对应的术语。于是，有必要提请注意的是，在言及中国古代诗歌理论时，人们所讨论的不外乎是某种不言而喻的样式，或以极有特点的词汇和论述策略重新建构起来的系统，而非概要分析样式的系统（synoptic models）。"① 这些议论足以代表当今对古代文论作为知识形态之特征的认识。

（三）缺少真正科学意义上的理论范畴，没有严格的意义上的理论命题

这一判断似乎出现得较晚，也许其部分指向已包含在上面第二个偏见中，所以我只见到《中国文学理论》的作者刘若愚曾说过："中国传统之诗评每散见于诗话、序文，以及笔记、尺牍之中，咳珠唾玉之言有余而开宗明义之作不足。纵有专著，亦多侧重诗人之品评次第，或诗句之摘瑜指瑕，或诗法之枝节推敲，而少阐发明确之概念与系统之理论。"② 季广茂也认为，中国诗学"缺少真正科学意义上的理论范畴，没有严格的意义上的理论命题，更不能严格地论证自己的结论，它更喜欢以比喻性的策略展示独特的内在感悟。这是一种典型的东方式诗学，不是西方意义上的理论，它展示出来的是东方式智慧而不是西方式的智力"③。这种看法应该是有普遍性的。曾对传统文论范畴意蕴的赋予、限定、派生和衍变的方式做过精彩论述的吴予敏，也认为"传统文论并无意于运用概念范畴建构一个自足的批评—理论话语系统"④。如果要为这种判断寻找理据的话，汪涌豪《范畴论》指出的古代文论范畴含义模糊性的两个

---

① 王晓路编：《北美汉学界的中国文学思想研究》，巴蜀书社2008年版，第1—2页。
② 刘若愚：《清代诗说论要》，《香港大学五十周年纪念论文集》第1辑，香港大学1964年版，第321页。
③ 季广茂：《比喻：理论语体的诗化倾向》，钱中文编：《文学理论：迈向新世纪》，山东人民出版社1997年版，第572页。
④ 吴予敏：《论传统文论的语义诠释》，《文学评论》1998年第3期；参看李旭《关于中国古代美学范畴和范畴体系建构问题》，《江西社会科学》2003年第5期。

表现——"一是用词多歧义，没有明确界说；二是立辞多独断，缺乏详细的论证"①，也可引为佐证。这都是关于中国古代文论话语特征的一种普遍认识。

上述三种判断当然不能说是完全错误的或者违背事实的，谁都知道，任何老生常谈都必定包含着某些一般意义上的正确知识。如果它们指涉的对象都只限于唐宋以前的文学理论和批评——论者作为例证举出的文献，清楚表明其立论的基础是唐宋以前的资料——那或许也可以说大体不错。但如果要将元明清文论和批评都包括进来，就未免太唐突了。我所以称上述论断为偏见而不说是谬见，就是说它们是部分正确同时含有很大偏颇的判断，在说明一部分事实的同时遮蔽了另一部分事实——也未必是刻意遮蔽，只不过是不了解而已。只要我们认真调查和阅读一下元代以来尤其是清代的文学批评文献，就会获得不同的印象，得出不同的结论。

二　清代诗学提供的另一种历史认知

自近代以来，批评史乃至文学史研究被一种先入为主的价值观所主导，始终是前重后轻、前实后虚，对明清以来的大量文献关注不够。本来，传统总是距离最近的那部分对我们影响最大：对沈德潜影响最大的是王渔洋、叶燮而不是钟嵘、皎然，对王国维影响最大的是纪晓岚、梁启超而不是刘勰、严羽。但我们谈论传统时却总是有意无意地忽略了这一点，总是将《文心雕龙》《诗品》《诗式》《二十四诗品》《沧浪诗话》作为古典文论的代表，顶多再加上《姜斋诗话》《带经堂诗话》《原诗》《艺概》。这个传统序列，说它不能反映古代文学理论和批评的面貌，当然是不妥的；但若认为它能全面反映古代文学理论和批评的面貌，就更有问题，起码说存在很大的缺陷和偏颇。清代文学家程晋芳《正学论》论及治宋学者未尝弃汉唐，

---

① 汪涌豪：《范畴论》，复旦大学出版社1999年版，第81页。

而治汉学者独弃宋元以降的问题，曾有言：

> 唐以前书，今存者不多，升高而呼，建瓴而泻水，曰："我所学者，古也。"致功既易，又足以动人。若更浸淫于宋以来七百年之书，浩乎若涉海之靡涯，难以究竟矣。是以群居坐论，必《尔雅》、《说文》、《玉篇》、《广韵》诸书之相砺角也，必康成之遗言，服虔、贾逵末绪之相讨论也。古则古矣，不知学问之道，果遂止于是乎？①

这是讥讽治汉学者仅抱着秦汉以上有限的文献，螺蛳壳里做道场，不知后代学问的发展。既然清代经学家已意识到，不了解晚近的著述，只在有限的秦汉文献里打转，就不可能有经学的进境。如今研究古代文学理论和批评，不了解明清以来的丰富文献，又怎么能全面和正确地理解中国文学理论、批评的传统呢？

元明清三代的文学理论和批评文献一直处于半沉睡状态中，相比古代文学其他领域，文献整理工作明显滞后。毕生致力于搜集古代文论资料的郭绍虞曾说清诗话有300多种，吴宏一《清代诗学初探》（牧童出版社1977年版）后附"清诗话知见书目"也著录300多种，让学界误以为清诗话就是有限的这些书。可根据我《清诗话考》（中华书局2007年版）的著录，见存书籍已达977种，待访书506种，计1483种。再据杜泽逊主编《清人著述总目》所增见存书46种，待访书144种②，加上我自己后来搜集的资料，总数已达到1790种。这个数目是明代以前诗学文献总和的几倍！再加上众多的文话、赋话、词话、曲（剧）话、小说评论，清代文学理论和批评著作达两千余种。我不清楚整个欧洲在这近二百七十年间是否出版过如此众多的文学理论、批评著作？欧洲学者若忽视同一时期的

---

① 程晋芳：《正学论》四，《勉行堂诗文集》，黄山书社2012年版，第694页。
② 杜泽逊编：《清人著述总目》系未刊稿，其所补清诗话书目见江曦、李婧《清诗话拾遗》，《中国诗学》第19辑，人民文学出版社2015年版，第2633页。

书籍，就不可能产生韦勒克《近代文学批评史》这样的巨著。然而我们在忽略清代文献的情况下写作的文学理论史和批评史，究竟能在多大程度上反映中国文学理论和批评的传统，实在很让人存疑。

有清近二百七十年帝祚，不仅是中国古代封建社会的末期，也是传统文化的总结期。在浓厚的学术风气下，文学理论和批评也步入一个崭新的时代。我多年研究清代诗学所得到的一个基本认识，就是只有到清代，中国文学理论和批评才真正成为一门学问。我曾将清代诗学的学术特征和历史意义概括为这样一段表述：

> 中国古代诗学的理论框架到明代已告完成，清代诗学的贡献主要是在内容的专门化、细节的充实和深描，其成就不是基于一种创造性的冲动，而是基于一种征实的学术精神。清代诗论家不再满足于将自己对诗的理解、期望和判断表达为一种主张，而是努力使之成为可以说明的，可以从诗歌史获得验证的定理。大到一种观念的提出，小到一个修辞的揭示，他们不仅付以多方的论述，而且要在历史的回溯中求得证实，从前人的诗歌文本中获得印验。清代诗学著述因此而显出浓厚的学术色彩，由传统的印象性表达向实证性研究过渡。①

梁启超曾将有清一代学术的基本精神概括为"以复古为解放"，而"其所以能著著奏解放之效者，则科学的研究精神实启之"②，这也就是章太炎所说的"一言一事，必求其征"③。在清代严谨的实证学风熏陶下，清代的文学研究也表现出学术性、专门性、细致性的特点，清代诗学无比丰富的历史经验与实践成果足以纠正今人的三个偏见，让我们重新体认中国文学理论和批评的固有传统。

---

① 蒋寅：《清代诗学史》第1卷，中国社会科学出版社2012年版，"绪论"第19—20页。
② 梁启超：《清代学术概论》，东方出版社1996年版，第7页。
③ 章太炎：《检论》卷四"清儒"，《章太炎全集》第3册，上海人民出版社1984年版，第479页。

三　清代诗学实践与传统的再思

传统不是一个僵死的东西，它永远存续于生生不息的诠释和建构中。由三个偏见支撑的一般认识主导着当今对古代文论、批评传统的诠释和构建，而清代诗学经验和实践的加入，必将在很大程度上改变我们现有的对传统的认知。

首先我们要注意，清代诗论家绝不像喜欢炫博的明人那样大而化之地泛论诗史，他们更多地致力于对专门问题进行持续而深入的探究，在诗人传记考证、语词名物训释、声调格律研究、修辞技巧分析各方面，都有远过于前人的杰出成果。前人研究诗学，目的主要在于滋养自己的创作；而清人研究诗学，却常出于纯粹的学术兴趣。一些很专门的问题，会引起学人的共同关注，各自以评点、笔记乃至诗话专著的形式发表自己的见解。比如反思明代复古思潮所激发的唐宋诗之争，"泛江西诗派"观主导下不断涌现的江西地域诗话[①]，古音学复兴所催生的古近体诗歌声调研究，性灵论思潮引发的学人之诗与诗人之诗的辨析，等等，都是清代诗学史上的重要现象。古诗声调之学，自康熙间王士禛、赵执信肇端，在乾、嘉浓厚的考据风气中得到更细致的推进。到道光年间，郑先朴《声调谱阐说》终于以彻底的量化分析避免了举例的随意性和结论的不周延性[②]，至今看来仍是很有科学精神的研究。像这样以精确的数学模型来统计、分析一个文学现象，验证一条写作规则的研究，在清代以前是难以想象的。类似的例子还可以举出李因笃对杜甫律诗字尾的研究。《杜诗集评》卷一一引朱彝尊评云：

> 富平李天生论少陵自诩"晚节渐于诗律细"，曷言乎细？凡

[①] 张寅彭：《略论明清乡邦诗学中的"泛江西诗派"观》，《文学遗产》1996年第4期。
[②] 有关清代古诗声调学说的研究，参见蒋寅《古诗声调论的历史发展》，陈平原等编《学人》第11辑，江苏文艺出版社1996年版，第405—448页。

五七言近体，唐贤落韵其一纽者不连用，夫人而然。至于一三五七句用仄字，上去入三声少陵必隔别用之，莫有叠出者。予尚未深信，退与李武曾诵少陵七律，中惟八首与天生所言不符：其一《郑驸马宅宴洞中》诗叠用三入声，其一《江村》诗叠用二入声，其一《秋兴》诗第七首叠用二入声，其一《江上值水》诗叠用三去声，其一《题郑县亭子》诗叠用三去声，其一《至日遣兴》诗叠用二去声，其一《卜居》诗叠用三去声，其一《秋尽》诗叠用三入声。观宋、元旧雕本，暨《文苑英华》证之，则"过江麓"作"出江底"，江不当言麓，作底良是；"多病"句作"但有故人分禄米"，"夜月"作"月夜"，"漫兴"作"漫与"，"大路"作"大道"，"语笑"作"笑语"，"上下"作"下上"，"西日落"作"西日下"。合之天生所云，无一犯者。①

尽管他们的统计或因标准的歧异，与当代学者的研究结果不太一致②，但讨论问题的方式是实证性的，用归纳法将问题涉及的全部材料一一作了验证。仇兆鳌《杜诗详注》卷一《郑驸马宅宴洞中》也曾引述李因笃的说法，举出具体版本覆验其结论，所举篇目虽较朱彝尊为少，但讨论更为扎实。汪师韩《诗学纂闻》针对有人提出五古可通韵，七古不可通，杜甫七古通韵者仅数处的结论，检核杜诗，知杜甫通韵共有十一例，又考唐宋诸大家集，最后得出结论："长篇一韵到底者，多不通韵；而转韵之诗，乃有通韵者。盖转韵用字少，故反不拘；不转韵者用字多，故因难见巧。"③ 这种实证精神后来一直贯穿在清代的诗学研究中，即使一个细小的论断也要将有关作品全数加以复按、统计。这种追求精密的实证态度成就了清代

---

① 此说又见于朱彝尊《曝书亭集》卷三三《与查德伊编修书》，有关探讨详见蒋寅《清初李因笃诗学新论》，《南京师范大学学报》2003 年第 1 期。
② 据简明勇《杜甫七律研究与笺注》（五洲出版社 1973 年版）统计，杜甫 151 首七律中，上去入三声递用的例子只有 56 首，占总数的近三分之一。
③ 汪师韩：《诗学纂闻》"通韵"，丁福保辑《清诗话》，上海古籍出版社 1978 年版，第 449—450 页。

诗学的学术性，也构成了中国诗学批评非印象式的实证的一面。

其次我想指出，如果只看诗话和诗选中言辞简约的评点，的确容易对中国古代文学批评产生零星散漫、语焉不详的印象。但这只是问题的一方面，清代还有一些很典型的细读文本。比如金圣叹选批唐诗、杜诗，徐增《而庵说唐诗》，一首诗动辄说上几百字甚至上千字；吴淇《六朝选诗定论》说《易水歌》，多达一千二百字；佚名《杜诗言志》、酸尼瓜尔嘉氏·额尔登谔《一草堂说诗》，也是类似的解说详尽的杜诗评本。为举子示范的大量试帖诗选本，解析作品更细于普通的诗选。最近在湖南省图书馆看到一种麓峰居士辑评《试帖仙样集裁诗十法》，乃是这类书中的极致之作。每首诗都从题、格、意、笔、句、字、韵、典、对、神气十个方面来讲析，故曰裁诗十法①。不难想象，一首诗经这十法就像十把刀剖析一番，其意义和表现形式将被解剖得多仔细！

这种详细的解说、评析正是古典诗歌批评的原生态，其方法论核心就是许印芳所说的："诗文高妙之境，迥出绳墨蹊径之外。然舍绳墨以求高妙，未有不堕入恶道者。"②因此，古人研讨诗艺和诗论惯于从作品的细致揣摩入手，日常披览和师生讲学莫不深细微至。可是最后形成文字，为什么又这么零星和简约呢？中国台湾诗学前辈张梦机的解释是："在过去，这种被我们认为印象式的批评，能大行其道，可见得当时创作者、批评者、读者之间，借这类文字相互沟通时，并没有遇到我们今天所遭遇的不可理解的障碍。那是因为在过去，创作、批评、阅读是三位一体的，因此古人能在不落言诠的情况下，会然于心。"③这么说当然是有道理的，我还想再补充一个理由，那就是出版的艰难。古代雕版印刷非常昂贵，即使是王士禛这样的达官也难以承受。除非像周亮工、张潮、金圣叹这样家有刻工，

---

① 麓峰居士辑评《试帖仙样集裁诗十法》卷首，清咸丰六年（1856）刊本。
② 许印芳：《诗法萃编序》，《丛书集成续编》第158册，上海书店出版社1994年版，第243页。
③ 张梦机：《鸥波诗话》，台北：汉光文化事业公司1984年版，第80页。

或兼营出版，否则市场价值不高的诗文评是很难上梓的，甚至誊抄也价格不菲。考虑到这一点，一般诗文评点只保留最精彩的部分，就很容易理解了。

但以上两个解释都绝不意味着简约一定与随意漫与的印象式批评相联系。清代诗学除了作品细读与新批评派的封闭式阅读可有一比外，作家批评也呈现出细致和实证的趋向。一些兼为学者的诗人，写作诗话之审慎、细密就更不用说了。赵翼《瓯北诗话》卷四专论白居易，第七则评"香山于古诗律诗中又多创体，自成一格"，所举计有以下几点。一、如《洛阳有愚叟》五古、《哭常侍崔晦叔》五古"连用叠调"作排比之体。二、《洛下春游》五排连用五"春"字作排比之体。三、和诗与原唱同意者，则曰和；与原唱异意者，则曰答。如和元稹诗十七章内，有《和〈思归乐〉》、《答桐花》之类。四、五言排律"排偶中忽杂单行"，如《偶作寄皇甫朗之》中忽有数句云："历想为官日，无如刺史时。"下又云："分司胜刺史，致仕胜分司。何况园林下，欣然得朗之。"五、五七言律"第七句单顶第六句说下"，如五律《酒库》第七句"此翁何处富"忽单顶第六句"天将富此翁"说下，七律《雪夜小饮赠梦得》第七句"呼作散仙应有以"单顶第六句"多被人呼作散仙"说下。六、五排《别淮南牛相公》自首至尾，每一句说牛相，一句自述，自注："每对双关，分叙两意。"七、以六句成七律，李白集中已有，而白居易尤多变体。如《樱桃花下招客》前四句作两联，后两句不对；《苏州柳》前两句作对，后四句不对；《板桥路》通首不对，也编在六句律诗中。八、七律第五、六句分承第三、四句，如《春晚咏怀赠皇甫朗之》："一岁中分春日少，百年通计老时多。多中更被愁牵引，少里兼遭病折磨。"赵翼不仅抉发出这些创格，还肯定它们都属于"诗境愈老，信笔所之，不古不律，自成片段"，虽不免有恃老自恣之意，要之可备一体①。这样的批评还能说是印象式的吗？放在今天或许要

---

① 赵翼：《瓯北诗话》卷四，《赵翼全集》第5册，凤凰出版社2009年版，第33页。

被以新理论自雄者鄙为学究气吧?

与这种学术色彩相应的是,清代诗学在理论与批评两方面都清楚地显示出学理化的自觉,实践的理论化和理论的实践性时刻盘旋在论者的意识中。今人每每遗憾中国古代缺乏"成系统的理论著作",所谓成系统的理论著作,如果是指《文心雕龙》那样条理井然的专著,那么南宋魏庆之《诗人玉屑》已可见系统的诗歌概论之雏形。元代以后类似的汇编诗法层出不穷,如近年因《二十四诗品》辨伪而为人关注的怀悦刊《诗家一指》以及朱权《西江诗法》、周叙《诗学梯航》、黄溥《诗学权舆》、宋孟清《诗学体要类编》、梁桥《冰川诗式》、王槚《诗法指南》、谭浚《说诗》、杜浚《杜氏诗谱》、题钟惺纂《词府灵蛇》等,其中有的在清代仍占据蒙学市场很大份额。乾隆间朱琰曾提到,署明代王世贞编的《圆机活法》是坊间翻印不绝的畅销书①。清代所编的这类诗话起码有 40 多种,较重要的有费经虞辑《雅伦》、伍涵芬辑《说诗乐趣》、佚名辑《诗林丛说》、张承燮辑《小沧浪诗话》等,而以游艺辑《诗法入门》、蒋澜辑《艺苑名言》、徐文弼辑《汇纂诗法度针》三种最为流行,书版被多家书肆辗转刷印,我在《清诗话考》中分别著录有 15 个、14 个和 18 个版本行世。

这类书籍都是编者从自己对诗学知识框架的理解出发,汇编前代诗论而成。以游艺辑《诗法入门》五卷为例,卷首"统论"辑前人泛论诗法之语,卷一"诗法"包括诗体、家数及诗学基本范畴,卷二"诗式"选古今名人诗作示范各种诗歌体式,卷三为李、杜两家诗选,卷四为古今名诗选,四卷外别有诗韵一册。这种"诗法+诗选+诗韵"的结构,是清代蒙学诗法、诗话的典型形态。王楷苏《骚坛八略》、钟秀《观我生斋诗话》则是清人新撰之书的代表。此类诗话向来不为诗家所重,但在我看来却有特殊的价值,从中可以窥见编者总结、提炼历代诗学菁华的自觉意识。如游艺辑《诗法入

---

① 朱琰辑:《诗触自序》,清嘉庆三年(1798)重刊本。

门》卷一总论部分，采入元人《诗法家数》"作诗准绳"及《诗家一指》"诗家十科"所归纳的诗学基本概念，使古典诗学的概念系统骤然变得清晰起来。晚清侯云松跋张燮承《小沧浪诗话》说"虽曰先民是程，实则古自我作"①，一语道破这类汇编诗话对于构建古典诗学传统的重要意义。这类书籍在当时都非常普及，像今天的教材一样占据初级阅读市场的很大份额，主导着普通士人的诗学教养。没有人会说今天的各类教材是不成系统的知识，那么对古代这种教材式的蒙学诗话又该怎么评价其系统性呢，如果我们能正视其存在的话？

由于诗家不重，藏书家不收，这些曾非常普及的蒙学诗话大多亡佚，少数若存若亡，自生自灭，于是中国诗学中数量庞大的"成系统的理论著作"就落在了当代研究者的视野之外。而众目睽睽所见的精英诗话，又总是以不袭故常、自出创见为指归，意必心得，言必己出，于是一条一条就显得孤立而零星，常给人不成系统的印象。尽管如此，清诗话中仍不乏思维缜密、明显有着条理化倾向的作品，赵翼《瓯北诗话》就不用说了，贺裳《载酒园诗话》也是很有系统性的一种。此书卷一论皎然《诗式》"三偷"，共十则诗话，以古代作品为例，说明：一、古诗中的"偷法"有"或反语以见奇，或循蹊而别悟"的效果；二、"偷法"一事，名家所不免；三、"偷法"每有出蓝生冰之胜；四、"偷法"意不相同者，不妨并美；五、蹈袭得失有不同，系于作者见识；六、聂夷中诗多窃前人之美；七、"偷法"妙在以相似之句，用于相反之处；八、诗有同出一意而工拙自分者；九、历代对"偷法"的态度不同；十、诗家虽厌蹈袭，但翻案有时更为拙劣。将这十条稍加整理，就是一篇内容相当全面的《摹仿论》。论柳宗元的部分，也同样是涉及多方面内容的作家论。类似这样的作品，虽还保留着诗话固有的散漫形态，但内容已具有清晰的条理。这很大程度上是得力于清代严谨的学术风气的熏陶。

---

① 侯云松：《小沧浪诗话跋》，贾文昭编《皖人诗话八种》，黄山书社1995年版，第371页。

如果我们的眼光不是局限于体兼说部的诗话，而扩大到更多的文献部类，那么清代诗学就有许多有系统有条理的作品进入我们的视野，包括序跋、书札甚至专题论文。清代别集卷首所载的序跋和文集中保存的诗序，保守地估计也有十多万乃至二十多万篇。文集和尺牍集保存的论诗书简，是比诗序更真实地反映作者诗歌观念的文献。金圣叹的诗学理论主要见于尺牍，黄生的《诗麈》卷二是与人论诗书简的辑存，侯朝宗《与陈定生论诗书》是较早全面论述云间派诗学及其历史地位的诗史论文①，焦袁熹《答钓滩书》则是迄今所见最全面地论述"清"这一重要诗美概念的长篇论文②，黄承吉《读关雎寄焦里堂》诗附录寄焦循书也是对"诗之大要，情与声二者"的全面陈述③。明清之交以及后来刊行的各种尺牍集中收录了大量的论诗书简，是尚未被有效利用的重要资料。书札之外，清人文集中还每见有各种诗学专题论文，最著名的当然是冯班《钝吟文稿》所收《古今乐府论》《论乐府与钱颐仲》《论歌行与叶祖德》，翁方纲《复初斋文集》所收《神韵论》《格调论》《唐人律诗论》《杜诗"精熟文选理"理字说》《韩诗"雅丽理训诰"理字说》《黄诗逆笔说》《李西涯论》《徐昌谷诗论》等文。王崧《乐山集》中的《诗说》三卷在当时也小有名气。至于像柴绍炳《柴省轩文集》中的《唐诗辨》《杜工部七言律说》，刘榛《虚直堂文集》中的《西江诗派论》，干建邦《湖山堂集》中的《江西诗派论》，许新堂《日山文集》中的《乐府诗题考》，陈锦《勤余文牍》中的《论赵秋谷声调谱》，吴昆田《漱六山房全集》中的《拟文心雕龙神思篇》，郭传璞《金峨山馆乙集》中的《作诗当学杜子美赋》《建安七子优劣论》等论文，还有待于我们去披阅发掘。这类专题论文无疑是清代学术专门化的产物，也是清代诗学独有的文献资源，注意到这批文献的存

---

① 周亮工辑：《赖古堂名贤尺牍新钞》卷九，清宣统三年（1911）国学扶轮社石印本。
② 此文收在中国社会科学院文学研究所藏《此木轩文集》稿本中，内容可参见蒋寅《古典诗学中"清"的概念》，《中国社会科学》2000年第1期。
③ 黄承吉：《梦陔堂诗集》卷二，燕京大学图书馆1939年版。

在将改变我们对古代文学理论和批评著述形式的认识。

说到底，对中国古代缺乏成系统著作的遗憾，纯粹源于对中国文学理论、批评文体形态及言说方式多样化的漠视。有关各类文学评论资料的价值，学界已有认识[①]，但各类文献在诗学体系中承担的功能还很少为人注意[②]。不同文体的诗学著作，谈论诗歌的方式和态度是不一样的，在诗学体系中的建构功能也各有所长。选本使作品经典化，评点负责作品细读，目录提要完成诗学史的构建。而序言则多借题发挥，或阐发传统诗学命题，或借古讽今，批评时尚和习气。王士禛便每借作序发挥司空图、严羽的学说。清初诗家对宋诗风的批评，乾、嘉诗家对"穷而后工"的阐说，也很常见。书信通常是系统阐述自己的诗学观念并用以往复辩难的体裁。沈德潜、袁枚往复论诗书简针锋相对地表明其理论立场，是个著名的例子，也是研究其诗学观念的重要材料；李宪乔与袁枚、李秉礼往来论诗书简[③]，则是尚未被人注意的珍贵史料。李重华《贞一斋诗说》首列"论诗答问三则"也像是论诗书简的辑存，很详细地论述了音、象、意三个要素，神运、气运、巧运、词运、事运五种能事以及学诗的步骤[④]。这种有针对性的答问，往往包含从定义到分析、论证的完整过程，当然是很严谨的理论表述，如同一篇专题论文。一些诗论家喜欢用设问的方式提出问题，然后有针对性地阐述自己的诗学见解，于是成为很有系统的理论著作。叶燮《原诗》是个典型的例子，《四

---

① 参见杨松年《中国文学评论史编写问题论析》第二章"诗论作品范围之检讨"，台北：文史哲出版社 1988 年版，第 11—120 页；张伯伟《中国古代文学批评方法研究·下编》，中华书局 2002 年版。

② 我只见到宇文所安《中国文论：英译与评论》"导言"（王柏华、陶庆梅译，上海社会科学院出版社 2003 年版，第 6—10 页）提到这一点。

③ 李宪乔：《凝寒阁诗话》，《高密三李诗话》，山东博物馆藏抄本。李宪乔《与李秉礼论诗札》册页，浙江浙商拍卖有限公司 2011 年春季艺术品拍卖会，http：//auction.artxun.com/paimai-57109-285542246.shtml，2014 年 8 月 14 日访问。

④ 郑方坤：《本朝名家诗钞小传》卷四"贞一斋诗钞小传"记其尝从李重华问诗学，告之曰："夫诗有三要，发窍于音，征色于象，运神于意，三者缺一焉不可"，又谓"诗之在人也，其始油然而生，其终谡然有节，要惟六义为其指归。故凡艳冶流荡与夫怪僻险仄之调，宜无复慕效焉"，知此言殆即答郑方坤之问（龙威秘书本）。

库全书总目》敏锐地指出它是"作论之体"①，可见前人对文学理论的不同表述方式是有清晰意识的。不了解或忽视古人对文学理论、批评文体的掌握，而仅向资闲谈的诗话体裁要求严密的逻辑体系或学术化的表达，无异于缘木求鱼。相反，多加注意那些数量丰富的论诗书简以及《载酒园诗话》《瓯北诗话》之类的作品，注意不同诗学文本在言说方式和批评功能上的差异，或许会改变我们中国古典诗学缺乏成系统著作的偏见。同时再考究一下，我们印象中的那些成系统的西方文论著作又是产生于什么年代，在17世纪之前，西方又有多少那样的理论著作？或许我们对许多老生常谈的判断都要重新斟酌，是否还可以那么言之凿凿？多年来中西文学、文论比较，其实十分缺乏年代概念，当学者们提到中国时，往往是在说13世纪以前的中国，而说到西方时，却又是在说文艺复兴以后的西方。文艺复兴以后的西方，年代只相当于明代中叶，文艺复兴"三杰"和"前七子"同时，伏尔泰、狄德罗和袁枚同时，柯尔律治发表那本结构散漫的《文学传记》时，张维屏已在两年前完成了《国朝诗人征略》初编十卷。沈德潜去世的次年，美学老人黑格尔刚出生。康德发表《判断力批判》时，翁方纲正在将他最崇敬的前辈诗人王渔洋的诗学著作编刻为《小石帆亭著录》，后者在一百年前已阐发了那种后来被命名为印象主义的艺术理论②……或许我们可以说，中国人不是不会那样思维，或那样言说，那样写作，只有那些希望成为或正在担任教授的人才会去那样写书，而中国最杰出的文人恰恰都不在学校里，而在担任各种行政职务。所以，关于文学理论的著述形式差异问题，与其求之思维方式，而不如求之教育制度、文人生存方式。

最后我想说，认为中国文论缺少科学和严格意义上的理论范畴和理论命题，也是一个经不起质疑和检验的偏见。多年来一直致力

---

① 纪昀等：《四库全书总目》，中华书局1965年版，第1806页。
② 关于王渔洋"神韵"诗学的印象主义倾向，可参见蒋寅《王渔洋"神韵"的审美内涵及艺术精神》（《中国社会科学》2012年第3期）的论述。

于古代文论体系构建的学者吴建民在《古代文论"命题"之理论建构功能》一文中已指出,命题是古代文论家表述思想观点的重要方式,是古代文论体系构建的基本因素①。我不仅赞同他的观点,更想强调一下,丰富的概念和命题乃是中国古代文学理论和批评最显著的特点之一。读者只要检核一下《文心雕龙辞典》(中华书局2009年版)或拙纂《原诗笺注》(上海古籍出版社2014年版)后附"索引",相信就会同意上述判断。

古典诗学概念的系统化,至迟到元代杨载《诗法家数》"作诗准绳"——立意、炼句、琢对、写意、写景、书事用事、下字、押韵及佚名《诗家一指》"诗家十科"——意、趣、神、情、气、理、力、境、物、事,已奠其基,只不过不太引人注目,直到清初游艺《诗法入门》辑录其说,才成为普及性知识。在明代诗学论著中,诗论家开始对前人提出的诗学概念加以美学的反思,并尝试联系特定的创作实践来诠释其审美内涵。通过神韵、清、老等诗美概念的研究,我发现,它们的美学意涵都是到明代胡直、杨慎、胡应麟手中才得到反思和阐发的。所以,要说诗文评概念的模糊性,在元代以前的文献中或许较为常见,明代以来这种情形大为改观,清诗话中对概念的玩味和阐释已变得很经常化和普遍化了。在撰写《清代诗学史》第1卷时,我曾注意到,陈祚明《采菽堂古诗选》使用的基本审美概念约有135个,组成双音节复合概念近600个。如此繁富的批评术语固然能显示陈祚明过人的审美感受力,但这还只是表面现象。更能说明问题实质的是,他用这些术语来评诗时,常伴有对术语本身的精当品鉴和辨析。比如评谢朓《治宅诗》"结颇雅逸",顺便提到:"雅与逸颇难兼,雅在用词,逸在命旨。"评王僧孺《为人述梦》含有对"尖"的品玩:"写虚幻能尽情若此,中间如以字、方字、极字、恣字,俱是梦境,故有趣。然太尖太近,直接晚唐。

---

① 黄霖、周兴陆编:《视角与方法:复旦大学第三届中国文论国际学术研讨会论文集》,凤凰出版社2013年版,第135—139页。

诗诚尖，能尖至极处，中无勉强处，无平率处，便自成一种，亦可玩，郊、岛不能也。古人用意，何尝不尖，但不近耳。"① 还有评陈后主诗论及的"清丽"："人才思各有所寄，就其一时之体，充极分量，亦擅一长，况清丽如六朝者乎？六朝体以清丽兼擅，故佳。丽而不清，则板；清而不丽，则俚。人以六朝为丽，吾尤赏其清也。"② 如此细致的辨析不能不说是长年读诗、评诗的经验所凝聚的带有规律性的认识，具体的审美感悟已得到理论提升，形成概念群的意识，并对概念的内涵、外延有清晰的把握。

在这样的理论语境中，甚至以定义的方式来诠释诗文评概念，在清诗话中也不乏其例。汪师韩《诗学纂闻》论述"绮丽""诗集""杂拟杂诗之别""通韵"等问题，繁征博引，细致辨析，一如今日的专题论文。王寿昌《小清华园诗谈》卷上"条辨"则阐释了有关诗格和诗美的基本概念、命题44个，一一举诗例印证，使读者易于体会。如释志向曰：

> 在心为志，发言为诗。志淫好辟，古有明征矣。且如魏武志在篡汉，故多雄杰之辞。陈思志在功名，故多激烈之作。步兵志在虑患，每有忧生之叹。伯伦志在沉饮，特著《酒德》之篇。刘太尉（琨，引者注，下同）志在勤王，常吐丧乱之言。陶彭泽志在归来，实多田园之兴。谢康乐志在山水，率多游览之吟。他如颜延年志在忿激，则咏《五君》。张子同（志和）志在烟波，则歌《渔父》。宋延清志在邪媚，因赋《明河》之篇。刘梦得志在尤人，乃作看花之句。凡此之伦，不一而足。惟杜工部志在君亲，故集中多忠孝之语。《曲礼》曰"志之所至，诗亦至焉"，不信然乎？故学者欲诗体之正，必自正其志向始。③

---

① 陈祚明：《采菽堂古诗选》，上海古籍出版社2008年版，第657、796页。
② 陈祚明：《采菽堂古诗选》，上海古籍出版社2008年版，第904页。
③ 王寿昌：《小清华园诗谈》，郭绍虞辑《清诗话续编》，上海古籍出版社2016年版，第1762页。

如此行文虽不同于严格的定义样式，但通过引证、举例，大体也阐明了概念和命题的内涵。遇到性情、真、自然、含蓄、逸这些内涵丰富的概念，还会从多个角度举例说明，使其内涵得到全面的展示。这方面的个别例子更多，足以让人惊异老生常谈中竟留有偌大的阐释空间，同时为清人的理论开拓能力所折服。在明清两代的序跋中，刻意阐发旧有命题的文字最多，凡"诗以道性情""兴观群怨""温柔敦厚""穷而后工""真诗""诗有别才"乃至咏物的"不粘不脱、不即不离"等，无不被反复诠释和借题发挥。即以"诗史"为例，钱谦益《胡致果诗序》从国变史亡、诗可征史的角度对"以诗存史"提出一种极致的理解[1]；黄宗羲《万履安先生诗序》又从诗乃精神史所寄托的角度，指出借诗可以考见史籍不载的"天地之所以不毁，名教之所以仅存"的精神变迁[2]；方中履《誉子读史诗序》则从正史作为权力话语的角度，揭示"君臣务为讳忌，予夺出于爱憎"的倾向性[3]，说明以诗论史得以存公论在民间的意义。如此深刻而多向度的阐发，岂能说没有严格意义上的理论命题？许多理论命题甚至显示出超前的历史眼光和理论深度。

总之，当今学界流行的三个偏见，都是在说明唐宋以前古代文论部分事实的同时置元明清三代更为丰富、深刻的文学理论和批评成果于不顾的片面结论，对于古代文学理论、批评传统的认识很不完全，未能注意到明清以来文学理论、批评的长足发展所带来的言说方式、著述形态和话语特征的变化，以及由此形成的强有力的学术潮流及发展趋势。这一缺陷在妨碍正确认识传统的同时，也影响到当代中国文学理论和批评的自我认同乃至自身建构的信心。当我们对传统抱有上述成见，就会切断现代中国文学理论和批评与传统的血缘关系，将所有具备现代性的特征都视为西学的翻版，视为无根的学问而丧失理论自信。这又不可避免地涉及无处不在的现代性

---

[1] 钱谦益：《牧斋有学集》，上海古籍出版社1996年版，第800—801页。
[2] 黄宗羲：《黄梨洲文集》，中华书局1959年版，第346页。
[3] 方中履：《汗青阁文集》卷上，清康熙间刻本。

问题，跌入中国内部有无自发的现代性的理论窠臼中。这不就是理论的宿命么？问题的答案只能在对晚近文学理论、批评史的深入研究中找寻。

四　在中国发现批评史

相信上面对清代诗学的有限回顾已足以让我们对中国文学理论、批评的传统产生新的认识，甚至于改变上述三种偏见。美国历史学家保罗·柯文（Paul A. Cohen）曾提出"在中国发现历史"，中国文学理论、批评史也同样存在一个重新发现的问题。所谓发现不是为了获取一个中国中心论的立场，而是要建立起中外文论对话的平台。清代文献的长久被忽视，已使中国文学理论、批评的传统变得模糊不清，现有的认识含有很多片面的判断。我近年致力于清代诗学史研究，很大程度上正是针对这一学术现状，希望通过清代诗学史的全面挖掘和构建初步勾勒出中国文学理论、批评走向现代的历程。作为研究古代文论和批评史的学者，虽未必像许多文学理论家那样为创新的焦虑所压迫，但对古代文论和批评史研究是否能为当今的理论创新提供有益的资源还是反复思考的。经过多年的考察，我相信中国古代文论有其独到的特点，足以和当代西方文学理论构成印证、互补的关系，因此有必要确立自己的理论根基和言说立场，同时树立起必要的理论自信。

这说起来容易，做起来却相当困难。先师晚年日记中谈到"古典文学批评的特征"，认为"体系自有，而不用体系的架构来体现，系统性的意见潜在于个别论述之中，有待读者之发现与理解"①。相信这也是许多前辈学者的共识，它与上述三个偏见的立论角度和立场都是完全不同的。不是说没有什么，而是说有什么，但需要去发现和理解，发现和理解正是建构的过程。当今流行的三个偏见和上

---

① 徐有富：《程千帆沈祖棻年谱长编》，南京大学出版社2013年版，第637页。

文的辩驳都是很表面的判断，发现和理解是更为深入的认识，更为深刻的判断。而就目前海内外学界而言，对古代文学理论、批评的研究是整个古代文学领域最为薄弱的。著有《中国文学批评》的美国芝加哥大学费维廉（Craig Fisk）教授曾指出："在所有中国文学的主要文类中，文学批评显然是最不为世人所知的。"[1] 罗格斯大学的涂经诒也说，研究中国文学批评与诗歌、小说和戏剧相比有着明显的劣势，那就是文献分散的困难："除了一些系统的文学批评著作，像《文心雕龙》、《诗品》和《原诗》之外，大多数中国批评思想都散落在不同作家的被称作诗话、词话、书话和个人书信及偶然的评论中。"[2] 我也觉得古代文学理论和批评对研究者来说是难度最大的领域，不仅要掌握文史哲甚至医学等各种学问，还需要对外国文学理论和批评有所知解，这才能在较广阔的视野中确立诠释和评价的参照系。"在中国发现批评史"很大程度就立足于这一基础之上。

对于西方文论是否适用于中国文学研究，在中国大陆和中国香港、中国台湾学界都有不同的意见。我的看法是肯定性的，了解西方文论首先可以认识到中西文学观念有许多共通之处。比如布罗姆提出的"影响的焦虑"，就启发我由此理解中唐作家的创新意识及后人对此的评价。迄止于明代，论者对中唐诗的评价都着眼于格调取舍，清代批评家开始体度作家的写作意识。如吴乔《围炉诗话》指出：

> 初盛大雅之音，固为可贵，如康庄大道，无奈被沈、宋、李、杜诸公塞满，无下足处，大历人不得不凿山开道，开成人抑又甚焉。若抄旧而可为盛唐，韦、柳、温、李之伦，其才识岂无及弘、嘉者？而绝无一人，识法者惧也。[3]

---

[1] 王晓路编：《北美汉学界的中国文学思想研究》，巴蜀书社2008年版，第64页。
[2] 王晓路编：《北美汉学界的中国文学思想研究》，巴蜀书社2008年版，第32—33页。
[3] 吴乔：《围炉诗话》卷三，郭绍虞辑《清诗话续编》，上海古籍出版社2016年版，第533页。

毛奇龄《西河诗话》论元稹、白居易诗也指出：

> 盖其时丁开、宝全盛之后，贞元诸君皆怯于旧法，思降为通俗之习，而乐天创之，微之、梦得并起而效之，（中略）不过舍谥就疏，舍方就圜，舍官样而就家常。①

所谓"识法者惧也""皆怯于旧法"，不就是影响的焦虑吗？吴乔（1611—1695）、毛奇龄（1623—1716）这里揭示的中唐大历、元白一辈作者慑于前辈的成就而另辟蹊径的心态，比英国诗人爱德华·扬格（1683—1765）1759年发表的致塞缪尔·理查森书还要早几十年。扬格信中谈到，为什么独创性作品那么少，"是因为显赫的范例使人意迷、心偏、胆怯。他们迷住了我们的心神，因而不让我们好好观察自己；他们使我们的判断偏颇，只崇拜他们的才能，因而看不起自己的；他们用赫赫的大名吓唬我们，因而腼腼腆腆中我们就埋没了自己的力量"②。唐代诗人的意识明显与此不同，赵翼《瓯北诗话》卷三也曾揭示韩愈有意求奇的动机及其结果：

> 韩昌黎生平所心慕力追者，惟李、杜二公。顾李、杜之前，未有李、杜，故二公才气横恣，各开生面，遂独有千古。至昌黎时，李、杜已在前，纵极力变化，终不能再辟一径。惟少陵奇险处，尚有可推扩，故一眼觑定，欲从此辟山开道，自成一家。此昌黎注意所在也。然奇险处亦自有得失。盖少陵才思所到，偶然得之，而昌黎则专以此求胜，故时见斧凿痕迹，有心与无心异也。其实昌黎自有本色，仍在文从字顺中，自然雄厚博大，不可捉摸，不专以奇险见长。恐昌黎亦不自知，后人平

---

① 毛奇龄：《西河诗话》卷七，张寅彭选辑《清诗话三编》，上海古籍出版社2013年版，第842页。
② ［英］爱德华·扬格：《试论独创性作品——致〈查理士·格兰狄逊爵士〉作者书》，袁可嘉译，人民文学出版社1998年版，第85页。

心读之自见。若徒以奇险求昌黎，转失之矣。①

赵翼不仅揭示了韩愈诗歌艺术的出发点、艺术特征及与杜甫的区别，最后还点明韩愈的本色所在、评价韩愈应有的着眼点。以"影响的焦虑"为参照，更见出赵翼批评眼光之透彻。归根到底，一种新的理论学说，不管它是东方的还是西方的，都能提供一个新的观察文学的角度、说明文学的方式。克里斯蒂娃发明的"互文性"理论，用一个意味着文本关联的概念，将用典、用语、因袭、模仿、拟代等众多文学现象统摄起来，可以方便地说明其共同特征。热奈特发明的"副文本"理论也一样，用这个概念可以方便地将作品的标题、小序、自注等作为同类问题打包处理。同理，刘勰《文心雕龙·论说》提出的"参体"概念，与书论的"破体"概念联系起来，也可包揽所有指涉文体互参的现象②。在这个意义上，无论哪国哪种文学理论都可以为人类既有的文学经验提供一种诠释角度和评价方式。我们进行中西比较也好，阐明古代文论的特有价值也好，不是像一些学者成天挂在嘴上的要争夺什么文艺理论的话语权，而是要实现人类文学经验的沟通、理解和交流。这种交流只能以发现和理解为前提，更需要以发掘和诠释为首要工作，类似于将考古发现的金币兑换成当今硬通货价格的估量和兑换。

这种理论的对话和交流所产生的影响并不是单方向的，中国文论在接受外来知识、观念启发的同时，也会激活自己固有的理论蕴藏，触发其思想潜能的生长，反哺施与影响者。我在借鉴"互文性"理论考量中国古代诗论中的模仿和其他文本相关性问题时，发现古人基于独创性观念的规避意识同样也造成一种互文形态，或许可称为"隐性互文"，对古典诗学的这部分现象和理论加以总结，就可以

---

① 赵翼：《瓯北诗话》卷三，《赵翼全集》第 5 册，凤凰出版社 2009 年版，第 22 页。
② 蒋寅：《中国古代文体互参中"以高行卑"的体位定势》，《中国社会科学》2008 年第 5 期。

对现有的互文性理论做一个重要的补充①。由此可见，在中外文学理论的对话和交流中，彼此共通的部分固然有着印证人类共同美学价值的功能，而彼此差异的部分更能激起互补的需求而使知识增值。因此我们对古代文学理论的研究，就有必要更多地留意其理论思维和批评实践异于西方之处。据我的粗浅观察，中国古代文学理论和批评的独异之处主要有三点：一是象喻性的言说方式，二是丰富的审美味觉概念，三是多样化的批评文体。

  中国文学批评的象喻式表达，自 20 世纪 30 年代就被钱锺书《中国固有的文学批评的一个特点》一文触及。后来学者们称之为印象批评、形象批评或意象批评②，若参照古人的说法则可名为"立象以尽意"，是古代文学批评中常见的批评方法。同样是论品第，英国诗人奥登《19 世纪英国次要诗人选集》序言说"一位诗人要成为大诗人，则下列五个条件之中，必须具备三个半左右才行"：一是，他必须多产；二是，他的诗在题材和处理手法上，必须范围广阔；三是，他在洞察人生和提炼风格上，必须显示独一无二的创造性；四是，在诗体的技巧上，他必须是一个行家；五是，就一切诗人而言，我们分得出他们的早期作品和成熟之作，可是就大诗人而言，成熟的过程一直持续到老死。余光中《大诗人的条件》一文曾引述其说，将它们概括为多产、广度、深度、技巧、蜕变③。清末诗论家朱庭珍《筱园诗话》也曾区分诗人的品级，但是用意象化的语言来形容其艺术境界。伟大诗人和二、三流诗人的差别，分别用五岳五湖、长江大河匡庐雁宕、一丘一壑之胜地来譬说。比如：

    大家如海，波浪接天，汪洋万状，鱼龙百变，风雨分飞；

---

 ① 蒋寅：《拟与避：古典诗歌文本的互文性问题》，《文史哲》2012 年第 1 期。
 ② 参见黄维樑《诗话词话的印象式批评》，《中国诗学纵横论》，台北：洪范书店 1982 年版，第 1—26 页；廖栋梁《六朝诗评中的形象批评》，《文学评论》第 8 集，台北：黎明文化事业公司 1984 年版，第 21 页；张伯伟《中国古代文学批评方法研究》，中华书局 2002 年版，第 198 页。
 ③ 余光中：《大诗人的条件》，《余光中谈诗歌》，江西高校出版社 2003 年版，第 44 页。

> 又如昆仑之山，黄金布地，玉楼插空，洞天仙都，弹指即现。其中无美不备，无妙不臻，任拈一花一草，都非下界所有。盖才学识俱造至极，故能变化莫测，无所不有。孟子所谓"大而化，圣而神"之境诣也。①

概括起来说，相比大家的"变化莫测，无所不有"，大名家"已造大家之界，特稍逊其神化"，名家"自擅一家之美，特不能包罗万长"，小家则"亦能自立，成就家数"，但气象规模终不大。彼此之间的差别和区分不同品第的尺度都很清楚，其中同样也包含了广度、深度、技巧、蜕变四个要素（没有提到多产，这是不言而喻的），但属于画龙点睛，论说的主体还是譬喻的部分，以意象化的语言展现了不同品第所企及的境界，一目了然且给人深刻印象。在中国古代文论和批评中，象喻式表达遍及文学的所有层面，直观地把握作家、作品的整体风貌是其所长，可以弥补细读法的条分缕析所导致的只见树木不见森林的偏颇。

关于中国古代诗文评丰富的审美味觉概念，正像中国饮食异常丰富的口味，几乎不需要论证。中华大地广袤的疆域和众多的民族所培养的多样文化，造就了中国古代文学无比丰富、细腻的审美味觉，经过有效的分析和理论总结，足以充实人类审美经验的数据库。负载这些经验的表达方式，同样丰富多彩，且与儒家"游于艺"的精神相通，给文艺批评增添了若干娱乐功能。最早对诗文评的源流加以宏观描述的《四库全书总目·诗文评》小序写道：

> 文章莫盛于两汉，浑浑灏灏，文成法立，无格律之可拘。建安、黄初，体裁渐备，故论文之说出焉，《典论》其首也。其勒为一书传于今者，则断自刘勰、钟嵘。勰究文体之源流，而

---

① 朱庭珍：《筱园诗话》卷二第4册，郭绍虞辑《清诗话续编》，上海古籍出版社2016年版，第2241页。

评其工拙；嵘第作者之甲乙，而溯厥师承，为例各殊。至皎然《诗式》，备陈法律；孟棨《本事诗》，旁采故实；刘攽《中山诗话》、欧阳修《六一诗话》，又体兼说部。后所论著，不出此五例中矣。①

这里虽然辨析了古代诗文评的类型和历史，但远未触及它丰富的理论、批评形式，直到张伯伟《中国古代文学批评方法研究》一书才就选本、摘句、诗格、论诗诗、诗话和评点六种基本形式做了透彻的梳理。具体到批评文体，还可以举出若干更有特色的类型。龚鹏程曾举出南朝钟嵘所创《诗品》、唐张为所创《诗人主客图》、宋吕本中所创《江西诗社宗派图》、清舒位所创《乾嘉诗坛点将录》四种②，起码还可以补充以下几点。其一，纪事。古来传有自宋计有功《唐诗纪事》到近人邓之诚《清诗纪事初编》的历代诗歌纪事之作。其二，句图。也是一种摘句，但又不同于摘句批评。郑樵《通志·艺文略》著录《九僧选句图》一卷，系辑宋初九僧名句而成，后有高似孙《文选句图》、王渔洋摘施闰章句图等戏仿之作。其三，位业图。清代刘宝书撰有《诗家位业图》，也是非常独特的一种批评体裁，系仿陶弘景《真灵位业图》而编成的历代诗家品第图。虽名为仿陶弘景，实则取法于张为《主客图》，又易以佛家位业，列"佛地位"至"魔道"共九等，"以见古今诗家境地之高下，轨途之邪正"③。作者于各家所列等第时有理由说明，但启人疑窦处殊多。要之，这类图录正像《点将录》一样，无非都是游戏之作，对于诗学研究的价值恐怕还不及《诗品》和《主客图》。衡以当今接受美学的观点，也不妨视为一个时代人们心目中古今诗人的排行榜。近代以来范烟桥、汪辟疆、钱仲联、刘梦芙等运用《点将录》的形式批评晚清直到现代的诗词

---

① 纪昀等：《四库全书总目》卷一九五，中华书局1965年版影印本，第1779页。
② 龚鹏程：《中国文学批评史论》第二卷第五章"诗歌人物志——诗品、主客图、宗派图与点将录"，北京大学出版社2008年版，第134—154页。
③ 刘宝书：《诗家位业图》"例言"，清光绪十八年（1892）张善育刊本。

创作，仍旧不乏批评的效力和趣味，且追仿者不绝，足见诗文评文体自身就具有特定的艺术性，诗文批评本身也具有创作的性质。谁能说《文心雕龙》式的骈文和"体兼说部"的诗话，不是一种骈文、随笔写作呢？

当今中国大陆的文学理论界，无不对话语权的缺乏耿耿于怀，同时急切地寻求理论创新之路。"古代文论的现代转换"是许多学者的希望所寄，将古代文论与当代西方文论相融合，由此孕育出新的理论学说，也是一部分学者执着的信念。但我很怀疑，理论创新是否能从既有理论的组合或融合中实现。旧知识的融合仍然是旧知识，大概难以像化学反应那样形成新的知识。文学理论的创新只能萌生在文学经验的土壤中，只有创作经验的总结和抽象才可能形成理论的结晶。因此，我不认为，古代文学理论和批评史研究能直接推动今天的理论创新，但相信完整地认识古代文学理论和批评的传统，可以为古代文学研究提供一个本土视角及相应的诠释方式。柯文《在中国发现历史——中国中心观在美国的兴起》一书开篇就提到："中国史家，不论是马克思主义者或非马克思主义者，在重建他们自己过去的历史时，在很大程度上一直依靠从西方借用来的词汇、概念和分析框架，从而使西方史学家无法在采用我们这些局外人的观点之外，另有可能采用局中人创造的有力观点。"① 这种遗憾也是中国文学史研究应该避免的。同时，全面认识古代文学理论和批评的传统，理解古代文学理论与创作、批评实践的互动关系，可以促使我们正视近代以来的文学经验，在古今、中外视域的融合中发抉具有独特意义和规律性的问题，从中提炼有概括力的理论命题。这样，文学理论的创新便不难期待了。这就是我理解的文学理论创新之路，愿提出来质之于同道。

（原载于《文艺研究》2017 年第 10 期）

---

① ［美］保罗·柯文：《在中国发现历史——中国中心观在美国的兴起》，林同奇译，中华书局1989年版，第1页。

生活在别处
——清诗的写作困境及其应对策略

蒋 寅

【摘 要】 到明清时代,写作的日常化和艺术的平庸化已成为不同于前代的最大特点。诗歌写作面临着将如何抵抗日常经验的风蚀而保持其应有的新鲜感的困难。清代诗人分别从扩大题材、改变写法以及提高写作难度三个方向尝试摆脱日常经验的努力,以旅行离开日常经验的空间,以咏古、怀古超越日常经验的时间,以提炼生活场景和制造事件提升和装饰日常经验,以咏物设定和虚拟特殊经验,以物象的情境化和规模化的组诗提高写作难度,挑战写作的极致。这种种努力意味着一种超越个体的日常经验而探索异己经验的欲求,不断扩大诗歌的感受与表现范围,从而突破个人抒情传统的局限,在对普遍人性加以深入开掘的同时,更致力于提高艺术感受和表现的难度,使古典诗歌在其夕阳时代拓展了较前代更为广阔的情感表现空间。

【关键词】 清诗;日常经验;旅行;咏史怀古;咏物;组诗

一 清诗面临的写作困境

中国古典诗歌在盛唐达到艺术巅峰之后便面临着推陈出新的困难,从杜甫开始到白居易诗中愈益显豁的日常生活审美化倾向,在不断开拓诗歌表现疆域的同时，也不可避免地将诗歌写作带入一个琐屑平庸的境地。这种情形在宋代已引人注目，吉川幸次郎在《宋诗概说》中用"日常化"来命名它①。到明清时代，写作的日常化和艺术的平庸化已成为不同于前代的最大特点。写作的日常化意味着写作活动成了士大夫生活的重要内容，上至庙堂赓和、酬赠送迎，下至柴米油盐、婚丧嫁娶，包括顾曲观剧、赏玩古董等的闲情雅趣，日常生活的方方面面都成为诗歌书写的内容，甚至作诗活动本身也成为诗歌的部分素材。这一现实于是孕育了一个非常极端的说法——以诗为性命，其表层意思是将写诗作为日常生活的主要内容，而深层意思则是视诗歌写作为生命意义的寄托②。这种对写作日常化状态的体认，同时也意味着写作的一种困境：诗歌将如何抵抗日常经验的风蚀而保持其应有的新鲜感？尤其是到康熙中叶清王朝坐稳江山之后，亡国之思、剃发之辱不再盘踞个人情感的中心，王朝及文化认同完成之后，日常化的写作和日常生活的平庸性便成了扼杀诗歌新鲜生命的同谋。

　　此外，人口的增长和教育的普及，在导致科举竞争更加激烈的同时，也在制造诗歌写作的冗余境况。科举大郡苏州，据文征明说生员"以千五百人之众，历三年之久，合科、贡两途，而所拔才五十人"③。清初龚鼎孳《张寄亭云门稿序》说"今天下挟策游京师者以数十万计，然拔帜登金马之门，联镳问东华之路，斐然有作，为时称首，仍指不多屈"④，清末梁启超《公车上书请变通科举折》说

---

　　① 吉川幸次郎《宋诗概说》，原为岩波书店1962年版《中国诗人选集》第二集第一卷的导言，有郑清茂中译本，台北联经出版事业公司1977年版。近年的讨论，可参看柯霖（Colin Hawes）《凡俗中的超越——论欧阳修诗歌对日常题材的表现》，刘宁译，《思想史研究》第四辑《欧阳修与宋代士大夫》，上海人民出版社2007年版；朱刚《"日常化"的意义及其局限性——以欧阳修为中心》，《文学遗产》2013年第2期。

　　② 参看蒋寅《中国古代对诗歌之人生意义的理解》，《山西大学学报》2002年第2期。

　　③ 文征明：《三学上陆冢宰书》，周振道辑校《文征明集》卷二十五，上海古籍出版社1987年版，第584页。

　　④ 龚鼎孳：《定山堂文集》卷五，《龚鼎孳全集》，人民文学出版社2015年版，第3册，第1665页。

"邑聚千数百童生而擢十数人为生员，省聚万数千生员而拔百数十人为举人，天下聚数千举人而拔百数人为进士"①。可以估算的是，乾隆以后进士中式人数/总人口的比例，仅及宋代三分之一②。于是，士人进身之途狭隘、大量冗余生员浮游于世，成为清代醒目的社会现象。这批被拒于科举门外的冗余文士流入写作市场，不可避免地造成诗歌的通货膨胀——写诗的人更多了，诗歌作品更丰富了，但诗歌的价值却在不断下滑。照今天的说法，就是诗歌写作进入了一种"新常态"。有识之士无不觉察到这种新常态对写作的致命伤害，力图寻求摆脱的办法。袁枚的建议是回到盛唐以前诗歌的取材范围，首先在选题上避免流于平庸：

> 欲作好诗，先要好题，必须山川关塞、离合悲欢，才足以发抒情性，动人观感。若不过今日赏花，明日饮酒，同寮征逐，吮墨挥毫，剔蹶无休，多多益累。纵使李、杜复生，亦不能有惊人之句，况我辈生于今日，求传尤难。③

将选题作为首要问题来对待固然不错，可是好题目正自难寻。况且古典诗歌发展到晚期，人们已形成一个共识："诗之道大矣，非才与境相遭，则无以发之。"也就是说，诗歌写作只有才华与境遇相匹配才能产生好作品。对于经历丰富的作者，比如赵翼，"夫在廊庙台阁，则有应奉经进、颂祷密勿之诗；在军旅封圻，则有赠酬告谕、纪述扬厉之诗；在山林田野，则有言情咏物、闲适光景之诗。兹数境者，人鲜克兼之，若耘崧既兼之矣。承恩优渥，扬厉中外，出处两得，有境以助其才，有才以写其境，而耘崧之诗出焉，能不为近

---

① 梁启超：《饮冰室文集》之三，中华书局1936年版，第22页。
② 据今人研究，宋徽宗大观三年（1109）人口数达到顶峰，约达11275万人。清代康熙朝约16000万人，乾隆四十一年（1776）约31150万人，嘉庆二十五年（1820）约38310万人，咸丰元年（1851）约43610万人，光绪六年（1880）约36450万人，宣统二年（1910）约43600万人。
③ 袁枚：《答祝芷塘太史》，《小仓山房尺牍》卷十，王英志主编《袁枚全集》，江苏古籍出版社1993年版，第5册，第203页。

时一大宗哉!"① 可是那些经历平淡无奇的士人，又哪能有如此丰富的生活体验呢？对他们来说，选取日常题材来写作乃是很自然的事，无须苛责。问题是写作一旦沉溺于日常生活的庸常，那就是自我超越的绝对障碍，诗歌史上不乏类似的情境。我在研究中唐诗时曾注意到，贞元时期以权德舆为代表的一批台阁诗人因生活圈子狭窄，写作流于日常化而为琐屑无聊的内容所充斥。这时，如何抵抗日常经验对诗歌的风蚀就成为摆在诗人面前的首要问题。

所谓日常经验，就是人们对日常生活中各种事物、事件产生自然反应和直接感受的心理过程。中国早期文论的"感物"说是充分肯定表达日常经验的正当性的，但随着文学的不断发展，对日常经验的表达日益流于陈熟而不能不让人痛感"唯陈言之务去"，抵制日常经验的堆积就成了摆到桌面上来的问题。抵制日常经验的方式有许多种，就是台阁诗人所采取的方式也不太一样。权德舆等是以游戏体裁争奇斗巧②，而宋初"西昆"诗人则主要借助于咏史和咏物来完成。更广义地看，李白的游仙式幻想、李贺的童话式虚构乃至李商隐的回忆式重构，都是一种摆脱日常经验的方式。只不过这些方式到古典诗歌的夕阳时代，已不能满足写作市场的需求。此时作者们所遭遇的写作困境，全面呈现为题材的枯竭、构思的落套、意象的陈旧、语言的老化等衰落状态，而根本问题则在于日常感觉经验的老化。

表现技巧的陈熟和感觉经验的老化是如此明显，除了那些敢于目空一切、无视传统的作者之外，只要是对前代诗歌下过揣摩功夫、熟悉诗史源流，像纪晓岚这样的博学之士，都会悲观地感到"古人为诗，似难尚易；今人为诗，似易实难"。纪晓岚在《鹤街诗稿序》中曾以亲身经历阐明这个道理：

---

① 王鸣盛：《瓯北诗钞序》，曹光甫校点《赵翼全集》，凤凰出版社2009年版，第4册，卷首第9页。
② 参看蒋寅《大历诗人研究》，中华书局1995年版，第419—424页。

> 余自早岁受书，即学歌咏；中间奋其意气，与天下胜流相倡和，颇不欲后人。今年将八十，转瑟缩不敢著一语，平生吟稿亦不敢自存。盖阅历渐深，检点得意之作，大抵古人所已道；其驰骋自喜，又往往皆古人所挢呵，捻须拥被，徒自苦耳。①

反思平生写作，只落得这么一个结局：凡可信为成功的写作，都只是重复古人；而那些逸出古人轨辙的探索和实验，却是古人原本就不屑于尝试的。这就是清人无法摆脱的困境。该如何走出自己的路呢？没有别的选择，仍只能标新立异，去尝试古人所无的题材和样式。

从理论上说，创新的途径只有三条：一是更新写作素材，二是改变写作方式，三是提高写作难度。自古以来一直都有人尝试不已。前者较醒目的先例是我曾专门讨论过的唐贞元间以权德舆为中心的台阁诗人群的游戏体诗作；后者则可以举出晚唐以降的禁体物诗写作，最初是许棠，后来发展为欧阳修、苏轼等的"白战"体。项安世《平庵悔稿》中雪诗约存30题，有一组次韵胡槊的咏雪诗，诗题标明诗中各句数字，如《次韵胡抚干再雪诗每句寓再字仍用汝阴诗禁》《五雪诗用前韵寓五字》，要求每首诗每一句须含有再、三、四、五、六等表示下雪或雪诗次数、次序的数字②，这当然是为了提高难度。至于改变写作方式，更是作家们无时不在探索的问题，涉及风格、表现方式、结构、修辞等诸多方面，可以用"生"和"新"来概括其共同的追求，用什克洛夫斯基的概念来表达就是"陌生化"。

艺术的生命原本在于创新，日复一日的日常经验本质上是反艺术的，艺术的诗意正成立于摆脱日常经验的迟钝感之上。在今天，离开日常工作、生活的环境，到处走走，吃吃喝喝，听歌观剧，就

---

① 孙致中等编：《纪晓岚文集》卷九，河北教育出版社1991年版，第1册，第206页。
② 傅璇琮等主编：《全宋诗》卷二三七一，北京大学出版社1998年版，第44册，第27241—27242页；参看张志杰《作为游戏的诗歌》，《中国诗学》第24辑，人民文学出版社2017年版。

觉得是有诗意的生活了。而这在古代却是士大夫生活的常态，就像袁枚说的"今日看花，明日饮酒，同寮征逐，吮墨挥毫"①，他们要摆脱日常经验，需要更大的动作、更彻底的方式。陌生化不是问题的开始，而是问题的结束。解决问题的实质，在于找到摆脱日常经验的方式。质言之，虽然我们都置身于日常生活中，但诗歌的生活却在别处，在祛除日常经验的地方。

如此说来，摆脱日常经验也有三个途径：一是离开久居的环境去往异地，这就是旅行、游览，改变现实中的经验空间；二是脱离现在的时间穿越到过去，这是咏史、怀古，以超现实的方式改变经验的时间和空间；三是离开现有的角色，这就是拟古、拟代，以虚拟的方式在特殊时空中重构经验。如果不是特别注意，我们可能会忽略清代诗歌中的一些特殊现象，或者即使注意到也会觉得很无聊。比如钱谦益步杜甫《秋兴八首》韵至十三叠，这已很不寻常，而据毛晋《隐湖倡和诗》可知，虞山诗人曾就《赋得歌舞闲时看读书》《赋得天寒有鹤守梅花》两题作集体创作，分别留下六十三首和一百二十首七律，这个规模就更大了，不过比起赵吉士反复用一首七律的韵脚叠和至千首，编为《千叠余波》来，又是小巫见大巫。而赵集内容不限，时间不限，与戴冠作《钓台怀古》诗多达千余章②，丁僎、汪谦子一夕赋梅花七律一百首③，又显得不足道。蔡召华《缀玉集》由《玉台新咏》八百首古诗集成律诗二百首，且不用一复句。李钟璧《燕喜堂文集》卷三《寄园雅集限韵集〈桃花源记〉得二十首》，陈正璆《五峰集》中《五峰集字诗》一册，皆分别集王羲之《兰亭序》、陶渊明《桃花源记》《归去来辞》、李白《春夜宴桃李园序》、欧阳修《秋声赋》五文之字成诗，自序及各家题词也如法炮制。这显然是很有难度的，但其取材还是有诗意的文章。王又曾《丁辛老屋集》卷十二竟有集《绛守居园池记》

---

① 袁枚：《答祝芷塘太史》，《小仓山房尺牍》卷十，《袁枚全集》，第5册，第203页。
② 沈德潜、周准辑：《明诗别裁集》卷十二，上海古籍出版社2013年版，第315页。
③ 熊琏：《澹仙诗话》卷二，道光二十五年刊本。

中五字句而成的五绝①，文燨也曾集《圣教序》帖字成五律一百首②，黄承吉《梦陔堂诗集》卷十二有《茶农以肿字韵赋诗见寄用广韵二肿全答之》，李士棻《天瘦阁诗半》卷六《园居杂忆诗一百六首》各以《平水韵》目标题，这就更不是一般的困难了。凡此种种，看似都是极无聊之举，但参照摆脱日常经验的三个途径来看，其执拗态度不是显示出一种要以极致的写作改变惯常的写作方式，同时提高写作难度的用心吗？冯武《疗忘集》中有《十二喻诗为节妇寿》，分咏冰、霜、雪、月、镜、钗、金、玉、柏、松、珠、锦十二物，以歌咏乡里一位高寿的节妇。以《镜》为例：

一片菱花架玉台，清光不遣起尘埃。似天晴雨真堪异，比月盈亏岂足哀。出匣早知天下胆，看铭犹带劫前灰。鬓丝莫慢相惊怪，若个朱颜去复来。③

寿诗是明清诗歌中流行的题材，其泛滥和庸俗程度都广遭批评家鄙斥④。通常的写法已很难不落俗套，冯武通过引入咏物组诗的体制，用十二种美好事物来比喻节妇的贞操，在改变写作方式的同时又提高了写作难度，遂出人意表，不落窠臼。这也是改变写作方式的例子。旅行、游览和咏史、怀古这些传统的诗歌类型，清人在摆脱日常经验的意义上都有了新的体认。杜甫《偶题》曾说"稼穑分诗兴，柴荆学土宜"，即农事繁忙影响作诗兴致。而张问陶《夏日家居即事》其一却言"诗兴渐随愁共去，始知奇句在他乡"⑤，感到闲居无聊泯灭了诗兴，于是体会到只有离开日常居处之所才能写得出好诗。大概到清代，人们对诗歌需要摆脱日常经验已有清楚的意识。

---

① 王又曾：《晚出西郭至斗门道中戏集绛守居园池记中为二绝》，《丁辛老屋集》卷十二，人民文学出版社2015年版，第363页。
② 黄钊：《诗纫》卷四，咸丰三年雁红馆刊本。
③ 冯武：《疗忘集》，康熙宝稼堂刊本。
④ 参看蒋寅《清代诗学史》第一卷，中国社会科学出版社2012年版，第88—91页。
⑤ 张问陶：《船山诗草》卷六，上册，中华书局1986年版，第164页。

虽然很少付诸明确的表达，但写作中常在题材选择、写作方式、写作难度各方面显示出有意识求新、求变、求难的趣向，以上所举的求新求变求难的例子不过是极致的表现，寻常可见的还是空间、时间、角色的不同层面上寻求经验的更新。

二　空间移换：以旅行排除日常经验的可能

清诗相比前代诗歌最突出的变化就是题材范围的扩大，不仅言志、唱酬、赠别、题赞、赋咏、纪述、游戏等基本类型在尽力拓展取材范围，征行游览、咏史怀古、咏物及主题化的组诗更是醒目地呈现出规模化的倾向。如果让我举出清诗若干特点的话，我首先会举出这一点。这里先说征行和游览。

征行和游览在《昭明文选》中就被区分为两个类型，征行偏重于叙述旅途所历和跋涉之劳，游览偏重于记述眼中风光和心中愉快之情。但后世往往混淆，无论是用游览之心对待征行，还是在征行中留心游赏，都使这两个类型日益融为一体。较著名的钱谦益黄山纪游诗、姚燮四明普陀游览诗、许承尧黄山游览诗、刘光第峨眉游览诗、丘逢甲的罗浮游览诗，都是数十首作品的专题组诗，姑且不论。就是一般的征行诗，往往也带有游览的色彩。如嘉庆十六年（1811），舒位离京南下，写下《良乡》《涿》《定兴》《安肃》《清苑》《定》《新乐》《正定》《赵》《柏乡》《内丘》《邢台》《沙河》《邯郸》《磁》《安阳》《汤阴》《汲》《淇》《延津》《祥符》《兰阳》《济宁》《清河》《山阳》《宝应》《高邮》《江都》《丹徒》《丹阳》《武进》《无锡》《长洲》等作品①，用诗歌记录了沿途经历的地方。凡有应试、游幕、出使经历的作者，集中无不留下这样的写作痕迹，自觉不自觉地要用诗歌将游历的地点记载下来，像我们今天旅游拍下一处处的照片。

---

① （清）舒位：《瓶水斋诗集》卷十五，下册，上海古籍出版社1991年版，第630—639页。

吴文溥的自述告诉我们，这种行旅正是他们摆脱日常经验的一种方式：

> 孟襄阳驴背上诗，李长吉锦囊中句，诗家景趣，往往于出游得之。忆曩在关中时，友人赠马甚驯而驶，遂常骑马独游，往来丰镐鄠杜间，所见山水奥区，汉唐遗迹具在，令人襟怀超旷。仆《关中草》一编，大率皆马上吟也。后入闽，遍历诸郡，辄于车中得句，抵邮亭则出纸笔书之。东坡所谓"清景一失难追逋"，盖眼前景说得着便是佳句，此可为知者道耳。①

所谓"所见山水奥区，汉唐遗迹具在，令人襟怀超旷"，不就是置身于自然风光和历史遗迹中，遂得摆脱日常经验的蒙蔽，而令诗兴勃然焕发吗？像王渔洋、洪亮吉、钱大昕、张问陶这样长年在朝为官的诗人，每逢出使、典试，就进入诗歌创作的旺盛期，他们的诗集几乎就是以旅行为骨干支撑起来的。如王渔洋的作品，出仕前按年编列，出仕后即以行迹编列。第一部合集《阮亭诗选》，顺治十七年（1660）以后，就是根据《白门集》《过江集》《入吴集》《秦淮杂诗》《白门后集》《銮江唱和集》等游览小集编选。钱大昕尤其典型，他平时很少写诗，一出京典试便诗才勃发，留下很多作品。袁枚曾讥讽王渔洋，"观其到一处必有诗，诗中必用典，可以想见其喜怒哀乐之不真矣"②，不知这正是古人所谓的"得江山之助"！张问陶对此深有体会，诗中再三流露这个意思，如《题倪星堂画扇》云："寻常烟景关何事，展向风尘便有情。"③《蒲犅出塞图》云："英雄面目诗人胆，一出长城气象开。"④《寿稚存》云："绝域文章皆化

---

① 吴文溥：《南野堂笔记》卷二，张寅彭选辑《清诗话三编》，上海古籍出版社2014年版，第3册，第2009页。
② 袁枚：《随园诗话》卷三，江苏古籍出版社2000年版，第60页。
③ 张问陶：《船山诗草》卷六，上册，第148页。
④ 张问陶：《船山诗草》卷十六，下册，第465页。

境，更生岁月即飞仙。"①乔亿也曾发挥此意：

> 词人于役，但经过处必题诗，或多至三二百篇，少亦不下五六十篇，几无一题一咏不有郡邑名，竟是地理志，固曰然矣。然道途跋涉之苦，山水奇崛之区，所感非一，情不能已。至若绝塞边徼，辀轩不到，人物异形，草木殊状，过其地者，莫不悄焉动容，因之慨然成咏，不特抒怀，亦云纪异也。②

这里的"纪异"也就是记录远离日常经验的新鲜感受，这部分征行和游览之作往往成为他们诗集中最引人注目的亮点。

道光间批评家尚镕曾指出"渔洋诗以游蜀所作为最，竹垞诗以游晋所作为最，初白诗以游梁所作为最，子才诗以游秦所作为最"，又说"云松宦游南北数千里之外，所表见固皆不虚，而极险之境地，极怪之人物，皆收入诗料，遂觉少陵、放翁之入蜀，昌黎、东坡之浮海，犹逊其所得所发之奇，可谓极诗中之伟观也"③。的确，即以王渔洋诗而论，不仅康熙十一年（1672）典四川乡试所作《蜀道集》最脍炙人口，就连康熙二十三年（1684）祭告南海神庙所作《南海集》，康熙三十五年（1696）祭告西岳所作《秦蜀驿程后集》，也都是《带经堂集》最受瞩目的作品。当康熙初宋调勃兴，诗坛为之风靡，却苦无成功的创作实绩垂范。王渔洋《蜀道集》一出，同人间传为奇观。叶方蔼称"毋论大篇短章，每首具有二十分力量。所谓狮子搏象，皆用全力也"，盛符升称"先生蜀道诸诗，高古雄放，观者惊叹，比于韩、苏海外诸篇"④。他们显然都意识到，这次征行经历给王渔洋诗歌创作注入的新鲜经验，对于《蜀道集》的成

---

① 张问陶：《船山诗草》卷十七，下册，第472页。
② 乔亿：《剑溪说诗》卷下，郭绍虞辑《清诗话续编》，上海古籍出版社1983年版，第2册，第1101页。
③ 尚镕：《三家诗话》，郭绍虞辑《清诗话续编》，第3册。
④ 参看蒋寅《王渔洋事迹征略》康熙十一年末，中国社会科学出版社2014年增订版，第206页。

功有着决定的意义。

　　推而广之，这也可以说是清诗写作的普遍情形，诗人们都清楚这些行旅专集在自己创作中的分量，编别集时常保留其原貌，如洪亮吉《卷施阁诗》的卷二《凭轼西行集》，卷五《太华凌门集》，卷六《中条太行集》，卷七《缑山少室集》，卷八《灵岩天竺集》，卷十二《黔中持节集》，卷二十《单车北上集》，《更生斋诗》的卷一《万里荷戈集》，卷二《百日赐环集》。不唯王渔洋、洪亮吉等著名诗人如此，一些不出名的诗人别集也是这样编集。如康熙间茅兆儒《岭南二纪》二卷，都是纪游之诗："一曰《岭南方物纪》，乃康熙壬戌居韶州时所作，凡二百四十种，各以绝句一首纪之，而略注其状于题下；一曰《粤行日纪》，则述其戊午岁自钱塘至广州途中六十二日所经，凡一百四十余首，亦每题为一绝句。"[1] 高孝本诗集由登岱迄游天台、雁宕诸山，凡十七集[2]；魏廷珍《课忠堂诗钞》十八卷，包含《供奉集》《燕山集》《避暑集》《随园集》《广陵集》《使豫集》《皖江集》《星沙集》《淮海集》《燕南集》《易水集》《瀛南集》《续瀛南集》等。那些最典型的游览诗集，还有清晰的纪日。如洪亮吉《更生斋诗续集》卷二《天台石梁集》，从乙丑元旦记到五月，卷三《匡庐九江集》接着从六月十七日记到是年小除日，卷四《径山大涤集》从丙寅元日记到四月末，卷五《武彝九曲集》从五月记到除日。如此琐屑的记录，却意味着一种崭新的写作，意味着作者远离惯常居处的场所而进入一个新异的空间，时时被新鲜的感觉经验包围、刺激。感官刮去日常经验迟钝的厚茧，露出了敏锐的触角，保证他们在旅行的空间移换中获取即时的新鲜经验。于是异样的风土及附着其上的地域文化内容就自然地作为全新的素材，给创作注入了新鲜的血液。这是很重要的，不过它还只是摆脱日常经验的第一步，对急于摆脱"影响的焦虑"的清诗来说是远远不够的。

---

[1]　永瑢等编：《四库全书总目》卷一八三，中华书局1965年版，第1662页。
[2]　陶元藻：《全浙诗话》卷四十四，浙江古籍出版社2015年版，第1101页。

三 时间穿越：以怀古咏史远离日常经验的必要

征行和游览使人暂时离开日常经验，进入一个新的经验空间，在这里诗人们同时受到两种新鲜的刺激：一是异样的自然风光，二是独特的人文传统。地域总是和特定的历史联系在一起，旅人在欣赏到新鲜景致的同时，还会凭吊古迹，追寻历史，沧桑陵谷之感和阴阳惨舒的物色变换同样都是怅触情怀的诱因。尤其是当作者不能公然批评现实时，对当下政治的不满就只能借古讽今来加以宣泄，因而登临怀古从来是寄托情怀的首选方式。作为类型的怀古，核心要素正是临场感，所以怀古和征行、游览经常是分不开的。王昙《烟霞万古楼诗集》卷二计76题，多为入陕沿途所作，像《灵谷寺宝公塔下》《题方正学祠堂壁》《漂母祠怀韩齐王作》《李清照故居》《天下大师墓》《铜雀台故址》《绵上怀介之推》《潼关石阙谒汉太尉杨震墓》《韩退之恸哭处》《鸿门》《留侯祠》《骊山烽火楼故址怀华清遗迹》《秦始皇墓》《汉武帝茂陵五首》《马嵬驿杨太真墓》《三班曹大家祠》《绛帐村相传为马季长传经处》《周公庙》《马道是鄐侯追韩信处》《定军山吊诸葛武侯》《黎阳李密墓下并吊王伯当作》《崤底怀汉大将军冯异》等固然一看可知是怀古，但像《石帆楼》《万岁楼》《昭关》《闻喜双碑》《西岳庙》《希夷洞》《自荐福至慈恩寺观唐时雁塔荐福寺亦有小雁塔云》《韦曲题牛头寺壁》《乐游原》《碑林》《登大伾成皋经荥阳京索至广武东西》《苻离渡》这些，不看正文就很难判断究竟属于游览抑或怀古了。即便上面的怀古题，也常是怀古中有游览，游览中有怀古，难以截然区分。而游览一旦与怀古结合起来，就衍生大量的吟咏人文地理的风土诗，并在《竹枝词》一体中发展到极致。这种风气始于宋人，《四库提要》载苏洞《金陵杂咏》多至二百首，尤为出奇无穷。到了清代，像王渔洋《秦淮杂诗》这样传诵一时的作品固然不少，而类似张笃庆《昆仑山房诗集》之《阅三辅黄图述古杂诗》，徐步云《爨余诗钞》卷一《新疆记胜诗》,缪徵甲《存希阁诗录》之《暨阳怀古》,洪亮吉《自河南入关所经皆秦汉旧迹车中无事因仿香山新乐府体率成十章》《金陵怀古十二首和胡孝廉世琦》《黔中乐府十二首》,舒位《瓶水斋诗集》卷十六《真州咏怀古迹诗十二首》这样咏一地古迹的组诗更多得不可计数。还有像周衣德《太玉山馆诗集》那样,不仅有《永嘉杂咏》二十三首、《永嘉杂诗》九十首,还有《永嘉上巳纪事集禊帖字二十四首》之类的特殊体式,不一而足。至于姚福均《补篱遗稿》卷八《十二桥怀古》咏渭桥、灞桥、午桥、皋桥、陈桥、豫让桥、胯下桥、升仙桥、梦笔桥、题扇桥、天津桥、万里桥,实际是元人《十台怀古诗》的遗传,明初李季衡即曾追和,脍炙人口①。清代王衍梅《绿雪堂遗集》卷六《和元人十台怀古诗用瑟庵先生限韵》,分咏章华台、姑苏台、黄金台、戏马台、歌风台、越王台、柏梁台、望思台、铜爵台、凌歊台;又有《粤东十台诗拟元人作》,分咏越王台、鹤舒台、逍遥台、崧台、钓鱼台、石屏台、妙高台、宝月台、望烟台、见日台;谭莹更作《后十台诗》(《乐志堂诗略》卷二),咏二帝子读书台、九成台、白鹿台、麻姑台、华首台、韩文公读书台、刘王郊台、沈香台、得月台、白沙钓台。这已不是一般的怀古诗,实际上近于咏史,这后面还要专门谈到。

　　风土诗因以猎奇纪异为职志,作者往往附以自注,遂与地方文献志相表里。纪昀《沽河杂咏序》说:"杂咏风土,自为一集者,唐以前不概见。今所得见者,自南宋始。然大抵山水名区,追怀古迹,一丘一壑,皆足以供诗材;又旧事遗文,具有记载,不过搜罗典籍,以韵语括之。曾极、董霜杰辈,往往一集至百篇,盖以是也。"② 蒋秋吟偶客长芦,"采掇轶事,证以图史",作《沽河杂咏》一百首,并"撮拾旧文以注之",纪昀称"其考核精到,足补地志之遗;其俯仰淋漓,芒情四溢,有刘郎《竹枝》之遗韵焉"③,不经意

---

① 陶元藻:《全浙诗话》卷二十九,第2册,第684页。
② 孙致中等编:《纪晓岚文集》卷九,第1册,第194—195页。
③ 孙致中等编:《纪晓岚文集》卷九,第1册,第194—195页。

间道出风土组诗与《竹枝词》的文体渊源。《竹枝词》本是流行于长江中游的民歌,自刘禹锡仿拟之后,成为专咏风土的体裁,常以组诗的形式出现。宋元明所作仍以记录土风民俗为主,到清代逐渐与地方文史结合起来,带有鲜明的咏史色彩①,这是众所周知的,无须赘论。

旅行游览虽是作诗的良好契机,但毕竟不是所有人都有这样的机遇和经历。对许多足不出户、老死里闬的乡曲之士来说,溪山卧游是聊以填补其阅历空白的唯一方式,左图右史的阅读也是间接感知四方历史遗迹的有限形式,这种封闭性使得咏史诗格外地发达起来。咏史与怀古处理的虽都是历史内容,但体制却很不相同。如果说风土诗需要以流寓或旅行经历为依托,那么咏史则足不出户,仅凭书卷即可实现刘勰所谓"寂然凝虑,思接千载;悄焉动容,视通万里"(《文心雕龙·神思》)的神游。既能根据书本知识进行历史评论,也可以与古人隔空对话。纪晓岚《挹绿轩诗集序》称迈仁先生"生长京华,足迹所及者近,未能涉历名山大川以开拓其胸次,而俯仰千古之思,周览四海之志,笔墨间往往遇之"②,正是此意。郑慎人《燕中怀古诗》名为怀古,其实是作者客京师期间,"别出新意,取诸古迹,各为一诗,其意主于怀古,而体格则乐府遗声也。长者数百言,少或数十言,以著书之笔、论事之识,而一寓之于诗,不特使登临凭吊者读之,低徊感叹,足以发其遐旷之思,而隶事之工、持论之正,抑亦地志家所莫能遗也"③。史学家王鸣盛这段话很精当地概括了咏史诗的非临场性和鲜明的史论品格,质言之就是一种案头文本,正好给书斋文人提供了纵横议论的空间,同时铺设一条逃离日常经验的路径。

正因为如此,史学空前发达的清代也成为咏史诗的鼎盛期和集大成时期。其成就可以从多个方面来认识,但最引人注意的首先是

---

① 参看丘良任《竹枝纪事诗》,暨南大学出版社1994年版。
② 孙致中等编:《纪晓岚文集》卷九,第1册,第204页。
③ 王鸣盛:《郑慎人燕中怀古诗序》,陈文和主编《嘉定王鸣盛全集》,中华书局2010年版,第10册,第313页。

吟咏范围和对象的丰富。从正史旁及《资治通鉴》，光咏史专集即有二百八十余种①。体裁除常见的五七言古近体外，还有六言专集。篇幅短则绝句，长则如任道镕《读史六百韵》，为其他题材所罕觏。仅以乐府名篇的，除了拟李东阳《乐府》的陶汝鼐《广西涯乐府》、申涵盼《拟西涯拟古乐府》、夏熙臣《拟李东阳乐府》、陆以诚《广李西涯拟古乐府》外，笔者所见就有王士禛《咏史小乐府》、尤侗《拟明史乐府》、万斯同《新乐府》、洪亮吉《拟两晋南北史乐府》、舒位《春秋咏史乐府》、许敦彝《历代闺媛小乐府》，张晋《读〈后汉书〉作小乐府三十八章》、李树恭《拟王阮亭先生咏史小乐府》，徐宝善《五代史新乐府》《续明史新乐府》，周乐清《咏史乐府》《咏古迹拟乐府体四十首》，何栻《汉书乐府》二卷，王金镛《南唐乐府》二十四首，王增祺《南史乐府》《北史乐府》各八十首，许械《十六国春秋乐府》，缪荃孙《北齐小乐府》三十首、《明季小乐府》十二首，据说数量不下九十种②。其中最有名的当然是尤侗和王渔洋之作。这些作品往往产生于书斋生活的枯燥寂寞之中，比如尤侗，就是博学鸿词试中式后，入明史馆三年③，编纂《列朝诸臣传》《外国传》《明史·艺文志》之余，而作《拟明史乐府》百首；又考《明会典》《大明一统志》所载暨《西域记》《象胥录》《星槎胜览》《瀛涯胜览》等书，谱《外国竹枝词》百首，附土谣十首行世。这段时间里他赋咏的其他题材，仅存薄薄的一册《于京集》。

到乾隆间，更盛行以七律咏史，清末学者即已注意。罗惇衍《集义轩咏史诗钞》自序云："其专以史入诗，则唐末有周昙、孙元晏、胡从事诸人，宋有杨大年，元有杨铁崖，明有李茶陵。以及我朝，有尤展成、严海珊诸人。或五言或七言或乐府，体制各自不同。而专以七律为制，则乾隆、嘉庆年来新安之曹太傅丽笙、南康之谢

---

① 詹骁勇：《明清咏史诗集知见录（清代）》，香港大学饶宗颐学术馆2010年版。
② 张焕玲、赵望秦：《古代咏史集稿》，三秦出版社2013年版，第20、47页。
③ 尤侗《明史拟稿》卷首自序云："康熙十八年，诏征博学鸿儒，纂修《明史》，与选者五十人，分为五班，自洪武至正德，编次亦如之。予班第五，则所纂者，弘正时事也。"

方伯蕴山、歙之鲍少司空觉生、大兴之王太史楷堂，各自成集，详略亦各有异。由春秋后以迄元、明，则所同也。"① 乾嘉间一些著名诗人，本身就是杰出的史学家，像赵翼、钱大昕、杭世骏、洪亮吉、谢启昆等，他们写作咏史诗正是长袖善舞。赵翼《瓯北集》中的咏史诗，据统计有一百四十余题，洪亮吉《更生斋诗》卷八《北郊种树集》有《读史六十四首》，又有《拟两晋南北史乐府》二卷、《唐宋小乐府》一卷，钱大昕《潜研堂诗集》卷三有《元史杂咏二十首》，谢启昆有《树经堂咏史诗》七律八卷，边连宝有《咏史》七绝四十五首，钱载有《读五代史记赋十国词一百首》，吕星垣有《读史五古二百三十首》，严遂成有《明史杂咏》四卷，舒位有《五代十国读史绝句》三十首，顾宗泰有《晋十六国咏史诗》《北齐咏史诗》《南都咏史诗》《南唐杂事诗》《五代咏史诗》《胜国宫闱诗》七绝各一卷，曹振镛有《话云轩咏史诗》七律二卷，鲍桂星有《觉生堂咏史诗钞》七律三卷②，赵怀玉有《云溪乐府》二卷从十字碑写到陈圆圆，张晋有《读史记四十首》《读五代史杂咏三十九首》。而罗惇衍本人的《集义轩咏史诗》竟收七律一千六百首！风气所及，帝王也加入这个行列，乾隆帝作有《咏史全韵诗》《御制咏左传诗》，嘉庆帝作有《御制全史诗》，可见一斑。

相比于上面这些名士，越是没有功名或自觉怀才不遇者，往往越要借助咏史来自我表现，同时宣泄对现实的不满与愤懑。像郑大谟有《青墅读史诗》十卷，汪云鏊有《题唐书列传后》廿四首，康发祥有《仿唐人咏史排律》九十四首，周乐清《咏史乐府》四十首、《咏古迹拟乐府体四十首》，韦佩金有《读南史三十首》，汪曰桢有《读后汉书杂诗二十四首》《读史记杂诗七十首》，王增祺有《南史乐府》《北史乐府》各八十首、《南疆绎史杂咏》四十二首、《啸亭杂录分咏》三十二首。撰有《五代史乐府》的王润身，"自郡县至院试辄

---

① 罗惇衍：《集义轩咏史诗钞》卷首，光绪元年刊本。
② 参看李鹏《赵翼诗歌与诗论研究》第三章第一节"赵翼与乾嘉诗坛的'咏史热'"，汕头大学出版社2007年版，第45—53页。

冠其曹，屡战棘闱，额满见遗者再，士论惜之。先生遂绝意进取，而嗜学之心，终其身未杀也。尝闭门兀坐，研读名大家诗古文辞，严寒溽暑不少辍"①。阅历贫乏的寒士诗人就这样借助案头文本的阅读、思索、议论，同样获得了山川游历、凭吊遗踪的经验，在临场的历史兴亡感之上，更增添一层出自理性的历史反思和现实批判，而这神游千载的穿越同时也将他们带离日常经验的狭隘时空，进入尚友古人的境界。清代无比丰富的咏史、怀古诗作，无疑是诗人们有意识地摆脱日常经验的一种策略性选择——以神游千载超越日常经验的时空。

四　制造"事件"：日常经验的装饰和点缀

　　非但旅行或出使不是常人所能拥有的经历，就是咏史的闲暇，对许多官人来说也是很难奢求的雅兴。礼法世道、人情社会也需要仪式化的典礼和客套化的应酬，这些占据平凡生活相当比重的俗事也是一种日常经验，但却无法弃捐和取代，只能以某种方式求得主观的超越、客观的提升。比如友朋饮宴，送往迎来，多半也是一种应酬，但若赋予某个有意味的主题，便顿时提升品格，变俗为雅。最典型的形式莫过于为古代名贤庆祝生辰，比如苏东坡生日，非但宋荦、翁方纲这样的文坛大德连年邀集朋侪聚会赋诗，毕沅、王昶在幕府中也曾举行。到嘉庆间这类诗作的积累已很可观，以至于翁方纲建议法式善辑为一编②。此后还可见陈来泰《寿松堂诗话》卷四载作者与徐伯海每岁赋诗祝东坡生日，陶澍集中有《丙子十二月十九日梁茝邻仪部招同黄霁青朱兰友刘芙初陈石士胡墨庄集斋中为东坡先生作生日》，康发祥《伯山诗钞·望云集》卷七有《十二

---

① 王家枢：《五代史乐府跋》，宣统元年活字印本。
② 翁方纲《茝邻同日作坡公生日求赋》自注："昔尝约梧门编辑从来作坡公生日诗，自宋漫堂绵津山馆及于苏斋，并毕秋帆终南草堂、阮芸台杭州苏祠诸什也。"《复斋诗集》卷六十九，《清代诗文集汇编》影印本，第381册，第652页。

月十九日小集城西草堂为东坡先生作生日兼寿沈芍园殿春分韵得思字》,《由庚集》又有《十二月十九日金眉生观察招集光孝寺为东坡先生作生日》,龚显曾《薇花吟馆诗存》卷一也有《东坡先生生日同许瀓甫师黄嵭南丈陈铁香义门剑门昆仲绘像设祭为诗以纪》,足见以此为赋诗缘由的好事者正自不少。林寿图邀宗稷辰、朱琦、叶名沣、孔宪彝、王拯、刘存仁、何绍基诸名士为黄庭坚祝生日①,乃至宣南诗社集会祭祀顾炎武,同为类似活动。不难理解,纪念古贤的理由实质是为了制造风雅事件,以此装饰平庸的日常社集,发挥洗刷日常经验的功能。

　　由此不禁想到,清代诗坛制造风雅事件的方式其实很多,并且也与自古相传的好事者的风雅传统不无关系。只不过这种制造故事的风气到清代愈演愈烈,经常发展到耸人听闻的地步,这就不能不让人深思了。比如清初诗坛的一唱百和之风,就很值得注意。夙以"名士牙行"的角色周旋于公卿间、借汇刻《国朝诗余》名世的布衣孙默,一日忽动归心而赋归黄山诗,遍征天下名士赓和,据施闰章说竟得四方赠诗近万首②。以孝行扬名于世的袁骏,赋《霜哺篇》表彰寡母的苦节,也广征诗文,据归庄说得"诗文不下千首,传、序、跋、赋、颂、乐府、歌行、古、律诗、绝句诸体悉备"③。类似的唱和活动,别说是这种有故事的主题,就是普通题材也能引起热烈的反响。顺治十四年(1657)青年才子王士禛在大明湖社集,赋《秋柳》四章,远近人士自顾炎武、曹溶以降和者五百余家,而且后来追和者一直不绝,仅闺秀就可举出郑镜蓉、苏世璋、何佩珠、何佩芬等。乾隆三十九年(1774)黄大鹤辑为专集,仲鹤庆见到当时尚在髫年的女诗人熊琏的和作,对"半江残雨夕阳村"一句叹赏不置,其一

---

　　① 何绍基:《林颖叔招同宗涤楼朱伯韩叶润臣孔绣山王少鹤刘炯甫拜黄文节生日以日问月学旅人念乡分韵得旅字六月十二》,《何绍基诗文集》卷一,岳麓书社2008年版,第364页。
　　② 关于孙默的征诗活动,杜桂萍《"名士牙行"与孙默归黄山诗文之征集》(《社会科学战线》2015年第1期)有详细考论,可参看。
　　③ 归庄:《袁重其字序》,《归庄集》卷三,上海古籍出版社1984年版,第219页。

门闺秀从而和之。长女振宜句云"谁将春信催三起,耐尽秋风又一年",次女振宣句云"任他乱绪萦秋雨,谁理残丝入线箱",媳赵书云亦有句云"苏小丰姿空旖旎,谢家帘阁尚依稀"①。如果说当时群起而和还可解释为渔洋原唱若有若无的寄托引发了广泛的共鸣,那么百余年后这些闺中才女的追和不就只能说是要参与一桩历史事件,使自己的创作和一个风雅佳话联系起来吗?如此就不难理解,为何汪琬一组普通题材的《苏台杨柳枝词》,也能引来数百人的赓和②,更别说那些新奇题目,本来就吸引人跟风追和了。像杭世骏首唱《方镜》二十四首,传诵辇下,"和者自王侯以逮公卿、士大夫、方外、闺秀,无不有作,几及数千家,诚辇下仅事也"③。嘉庆间柯振岳赋人影诗,题曰《身外身》,和者多至百余人,选六十七人之作编为一集。其中一位作者余江又作《广人影》,分赋贵人、富人、老人、美人、贫士、农夫、渔夫、樵夫、童子、释子;另一位作者俞锡礽复赋美人影,桂林、延君寿、柯振岳和之,题曰《是亦影》④。如此好事不倦、乐此不疲,只能说明一个问题,那就是大家都乐于共襄盛举,助成一个佳话。事实上,类似的制造故事之举在清代是太常见了,简直不胜枚举。

就拿题咏图卷图册来说,就是清代极为盛行的风气。王渔洋喜欢将别人为自己画的肖像或诗意图让友人、门生辈题诗,诗文中留下不少记录。他的画像多出自当时最负盛名的肖像画家禹之鼎之手,这位画家为当时许多名士绘过肖像,他也征求许多名士为自画像及《卜居图》等赋诗题咏。著名文人借各种因由征求诗文题咏,在当时是很普遍的事。钱陆灿六十初度以王概所绘小像索亲故题诗,金俊明六十乞人作生挽诗,汪懋麟绘《少壮三好图》征同人题诗,高士奇被

---

① 熊琏:《澹仙诗话》卷一,道光二十五年刊本。
② 王士禛《题苏台杨柳枝词后二首》自注:"汪钝翁编修首倡,吴越和者数百人。"袁世硕主编《王士禛全集》,齐鲁书社2007年版,第2册,第907页。
③ 查为仁:《莲坡诗话》,《全浙诗话》卷四十七引,第1196页。
④ 有嘉庆十七年藏修斋活字本,收入《稀见清人别集百种》,北京燕山出版社影印本。

刘罢归以《南归图》征诗，徐釚告归以《枫江渔隐图》征诗，类似情形在清初诗文集中留下许多线索。曹三才出京归浙中，王石谷、费而奇、禹之鼎为绘《折柳送别图》图册，诸家题咏达四十余家，流传至今①。袁枚曾以《随园图》广征题咏，郭麐步踵效尤，也以《灵芬馆图》征题，都记录在各自的诗话中。张涛以十一世祖月梧先生督学福建所获韩愈落霞琴遍征题咏，蔚为巨观②。陈维崧的《陈检讨填词图》身后流传于世，后人慕其风雅才情，竞相题咏，传为佳话。直到晚清叶衍兰还招友人潘飞声、冒广生等观其临本，填词纪事。曹寅追怀居先公江南织造署读书的情景，请恽南田、禹之鼎等为绘《楝亭图》，征南北名流题咏。今存裱本四卷，作者自纳兰性德、尤侗、王士禛、徐乾学昆季、王鸿绪、毛奇龄、陈恭尹、余怀、杜濬、邓汉仪等朝野名士四十五人。还有一些诗文未收入图卷，如屈大均集中《楝亭诗为曹君作》、杨钟羲《雪桥诗话续集》卷三所载倪粲诗、叶昌炽《藏书纪事诗》卷四所引吴之騄诗及叶燮、韩菼所撰《楝亭集》等。这些题咏诗文，除了曹寅任职的京师、苏州、扬州三地作者之外，岭南三大家系托王士禛祭告南海抵广州时代为征求，桐城诸家则是托钱澄之代为征求③。不只是征求者，受托代征者显然也乐于充当好事君子，成就一段风雅故事。

到了乾隆以后，自觉扮演"好事者"角色的人越发地多起来，都乐于制造一些吸引眼球的佳话。比如唐仲冕修苏州的唐伯虎墓、陈文述修西湖的冯小青墓，都曾引发全国性的题咏活动。袁枚两度招集女弟子大会于湖楼，虽未必有意招摇，但最终有尤诏、汪恭合绘的《随园十三女弟子湖楼请业图》长卷流传于世④，就不能不成为一个带有香艳色彩的故事。嘉庆十七年（1812）暮春，黄乔松开

---

① 2011年11月13日中国嘉德秋拍《大观——中国书画珍品》所拍《折柳送别图并诸家题咏》，以402万元成交。
② 张涛：《诗法浅说》，周麐勋序，光绪十九年李氏聚和堂刊本。
③ 详见蒋寅《张伯驹旧藏〈楝亭图咏〉新考释》，《国学》第八辑待刊。
④ 王英志：《袁枚题〈十三女弟子湖楼请业图〉二跋考》，《中国典籍与文化》2008年第1期。

红棉诗社,与会作者七十余人,各赋七律十首,"将以踵黄牡丹、赤鹦鹉之韵事",黄培芳出席赋诗,并载于诗话中①。在这类事件里,举事者自然不乏好名的动机,但襄事者更乐于享受一种参与感。正如独自在家吃饭是日常经验,开派对、赴宴会就是新鲜经验;赏玩自家的花木是日常经验,而观赏别人家的花木则是新鲜经验。类似题咏曹寅《楝亭图卷》的写作,实际上是介入了他人的生活,无形中也就拓展了自身的经验范围,获得了新异的体验。这无论对于写作还是生活本身都是有积极意义的。生命中最大的欣喜,就是不断更新和充实个体经验。即便不能增加生命的长度,也要通过扩大经验范围,增加它的厚度和密度。从这个意义上说,文学和艺术有着不可替代的作用——个体直接经验的内容永远是有限的,艺术提供了获取间接经验最有效的方式。对个体而言,每一种间接经验都是特殊的,有一些今后能直接体验,像老病、死亡;有很多或许终身都不会经历,像地震、战争。那些难以经历的特殊经验尤其会吸引我们的好奇心,这就是超现实题材特别吸引人的道理。在前电影和动漫时代,人们同样有各种为满足自己对特殊经验的希求而构拟的形式,像李白的游仙,像李贺对天界的想象,都无非其极端的形式,而更多的尝试则散布在日常写作中,只有用特殊的眼光才能感觉其不同寻常的意义,领会它们要在平凡的生活中寻找事件、制造事件的普遍动机。

五 筛选和过滤:日常生活情景的经典化

相比通常在超现实题材中摆脱日常经验的前代诗歌来,清诗更倾向于在现实题材中实现日常经验的过滤。有时这种努力表现得很平淡,并不引人注目。张赓谟《菉园诗草》卷二有一组《空斋寂坐

---

① 黄培芳:《粤岳草堂诗话》卷二,《黄培芳诗话三种》,广东高等教育出版社1995年版,第107页。

万感俱来爱作消闲十二事诗以自遣时丁巳初夏也》，分别写评史、论诗、读画、仿帖、莳花、看竹、听鸟、观鱼、品香、试茗、问酒、弹棋①。诗题明言空斋寂坐，则此十二事不过是一时悬想，并非实境。但它们显然又不是虚构，都是作者日常生活中的某个片段，无聊中将这些片段一一写来，实质上是将日常生活加以淘洗，过滤其庸琐的部分，提炼出若干精雅的情境，剪辑成一套文士家居生活的精致图景。同书卷三《消夏诗六律》咏蕉扇、竹榻、浮瓜、烹茶、荷亭、槐馆，《和王勉亭消夏八咏》咏蕉窗听雨、茅亭步月、花屿晒书、莲湖泛棹、桐院停琴、松阴放鹤、柳港观鱼，也具有同样的意趣，看似悉为日常生活情景，其实是过滤了日常生活的琐屑性和烟火气，超脱了日常生活之庸俗氛围的精选场景，或许可以称之为日常生活情境的经典化。前代诗歌不是没有这样的作品，但不像清代诗歌中这么普遍和醒目。像鲍俊瑞《十春吟》咏春信、春光、春色、春梦、春痕、春声、春嬉、春祭、春尘、春愁，钱孟钿《秋窗六咏》咏残荷、风叶、吟蛩、客燕、凉檠、霜杵，夏塽《雪天分咏同巢芸作》咏梦雪、卧雪、画雪、扫雪、浣雪、餐雪、煮雪、踏雪②，这样的组诗在清人别集中俯拾即是。明白它们对家居生活的意义，也就不难理解胡天宠《旅草》咏雪案、雪几、雪屏、雪瓶、雪床、雪帽、雪裘、雪卷、雪笺、雪研、雪笔、雪墨，黄爵滋《十驿诗》咏驿柳、驿花、驿夫、驿马、驿馆、驿渡、驿火、驿爨、驿梦、驿诗，斌良《车上四咏》咏篷、幔、旗、鞭，《道旁八咏》咏驿、铺、市、寺、柳、草、辙、尘，《旅食八咏》咏饼、粥、腐、火酒、葱、韭、鸡卵、大头菜，《店中四咏》咏床、灯、枥、槽③，对于写行旅生活的意义。它们都是某类生活情景的典型化表现。更上升到抽象层面，就是秦臻《冷红馆诗补钞》卷一《杂感》咏有生之劳、知遇之难、生离之悲、

---

① 张赓谟：《萩园诗草》卷二，文清阁编《稀见清人别集百种》，第13册，第77—81页。
② 分别见鲍俊瑞《桐花舸诗钞》卷七、钱孟钿《浣青诗草》卷四、夏塽《篆枚堂诗存》卷四。
③ 分别见黄爵滋《仙屏书屋初集》卷十一、斌良《抱冲斋诗集》卷一。

死葬之苦这样的情形，变成对人生某个情境的吟味了。

　　清代这种组诗写作的发达，我想可能与社集成为写作的一种常态相关。频繁的社集，本身就会流于日常经验的重复，但社集的动机和相约赋题的形式又明显出于摆脱日常经验的欲求①，这么看来，社集作为底层写作的孵化器，对于摆脱日常经验有着非常重要的组织意义。不妨看一个众所熟知的例子。黄一农教授曾关注《红楼梦》第三十七回宝钗提出的咏菊诗的做法：

　　　　以菊花为宾，以人为主，竟拟出几个题目来，都是两个字：一个虚字，一个实字，实字便用"菊"字，虚字就用通用门的，如此又是咏菊，又是赋事，前人也没作过，也不能落套。赋景咏物两关着，又新鲜，又大方。

结果众人拟出忆菊、访菊、种菊、对菊、供菊、咏菊、画菊、问菊、簪菊、菊影、菊梦、残菊十二题。黄一农举出永恩曾在乾隆十三年（1748）或此后不久作有《菊花八咏》，与异母弟永恚唱和。其子题为访菊、对菊、种菊、簪菊、问菊、梦菊、供菊、残菊，全见于《红楼梦》十二题中。因此他怀疑曹雪芹的诗题是取自永恩兄弟的唱和②。这无疑是个很有意思的线索，不过无论曹雪芹这一情节的设计是否受到永恩昆季的启发，这种组诗都应该是清代热衷于写作主题化组诗风气下的产物。而且我们知道，此类制题法由来更是甚早，元冯子振《梅花百咏》中即有移梅、剪梅、浸梅、簪梅、别梅、忆梅、梦梅等题③。乾隆间女诗人归懋仪《绣余续草》中的《咏菊十

---

① 如汪维城《弢尘馆诗存》卷一《消寒社集分题得雪美人》《第二集分题得纸帐梅花曲》《第三集分题得乌栖曲》；谭莹《乐志堂诗略》卷二《西园吟社第一集用乐府题作唐体十二首同集者熊笛江徐铁孙两孝廉梁子春徐梦秋邓心莲郑棉舟四茂才》《西园吟社第三集珠江秋禊》《西园吟社第四集秋草四首》《西园吟社第五集黄叶四首》，题目设计已可见超脱日常经验的用心。

② 黄一农：《曹雪芹卒后与其关涉之乾隆朝诗文》，《长江学术》2015年第4期。

③ 顾嗣立辑：《元诗选》三集选其三十六，中华书局1987年版。

二律》，小题悉同于《红楼梦》，可信是拟作。后来周乐清《静远草堂初稿》中的《咏菊十二首》，取忆菊、访菊、乞菊、种菊、养菊、问菊、画菊、采菊、餐菊、寄菊、枕菊、拜菊，祝应焘《宦游草堂诗钞》卷四的买菊、种菊、访菊、赏菊、瓶菊、菊枕、移菊、对菊、菊影、菊山十首，已多为自创之题。周诗小引云："意航栽菊颇盛，同人宴赏，咸各题咏，追步未能，因仿前人杂拟各题，得十二律，以志雅集。"① 可见，他乃是仿照前人杂拟之题而作，与《红楼梦》毫无关系。这类主题化杂拟的流行，我们从唐骆宾王《秋晨同淄川毛司马秋九咏》的影响即可窥见一斑。骆宾王所咏的秋风、秋云、秋蝉、秋露、秋月、秋水、秋萤、秋菊、秋雁，因选取了秋季有代表性的物色，清人屡有模仿。颜光猷《水明楼诗》有《秋日九咏仿骆宾王先生》，第一首改为秋晨；彭泰来《诗义堂后集》卷四也有《演骆丞秋晨九咏》。后来诗家相沿不绝。法式善《梧门诗话》载，张埙与王友亮唱和《九秋诗》，王和《秋花》云："冷面偏宜笑，芳心不肯红。"张极爱之，请罗聘绘图，录诗其上。王旋乞假归，张作《后九秋诗》寄之。《秋山》云："秋山如静女，能瘦不能肥。"《秋雨》云："苔阶随意绿，香篆不辞帘。"语皆隽妙，唯王《秋扇》"堕来娇女手，冷到美人心"足以匹敌②。后胡雪蕉又以七言追和，《秋扇》云："漫向秋风怜薄命，却疑明月是前身。"座中皆为阁笔③。郭麐也有咏《九秋》之作，《梧门诗话》卷十三曾摘其佳句。

这种主题化的组诗形式，在清代非常流行，《红楼梦》的咏菊诗会正是诗坛风气的缩影。从一些诗话的记载可知，这种有规模的主题化赋咏常与社集有关。袁枚《随园诗话》记载的一些例子相当典型：

> 马氏玲珑山馆，一时名士如厉太鸿、陈授衣、汪玉枢、闵莲峰诸人，争为诗会，分咏一题，裒然成集。陈《田家乐》云：

---

① 周乐清：《静远草堂初稿》，山东图书馆藏稿本。
② 张寅彭、强迪艺：《梧门诗话合校》卷二，凤凰出版社2005年版，第63页。
③ 张寅彭、强迪艺：《梧门诗话合校》卷八，第241页。

"儿童下学恼比邻，抛堕池塘日几巡。折得松梢当旗纛，又来呵殿学官人。"闵云："黄叶溪头村路长，挫针负局客郎当。草花插鬓偎篱望，知是谁家新嫁娘？"秋玉云："两两车乘毂觫轻，田家最要一冬晴。秋田晒罢村醪熟，翻爱糟床滴雨声。"汪《养蚕》云："小姑畏人房闼潜，采桑那惜春葱纤。半夜沙沙食叶急，听作雨声愁雨湿。"陈云："蚕娘养蚕如养儿，性知畏寒饥有时。篱根卖炭闻荡桨，屋后邻园桑剪响。"皆可诵也。余题甚多，不及备载。①

杭州姚君思勤、黄君湘圃、吴君锡麒八九人，同作《新年百咏》，俱典雅，而吴诗尤超。《门神》云："问尔侯门立，能知深几重？"倪经培云："爵封万户外，秩满一年中。"姚咏《拜年》云："履吉弓鞋换，催妆岁烛然。胜常称再四，利市乞团圆。"《风筝》云："面目为谁槁？心肠到底甜。"黄咏《爆竹》云："买来还缩手，毕竟让人工。"《面鬼》云："一半头衔用，几重颜甲生。"皆佳句也。金雨叔宗伯为题辞云："回首辞家十载余，旧乡风土梦华胥。卷中重认新年景，却认初来占籍居。"②

类似的同场共赋、分题拈韵，无论是所赋题材还是写作活动本身，对作者都是很有刺激性的挑战，充满竞争性，无须刻意追求，即自然远离日常经验。有些题目与咏史有交叉，如张问陶《船山诗草》卷十五所收《与鲍雅堂户部吴谷人汪静厓两庶子法时帆侍讲赵味辛舍人谢香泉礼部姚春木上舍分赋饮中八仙得李适之》；有些题目与现实生活密切相关，如钱载《萚石斋诗集》卷十四《考具诗》，序云："辛未冬，同里诸君聚都下销寒，分考具十题，载拈赋其九。"③ 而更多的题目则与广义的题咏相关联，不一定吟咏具体物品，而是涉及某种情境。社集以及其他群体性的写作，由于同场写作同一题材而产生竞争，

---

① 袁枚：《随园诗话》卷三，第69页。
② 袁枚：《随园诗话》卷九，第233页。
③ 钱载：《萚石斋诗集》，上海古籍出版社2012年版，上册，第228—232页。

就形成许多题材、主题及表现方式的集中开拓，这无疑会促进自然景观、日常生活情景的典型化和表现方式的多样化发展。

众所周知，社集通常与节令相关，消寒、消夏乃是社集最常见的名目，而春、秋两季因有踏青、登高的胜事，更集聚了人们对传统题材的开拓之功。像忻恕《春景八首》之咏春山、春水、春风、春雨、春花、春草、春莺、春燕，还只是很一般的写作，其《冬景八咏》写贳酒、烹茶、添炉、呵笔、问袁、访戴、探梅、看山，就是颇为刻意的经营了①。但正所谓"诗无秋气不能高"②，春夏冬三季的书写无论如何都不足与秋相埒。看看汪曰桢《玉鉴堂诗集》卷四《九秋诗社与袁子瑜修瑾陆箫士长春分题每集三题计十五集共四十五首》，就可知传统的季节书写怎么在社集中形成规模化的趋势。更多的时候，同人间的唱酬也会形成类似社集的结果。康熙三十六年（1697）梁佩兰首唱《十九秋诗》《后十九秋诗》，咏秋帘、秋寺、秋灯、秋原、秋社、秋屋、秋渔、秋瀑、秋簟、秋塘、秋戍、秋猎、秋菜、秋镜、秋楼、秋衫、秋蝶、秋烟、秋琴，一时作者群起而和之。陈恭尹《题徐虹亭和梁药亭十九秋诗后》云："梁子药亭偶拈《十九秋》题，适虹亭太史来游罗浮，奋笔同赋。诸公之客于斯者，复翕然和之。"③ 林凤岗《十九秋诗》序云："梁郁洲先生首倡《十九秋》诗，和者数百家。时余方适楚，友兄陈献孟有诗曰：'苦忆林司马，归吟十九秋。遂令今作者，得见尔风流。'比归，勉成应命，前后各十九首，如献兄诗数。"④ 现知还有张尚瑗《石里诗·泽家集下》收有《十九秋诗和同年梁佩兰》，梁佩兰《徐紫凝和予十九秋诗题二截句于卷尾见贻次韵答之》也保留了徐逢吉赓和的线索。几百人的赓和流布四方，可以想见会产生多么广泛的影响。所以，看到黄鹭来《友鸥堂集》卷三的咏秋诗六十一题，李调元《雨村诗话》卷十二载金紫

---

① 忻恕：《近水楼遗稿》，宣统二年活字本。
② 邵葆祺句，见张寅彭、强迪艺《梧门诗话合校》，第382页。
③ 陈恭尹：《独漉堂集》，中山大学出版社1988年版，第891页。
④ 林凤冈：《石岳诗寄》五律三，康熙三十八年刊本。

芝作《百秋诗》，到周乐清《静远草堂初稿》所收《秋吟三十首》、徐谦《秋兴杂诗》九十题①，我们就不用诧异这愈演愈烈的趋势。

事实上，咏秋的题式还在细化，康熙间李兆龄以《秋声八咏》为题，分赋柳巷乱蝉声、霜皋堕雁声、露蛩诉月声、锦石捣秋声、金飚剪叶声、霖雨滴阶声、铁马风檐声、霜天晓角声②。道光间王廷俊作《杂咏秋声七律十二首》，分咏风声、雨声、涛声、树声、书声、砧声、漏声、角声、鹤声、雁声、猿声、虫声③，与王克巍《十声诗》、百龄的咏八声诗、佚名《社课十六声》④，又构成另一类生活场景和自然景观的经典化图景，而且朝着意境空灵化的方向发展。

六 咏物：特殊经验的设定和虚拟

主题化的组诗写作，当其范围和规模达到一定程度，就必然超出我们直接经验的界限，迫使作者进入只能运用间接经验的虚拟性写作中。正像旅行和怀古通过时空变换带给我们非日常的特殊经验一样，作为知识获得的间接经验天生就是特殊经验。如果说陈恭尹、梁佩兰同作的《十放诗》《九边诗》中，放驴、放鹤、放鹰、放牛、放猿、放萤、放蝶、放鸭、放鱼或许还有直接经验，放云就是难遇的奇事了⑤；至于边月、边雪、边柳、边笛、边马、边雁、边烽、边草、边尘之类，没有出塞经历的两位岭南作家只能作想象虚构之词，

---

① 徐谦：《秋兴杂诗》分咏信、影、心、气、声、色、曛、月、汉、露、风、云、烟、雨、霜、雯、阴、晓、晚、宵、山、嵩、岱、华、栈、原、邙、瀑、海、湘、江、涨、潮、舫、滩、帆、郭、宫、寺、圃、闺、漠、磷、塞、猎、戍、驿、旅、樵、渔、获、梦、觞、别、笳、砧、笛、柝、钟、漏、琴、屐、衣、扇、簟、灯、帘、鹤、隼、鹰、雕、燕、雁、骑、猿、蝉、萤、蛩、蝶、鲈、兰、菊、莼、芦、蓴、薛、林、梧、枫、籉，共九十题，为古来罕见。

② 李兆龄：《舒啸阁诗集》卷四，乾隆九年刊本。

③ 王廷俊：《略存稿》卷二，光绪十八年木活字本。

④ 分别见王鸣盛辑《苔岑集》卷二十三、百龄《守意龛诗集》卷九、佚名《养拙山房诗草》。

⑤ 蒋寅《金陵生小言》卷一"儒林外传"中曾记录若干放云的故事。

对他们来说完全是一种特殊经验的虚拟，而这种虚拟化的写作可能成为摆脱日常经验的重要形式。

如此想来，虚拟化的写作倒也有不少形式，最简单的是依据设定的经验内容即角色化的抒情方式来写作。可以沿用传统的虚拟形式，如赋得旧题——包括乐府旧题在内的拟代体一类①，不用说是一种隔离日常经验的简单方式。顺治十六年（1659），被流放宁古塔的方拱乾在寂寞中写作八十二个乐府题，这些乐府旧题对于原初作者可能是直接经验的书写，但到清代作者手中就变成一种被设定题材或角色的虚拟经验模式，其所规定的时空隔开了流贬生涯荒寒苦寂的日常经验。与此相仿，一些角色化的题材同样也构成被设定的虚拟经验。比如南宋刘克庄的《十老诗》，咏老将、老马、老妓、老儒、老僧、老医、老吏、老奴、老妾、老兵，对作者来说都是特殊经验的虚拟。因被方回选入《瀛奎律髓》，招致后人不断的仿效。笔者在清人别集中看到的，有乔于泂《思居堂集》卷七《友人以诸老诗索和步韵七首》、董元度《旧雨草堂诗》卷六《十老诗同午厓殁夫拈韵》、吴本锡《寄云楼诗集》卷三《十老诗舍雨轩同赋》、佚名《养拙山房诗草》《社课十老吟》、方濬颐《二知轩诗钞》《咏老十六首》，此外陆隽东《景云堂诗稿》、吴之馨《贾余草》卷下、邓蓉镜《诵芬堂诗草》、周衣德《太玉山馆诗集》、张曾望《卅六芙蓉仙馆诗存》卷一也有相因之作，题目范围也随之扩大。到祝应焘《宦游草堂诗钞》，就广为老儒、老将、老臣、老吏、老农、老渔、老丐、老友、老尼、老僧、老妻、老妾、老妓、老圃、老仆、老婢、老伶、老隶、老幕、老妪、老奴、老贾、老卒、老母二十四题②，成一时大观。至于萧德宣《虫鸟吟》卷六《九老吟》，咏老成、老健、老明、老慧、老练、老辣、老拙、老饕、老福，则属于另辟蹊径，是咏老境的性情。类似这样的组诗，某个诗人偶发奇想，信笔挥洒，不算

---

① 关于角色化抒情的问题，可参看蒋寅《角色诗综论》（《文学遗产》1992 年第 3 期）一文的讨论。

② 祝应焘：《宦游草堂诗钞》卷四，同治七年刊本。

什么事；但众多作者群起赓和，情况就不同了，它会形成一股风气，带来举一反三的效应，正像《竹枝词》在清代层出不穷一样。规模化的组诗对特殊经验的表现尤其会形成突破性的开拓，从而带来自然、历史意蕴和人性深度的不断开掘乃至想象力的不断扩张。当我们从清代数量庞大的咏物诗中看到这种苗头时，其背后早已积聚了多种多样的突破传统的共识。

众所周知，咏物起于汉赋，但出现在诗中却要晚至南朝。南朝的咏物诗不仅在短时间内达到很高水准，其组诗形式更开后代诸多法门。沉迷于佛教的萧梁诸帝，喜欢用组诗来喻说佛理，武帝有《十喻诗》、简文帝有《十六空诗》，遂开一时风气。前者今存幻诗、如炎、零空、乾闼婆、梦五首，后者今存如幻、水月、如响、如梦、如影、镜象六首，皆系假设情境以托喻。臣下沈约有《十咏》效尤，所存领边绣、脚下履二首，也不同于后来李峤《杂咏》那种专注于类事体物的咏物，到唐代遂发展出一种特殊的咏物体式——从王绩《古意六首》咏宝琴、竹笛、宝龟、古松、秋桂、彩凤，到刘长卿《杂咏八首上礼部李侍郎》咏幽琴、晚桃、疲马、春镜、古剑、旧井、白鹭、寒钉，体式虽是咏物，但所咏却非一般意义上的物，而是特定状态或情境中的物，于是不能不带有某种寓言色彩。历宋元明而至清，咏物由附庸蔚为大国，几乎无物不入诗，无物不可咏，但最具时代特色的还是咏物的情境化。这个问题让我无意中发现清诗与元诗间一个还没被注意到的渊源关系。

元代诗人杨载作有《东阳十题》，咏焦桐、蠹简、残画、旧剑、破砚、废檠、尘镜、断碑、败裘、卧钟。清初许旭、顾湄各追和八首，以示吴梅村。梅村遂有《许九日顾伊人和元人斋中杂咏诗成持示戏效其体》之作，同样只和了八首。王誉昌《含星集》卷二《和元人东阳十题》始补和败裘、卧钟二题。后车玉襄《车别驾集》卷二有《吴梅村祭酒集中有咏物小品偶仿其体得诗六首》，钱孟钿《浣青诗草》卷四有《斋中杂咏八首效梅村作》，管世铭《韫山堂诗集》卷五亦有《仿元人咏物八首》。管世铭与钱孟钿有唱和，可知也是效梅村之作。但赵翼《瓯北集》卷五《偶阅元人吴赞甫集有斋中杂诗戏次其韵》八题，邵承照《云卧堂诗集》卷三《追和元人斋居十咏》，秦臻《冷红馆诗补钞》卷一《拟元人咏物诗四首》咏破砚、尘镜、断碑、卧钟，则是效仿吴思齐之作。汪承庆《墨寿阁诗集》卷一咏坏琴、旧剑、退笔、废檠、破书、残画、昏镜、断碑八首，显然也是本自元人。类似的题材，还有胡世安《秀岩集》卷十九《市古叹十首》咏古书、古手迹、古法帖、古章、古画、古琴、古窑、古铜器、古漆器、古锦，曹秉哲《紫荆吟馆诗集》卷一咏古剑、古琴、古碑、古鼎、古钱、古砚，唐大经《舫楼诗草》卷二咏古镜、古鼎、古琴、古书、古剑、古帖、古画、古砚、古锦、古钱，宫伟镠《春雨草堂集》卷九《八旧诗》咏旧镜、旧玉、旧琴、旧锦、旧砚、旧墨、旧纸、旧石，无非都是同样的取意。在元人不过是偶然戏笔，到清人手里就出自刻意经营，再三模拟仿效，不能不说是触动了他们某种趣味性的癖好，即赋予物以社会生活的内涵，使与人事相联系。如吴梅村《破砚》一首写道："一掷南唐恨，抛残剩石头。江山形半截，宝玉气全收。洗墨池成玦，窥书月仰钩。记曾疏阙失，望断紫云愁。"① 前四句明显是以南唐喻南明，石头双关金陵，暗寓明亡的哀思，这就在咏破砚中寄托了一层家国之感的特殊内涵。这类主题化的组诗，发展到一定规模就形成仇养正《新年乡物百咏》②、宗彝《汉碑杂咏》、许增庆《考古百咏》、叶德辉《观画百咏》《古泉百咏》这样的专题写作，成为清代别集中格外引人注目的部分。但最有特色的还要数张贞的一组咏船诗。这是古来罕见的咏物趣作，所咏二十六种船，包括漕船、钦差官船、现任官船、新任官船、去任官船、假归官船、遣归官船、巡河官船、武官船、龙衣船、商客船、抽丰客船、游客船、汛兵船、盐船、进香船、渡

---

① 程穆衡：《吴梅村诗集笺注》卷三十，上海古籍出版社1983年版，下册，第690页。
② 吴锡麟：《题仇一鸥同年新年乡物百咏后并柬李养斋同寅》，《新定寓稿》卷三，乾隆五十八年念典斋刊本。

船、渔船、柴船、酒船、月船、雪船、顺风船、避风船、冰船、雨船[1]。不仅有不同乘客、不同用途、各种气候条件下的船,还有各种官员乘的船。船作为一个特殊的场,呈现了不同境遇官员的不同姿态,折射出风波不定的官场、世态炎凉的现实。这是真正意义上的寓言之作,也是有意识结撰、有整体构思的讽世之作。

从本质上说,咏物实际是另一种形式的虚拟人生经验。以自然景物为题材的咏物组诗,同样具有使自然景观典型化的意义。到清代,咏自然物象已不复停留在一般意义上,而常具体化为不同的状态或情境。比如李惇《雪窗十咏次练川友人韵》咏雪意、雪珠、雪花、雪色、雪声、雪态、雪阵、雪粉、雪水、雪痕,黄律阳评:"咏雪故难,于雪中分出各题尤难。此何不费力而雅切也!"[2] 这便是咏雪的各种状态,比古来咏一般的雪,难度大为提高。乾隆帝作《喜雨十首》,咏雨阵、雨云、雨山、雨田、雨楼、雨舟、雨树、雨荷、雨蝉、雨蚓,纪晓岚有《恭和御制喜雨十首原韵》和之[3],这却是写雨的各种情境,将雨置于各种生活场景或与其他生物联系起来,赋予自然物象以一种生活趣味。周发藻《卧樟书屋集》卷三咏桐阴、竹阴、蕉阴、槐阴,以植物共有的一种状态为题材,则又是一种取意。类似的体物意趣,在咏月组诗中最为典型地表现出来。月本是人文意蕴积淀最深的自然物象,在清代的咏物类型中,月在情境化的方向又有长足的发展。王昭被《咏月四首》,分别写征夫塞上、思妇楼头、离人亭畔、高士门前[4],这是借助于四种虚拟的生活情境来咏月;李铸《次青小阁诗集》卷下的咏月二十七首,分别写芦月、宫月、团月、无月、惜月、山月、江月、爱月、新月、片月、残月、塞月、楼月、听月、泛月、醉月、海月、花月、松月、萝月、踏月、对月、坐月、卧月、待月、望月、浴月,则是合不同状态的月与玩

---

[1] 张贞生:《庸书》卷十七,康熙二十七年讲学山房刊本。
[2] 李惇:《灉湖漫稿》卷下,《清代诗文集汇编》,第 382 册,第 803 页。
[3] 孙致中等编:《纪晓岚文集》,第 1 册,第 394—396 页。
[4] 王鸣盛辑:《苔岑集》卷二十三,乾隆刊本。

月情境而分咏之，别有意致。此类组诗的体量有时会很庞大，如桐城吴绍廉以五律百首作《百云谱》①。很显然，规模对于自然物象的典型化来说是很重要的条件，正是规模化的创作、拟和及才思巧拙利钝的竞争，使有典型意义的物象凸显出来。

  与自然物象的典型化相伴，咏物诗的标题也在朝着纤巧化的方向发展。这一风气似乎也渊源于元诗。《四库提要》卷一六八谢宗可《咏物诗》提要云："此编凡一百六首，皆七言律诗，如不咏燕、蝶，而咏睡燕、睡蝶；不咏雁、莺，而咏雁字、莺梭。其标题亦皆纤仄，盖沿雍陶诸人之波，而弥趋新巧。"②这无疑是很有眼光的发现。元代咏物诗在取材和艺术表现两方面确实多有开拓，"弥趋新巧"更是值得重视的倾向，至今尚未被学界注意。自吴梅村作《八幻诗》，咏茧虎、茄牛、鲞鹤、蝉猴、芦笔、桔灯、核桃船、莲蓬人诸题，海内多有和者，林鹤招竟和至百首③，朱陵《亦巢诗草》中也有和作。尤侗则和以《西江月·梅村作物幻八诗颇极巧妙予谓其近于词为小调足之》词，其五茧虎有句云："采桑秦女自风流，翻学下车冯妇。"陈奕禧《虞州集》卷二增而衍之，赋月钩、虹梁、烛泪、游丝、蝶梦、梅魂、柳絮、松涛、水纹、石笋、冰花、曲尘、麦浪、秧针、荷珠、花影、莺梭、荇带、竹粉、榆钱二十题。闺秀诗人徐德音与林亚清唱和，又称为咏物幻诗，赋梅魂、蝶梦、柳絮、莺梭、梨云、花影、榆钱、荷珠、曲尘、竹粉、松涛、水纹、荇带、冰花十四题④。韩程愈《槐国诗》以七绝30首⑤，咏"物之不得其实而冒其名者"，得槐国、蜂衙、蛙鼓、蝶板、莺梭、雁字、麦浪、松涛、荷珠、竹粉、灯花、烛泪、花裯、柳絮、蒲剑、秧针、茭簪、荇带、芦笔、蕉緘、纸鸢、茧虎、游丝、苔钱、茄牛、蝉猴、橘灯、鬒鹤、

---

① 陶元藻：《全浙诗话》卷三十二，第787页。
② 永瑢等纂：《四库全书总目》卷一六八，第1453页。
③ 王原：《林鹤招百幻诗序》，《西亭文钞》卷三，光绪十七年不远复斋刊本。
④ 徐德音：《咏物幻诗和林亚清韵》，《绿净轩诗钞》卷二，康熙四十四年刊本。
⑤ 韩程愈：《白松楼集略》卷五，康熙刊本。

核舟、莲蓬人，极一时之观。舒位《瓶水斋集》及张曾望《卅六芙蓉仙馆诗存》卷三《和瓶水斋集咏物四首》咏帘波、烛泪、酒花、香字，也是同类作品。乾隆时高宗再赋《八幻诗》，咏霜花、雨花、风花、浪花、灯花、酒花、笔花、心花，诸臣奉和，今钱载《萚石斋诗集》卷十八、赵翼《瓯北集》卷六还分别保存着四首、八首和作。宗室敦敏《懋斋诗钞》仿之作《全虚花十咏》，雨花、浪花、灯花、酒花、笔花为高宗所赋，冰花、雪花、剑花、镜花、茗花则为自创。后焕明《遂初堂诗集》卷三又有《追和瓯北集中恭和御制幻花八咏元韵》之作；夏塽《信天阁诗草》卷二则有《幻花十律》，在前人之外更出石花、水花、烛花、昙花、唾花、泪花诸题。这类题目虽也是日常生活习见的内容，但却被施以匠心、作了艺术化的提炼，尤其当它们被集中到一起时，更脱离原有的日常生活环境而凸显其玲珑的艺术品质，就像古代的日常用具一旦被陈列在博物馆中，便剥落日常生活痕迹而凸显其工艺色彩一样。这其实是另一种意义上的自然物象和生活情境的典型化，只不过被用"物幻"的方式撷取时，就如镜取形、如灯取影，有了一个从实体到虚像的转换，从而增添了咏物的趣味，也提升了写作的难度。不是吗？用冰、雪、雨、浪、灯、酒、笔，剑、镜、茗来作咏物诗有什么难度，但加一个花字就不同了。花不是实际的形体，只是比喻性的虚像，诗如何处理实体和虚像的关系就成了很费神的事。赵翼和高宗《雨花》一首云："几阵廉纤溅雨微，庭前忽讶灿芬菲。可应仙女拈来散，似向高僧说处飞。露下胭脂应共湿，空中色相本无依。曼殊妙不生根蒂，未许看花客折归。"① 以赵翼这样的大才，写作此题仍不能出彩。全诗除了颈联能扣着生公说法典故自然生发，其他几联都未见出色，足见其难度之大。

由此想到，前面提到的俞锡祉赋美人影，以及翁桢《蔗尾诗稿》卷一《美人影》之咏镜中、灯前、月下、水底，也无非在情

---

① 赵翼：《恭和御制幻花八咏元韵》，《赵翼全集·瓯北集》，第5册，第88页。

境化咏美人的基础上更提高难度，要求写出比通常咏美人更难以传达的美人的绰约风姿。正因为"影"也有着实体与虚像交织、难以处理的困难，清代诗人很喜欢用写影来炫才。方孝标《钝斋诗选》卷十六有《十影诗》，称此题为二兄所创，效而和之，所咏为花、蝶、雁、鹤、钗、剑、香、帘、帆、峰。史善长《秋树读书楼遗稿》卷十六也有《戏作二十四影诗》，咏松、竹、梅、桐、柳、兰、菊、蕉、莲、桂、荻、藤、落花、飞絮、鹤、鹭、雁、燕、蝶、鱼、帘、灯、扇、镜。后来杨恩寿《坦园词录》卷三又有《绘影庵影语》，用《疏影》一调咏春、秋、月、云、雪、花、柳、絮、荷、菊、梅、竹、松、燕、雁、鸦、蝶、兰、簾、帘、帆、笠、扇、帽、鬓、篆、灯、烛二十八题。从文献中还可看到，诗人社集也以此类题目为课。黄培芳曾记载，吏部侍郎（奎）玉庭喜吟咏，暇时招词人学士集适园，分题刻烛。尝咏十声、十影诗，一座琳琅满目①。王松《台阳诗话》卷上载潜园吟社四十余人社集，赋《花魂》《花气》《花颜》《花影》②。显然，这种高难度的题目正适合社集赋诗的竞争品性。

七　清诗摆脱日常经验的努力及其意义

可以肯定地说，刻意摆脱日常经验是清诗写作中非常鲜明的倾向，诗人们对此有着清楚的自觉，而且时间越往后这种意识就越强烈。大作家因为阅历丰富，见多识广，写作题材较为广泛，集中这类组诗反而较少；倒是一些不太出名的诗人，或经历比较简单的作者，更喜欢以这种组诗求新求异，博得别人的关注。道光间状元李振钧官止于翰林，属于经历比较简单的人，其《味灯听叶庐诗草》仅两卷，却有《美人十八首》，咏塞上、楼上、马上、船上、枕上、

---

① 黄培芳：《粤岳草堂诗话》卷二，《黄培芳诗话三种》，第107页。
② 王松：《台阳诗话》卷上，光绪三十一年台湾日新报社排印本，第23页。

座上、画中、曲中、镜中、醉中、梦中、病中、月下、花下、灯下、帘下、帐下、林下各种美人形象;《七夕月》《七夕云》《七夕雨》《七夕河》四首,分别限韵作七言排律八韵;《舟行纪闻杂咏》十二首,写风声、水声、雪声、樯声、篙声、橹声、柝声、钟声、雁声、鼠声、棹歌声、梦呓声。再看一个不出名的富春诗人王义祖,仅存《小隐山樵诗草》两卷,也有不少书写非日常经验的组诗,怀古类有《富春古迹八首》《萧山杂咏四首》《西湖十咏》《题晖山八景》,拟古类有《拟古七首》,咏史类有《南宋中兴武功纪略六首》,风物类有《渔家月节词十二章限二萧韵寄谢裕庵》、《富春岁时词十二首》、《四秋吟》(笳、笛、蝶、蛩)、《消寒杂咏八首同湘舟作》,赋得类有《赋得树头初日挂铜钲得初字七律》《蜀先主许下闭门种芜菁》《赋得一心咒笋莫成竹》《赋得茶烟轻扬落花风》,物幻类有灯花、柳线、秧针、莺梭、燕剪诸题,此外还有《周芸皋草草园品花词十七首》《守贞篇为武林阮母作十一陌全韵》《阮贞母诗作十一陌全韵后残墨未干拈此以尽余兴》。远离日常经验的题目在他们的写作中明显占据了很大的份额,这种相当普遍的情形不能不让我们思考:摆脱日常经验的写作在清代诗歌中究竟占有什么样的位置,它对于文学史究竟有什么样的意义?

正如以上粗略的论述所示,对急于摆脱日常经验的清诗来说,生活总在别处。生活在别处意味着一种超越个体感觉而探索异己经验的欲求,它会不断扩大诗歌的感受与表现范围,从而突破个人抒情传统的局限。而且,生活在别处不只包括一般经验的亲历,更包括特殊经验的虚拟,这意味着诗歌在对普遍人性加以深入开掘的同时,更致力于提高艺术感受和表现的难度,在古典诗歌的夕阳时代开拓了较前代更为广阔的情感表现空间。虚拟经验对角色的设定,也强化了拟代体在诗歌传统中的地位,聊以弥补古来剧诗薄弱的遗憾。这就是清诗面对日常写作的困境所采取的应对策略及其文学史意义。海德格尔说过:"诗人的特性就是对现实熟视无睹。诗人无所作为,而只是梦想而已。他们所做的就是耽于想象。仅有现象被制作出来。"① 从上文列举的事实可见,清代诗人也以各种方式制作了很多诗歌现象,他们希望用这些现象来实现或表明自己摆脱日常经验的努力。虽然每个人的实践微不足道,但群体的努力就汇聚成带有倾向性的鲜明特征,闪耀出古典艺术创造力最后的余晖。

(原载于《文学评论》2020 年第 5 期)

---

① 《海德格尔选集》,孙周兴译,上海三联书店 1996 年版,第 464 页。

清代广东妇女著作知见辑补

邓 丹

【摘 要】冼玉清和胡文楷对古代广东妇女著作的搜集具有筚路蓝缕之功。在《广东女子艺文考》和《历代妇女著作考》的基础上,经多方搜集,辑录二书失收或两位先生未曾亲见的存本5种;辑录已获著录,然胡先生未曾寓目存本5种;补正二书著录信息不详或有误的存本5种。

【关键词】清代;广东;妇女著作;辑补

民国时期,冼玉清博搜群书,在《广东女子艺文考》(1941年初版,以下简称"冼考")中辑录了100位广东才女的著作106种,其中清代作家88位,著作94种,冼教授亲见29种(其中清代26种)。胡文楷《历代妇女著作考》(1958年初版、1985年增订,以下简称"胡考")以《广东女子艺文考》为重要参照辑录广东女作家115位,著作128种,其中清代女作家101位,著作110种,胡先生亲见13种(其中清代11种)。近年笔者多方搜集,获见二书中或失收、或署"未见"的存本数种,特撰小文介绍。同时辑录闺秀诗话中对该诗人及其作品的评价数则,以期能有更多广东才女及其作品进入研究视野。

一 冼考、胡考未录或"未见",今可见存本 5 种

(一) 黄璇《紫藤花馆诗》

冼考据林钧《樵隐诗话》著录,作者为清南海黄璇,璇字韵桐,咸、同间人,知县黄璟姊,徐启元妻,夫妻诗才相敌。此书由黄璇弟黄璟刊行。冼考署"未见"①。胡考据冼考著录此书有光绪四年(1878)刊本,署"未见"②。

笔者见《紫藤花馆诗》光绪四年刻本,一卷,《广州大典》第 56 辑第 37 册据中国国家图书馆藏本影印,与黄虎拜《今雨轩诗》同附于黄祖谦《瑞桂堂诗》后,有丁丑年(1877)八月黄璟序。序中称:"《瑞桂堂诗》则先伯父兼生公晚年所著,《今雨轩诗》则兄寅卿少年所作,……又附韵桐女兄诗于后,以见吾伯父凤娴吟咏,其子、若女渊源家学,皆足为之嗣音耳。"③《紫藤花馆诗》署名"韵彤女史徐黄璇"作,收诗 20 余首。

李文泰《海山诗屋诗话》卷六有五则诗话论及黄璇,其中二则云:

> 甲子秋闱后,余与郑雪莼访黄今山于仁和里紫藤花馆,得览黄韵桐女史诗册。爱其"闲愁未尽抛仍有,痴梦将圆醒即无"之句,垂十三年,心终不忘。惜未知其里居,无从问讯。丙子十月,余选诗寓仁和里,南海黄小宋大令璟忽送一册,披读,即韵桐诗也。询知韵桐名璇,大令女兄,即紫藤花馆主人,与余间壁而居。积年慕思,一旦而释,喜为录之。《秋江感赋》云:"底事舟行分外迟,沙干水浅暮秋时。西风一任芙蓉老,只

---

① 冼玉清:《广东女子艺文考》,商务印书馆 1941 年版,第 66 页。
② 胡文楷编著,张宏生等增订:《历代妇女著作考》,上海古籍出版社 2008 年版,第 666 页。
③ (清)黄祖谦:《瑞桂堂诗·黄璟序》,清光绪四年(1878)刻本。

管江头向客吹。"《登楼》云:"心为登楼几度伤,秋风秋雨一帘凉。虽然杨柳多摇落,尚有残蝉噪夕阳。"皆饶神韵。又《遣怀》云:"瘦极可怜余病骨,愁多偏易损吟身。秋闺望断封侯信,犹捣征衣寄远人。"意亦深厚。①

韵桐诗好言愁,非病即瘦。余见之弱不胜衣,有翠袖天寒之意。②

雷瑨、雷瑊《闺秀诗话》卷四录黄璇佳篇佳句若干,与李文泰《海山诗屋诗话》多有不同,如:

南海黄小宋大令女兄黄韵桐,名璇,徐赞廷启元之室也。诗才冠一时。有《紫藤花馆诗》。《登楼》云:"心为登楼几度伤,秋风秋雨一帘凉。虽然杨柳多摇落,尚有残蝉噪夕阳。"《蛾眉》云:"一双凤眼擅风流,鸦鬓蓬松病懒修。艳粉浓脂都不扫,最销魂是带些愁。"其他佳句五言如《春闺》云:"愁多消月貌,病久乱云鬟。"《初夏》云:"蝶梦痴红药,莺声老绿杨。"《偶成》云:"闲愁未尽抛仍有,痴梦将圆醒即无。"皆绰有风致。又咏《大树》云:"浓荫易消三伏暑,摧柯犹补万家烟。"则措语豪俊,又巾帼中之丈夫矣。③

施淑仪《清代闺阁诗人征略》卷十亦有黄璇小传,所录佳句与雷瑨、雷瑊《闺秀诗话》大略相同。但上引诗话中提及的黄璇诗作,在光绪四年刊《紫藤花馆诗》中多未收录,疑此集刊印时经大量删减。

---

① (清)李文泰:《海山诗屋诗话》,见张寅彭选辑,吴忱、杨焄点校《清诗话三编》,上海古籍出版社2014年版,第6317—6318页。
② (清)李文泰:《海山诗屋诗话》,第6318页。
③ (清)雷瑨、雷瑊:《闺秀诗话》,见王英志主编《清代闺秀诗话丛刊》,凤凰出版社2010年版,第984页。

（二）张宝珊《听香阁集》

冼考据《香山县续志》著录张铁生《听香阁诗草》，署"未见"①。胡考亦著录此书，署"未见"②。

张铁生《听香阁集》今存，笔者亲见。铁生名宝珊，其姊张宝云（字缦如）亦能诗，宝云有《梅雪轩全集》四卷（冼考记为三卷，误），光绪三十四年（1908）排印。宝珊的《听香阁集》附刻于《梅雪轩全集》之后，二书现藏于广东省立中山图书馆，《广州大典》第56辑第59册收录。

《听香阁集》署"香山张宝珊铁生女士著"，前有胞弟张日晋光绪三十四年（1908）序。序云：

> 吾乡诸女士，以撰著传者，如刘苑华、麦芳兰辈，大都长于近体，而试帖则鲜，律赋及史论则尤鲜。家姊铁生女士，少耽吟咏，于书无所不读，而尤笃于史学。凡秦汉以后之事迹，指陈历历，如数家珍。生平著作积之盈寸，本不欲出而寿世。今其次儿景洪（出嗣缦如姊）于选刻《梅雪轩全集》时，请以《听香阁集》附刊于后。爰择其尤者付之手民。庶几管中窥豹，聊见一斑云尔。③

《听香阁集》收诗40余首，词10首，多为宝珊与宝云唱和及咏史之作。另有试帖及论说数篇，多篇论说与宝云同题。宝珊《洪儿请以余作刻于梅雪轩遗集后，泫然感赋》诗云："少小相依绣阁中，分题刻烛互争雄。四时即景凭余和，七步成章让姊工。一自贞魂随逝水，长教老泪泣秋风。衰年亦不多时别，独对遗篇恨未穷。"④据张日昕为宝云《梅雪轩全集》所作序可知，宝云、宝珊姊妹分别为

---

① 冼玉清：《广东女子艺文考》，第70页。
② 胡文楷编著，张宏生等增订：《历代妇女著作考》，第533页。
③ （清）张宝珊：《听香阁集·张日晋序》，清光绪三十四年（1908）排印本。
④ （清）张宝珊：《听香阁集》，清光绪三十四年（1908）排印本，第17—18页。

拔贡张兆鼎第二、三女，宝云字何棣桥，未过门而夫卒，宝云终身守制，光绪戊申年（1908）得心疾赴井死，卒年六十。《听香阁集》刊刻时宝珊已届老年。

（三）余菱《镜香剩草》

冼考未录此书。胡考据《清人诗文集总目提要》《清人别集总目》录此书有李长荣所辑《柳堂师友诗录初编》本，同治二年（1863）刻，中国国家图书馆藏，署"未见"①。

此书笔者亲见，《清代闺秀集丛刊》第 42 册收录，且见于《广州大典》第 57 辑第 27 册。署"南海李长荣子黼辑"，其中有数页模糊难辨，清晰可见的包括七律 3 首和署"柳堂居士辑""世侄女李如玉校"的《镜香剩草》，含五言 6 组，七言 9 组。书前有柳堂居士（李长荣）所撰余菱小传，传云：

> 余菱字镜香，南海人，苏枕琴（封翁）侧室。……近代如枕琴道人、镜香女史，两枝画笔秀出岭南。枕翁尝为余绘《柳堂修禊图》，纯用白描，笔意高古。蒋叔起廉访（超伯）一见，称为龙眠后身，不知此图镜香与翁合作也。吟少存稿，偶然涉笔，气清意炼，其风格殊不类女郎诗。有《镜香剩草》。②

李文泰《海山诗屋诗话》卷五云："苏枕琴六朋，顺德布衣，善画人物……其姬人余镜香能诗，兼工设色。"并录余菱《题唐六如桃花坞图》诗和诗句"秋灯陪读防儿懒，夜榻催眠恐婢寒"，称赞后者"深得忠厚之旨"。③

余菱所适苏枕琴（1791—1862）名六朋，广东顺德人，清代岭南著名画家。余菱早年从潘汉石习艺，于归后耳濡目染，画艺益进，

---

① 胡文楷编著，张宏生等增订：《历代妇女著作考》，第 1144 页。
② （清）余菱：《镜香剩草》，见肖亚男主编《清代闺秀集丛刊》第 42 册，国家图书馆出版社 2014 年版，第 563 页。
③ （清）李文泰：《海山诗屋诗话》，第 6306 页。

与冯仙霞并称"画坛双艳",其画作现收藏于香港中文大学文物馆、广州美术馆和广东省博物馆等地。① 余菱于诗歌创作并未有意经营,存世不多的诗作借友人李长荣之功辑录刊行,已属不易。

(四) 李毓清《一桂轩诗钞》

冼考据陆向荣《阳山县志》著录,署"未见"②。胡考记该书有道光四年甲申(1824)海康丁宗洛刊本,但"未见"③。

《一桂轩诗钞》道光甲申本现存于广东省立中山图书馆,笔者亲见。该本为东署不负斋藏版,前有丁宗洛题序及《李孺人传》、《阳山县志续稿李孺人行略》(照原稿略为删节)、《弁言》数则。分上、下两卷,收诗共67题99首,为之题词的有杨嗣曾、李绍闻、周润鋐、陈钧、孙成冈、许鸿磬等42位各地文人和闺秀陈瘦雪,集中一些诗作附有丁宗洛评语。

李毓清字秀英,乾隆末年人,据丁宗洛《李孺人传》知其为庠生李履和女,贡生王驺(字瑶峰)妻,两家原为浙人,因王驺后家阳山,故为广东阳山县人。传中记李氏"课儿孙外亦尝吟诗作字以自适,书法婉而润,然非亲故间不滥及也。诗语质而味醇,无闺阁习气。所居室外有桂树一株,心爱之,自以名轩,因即以'一桂轩'名其稿。子安福曾请以其稿质诸名钜,坚不许。及卒后,安福乃哀集以授梓。卒年六十有四。子一,安福拔贡生"。④

蔡殿齐《国朝闺阁诗钞》、恽珠《闺秀正始集》卷一俱选李毓清诗6首,徐世昌《晚晴簃诗汇》选其诗1首。沈善宝《名媛诗话》选其《妇诫》3首,评曰:"氏孝事翁姑,详载《县志》。书法遒润,诗格朴老,不轻示人。卒后子安福哀集授梓。集中如《妇诫》、《训婢》诸作,皆可为闺中格言,今并录之。"⑤ 雷瑨、雷瑊《闺秀诗

---

① 朱万章:《清代岭南闺阁画家余菱》,《收藏/拍卖》2006年第12期。
② 冼玉清:《广东女子艺文考》,第42页。
③ 胡文楷编著,张宏生等增订:《历代妇女著作考》,第341页。
④ (清)李毓清:《一桂轩诗钞·李孺人传》,清道光四年(1824)刻本。
⑤ (清)沈善宝:《名媛诗话》,《清代闺秀诗话丛刊》,第388—389页。

话》亦称其"书法遒润,诗格朴老异常,不屑为绮丽柔靡之音。《妇诫》三首,足资闺阁讽诵"。① 陈芸《小黛轩论诗诗》赞之曰:"一桂轩中五古多,温柔敦厚气清和。""其《咏古》与《妇诫》诸篇,语朴味醇,足为妇学式则。"②

(五)吴小姑《唾绒余草》

冼考未录。胡考据陈芸《小黛轩论诗诗》著录,署"未见"③。

《唾绒余草》现存同治间刻本,中山大学图书馆藏,笔者亲见。署"琼山吴小姑著,珠浦罗伯琼编校"。前有黄时春叙、同治壬戌年(1862)罗晋先跋。跋云:"琼州为南溟奇甸,自文庄金夫人以诗教传其间,女流多娴搦管,而倚声之学以海山仙人为最,余姊伯琼读而爱之,命镌以传。"跋后节录海角第一峰《草堂诗叙》1篇、《松寮诗话》3则、《柳堂诗话》1则,其中《柳堂诗话》云:

> "虚堂说剑邀奇士,小阁焚香拜美人",杨蓉裳句也,吾友邱玉珊茂才足当此二语。盖玉翁夙究韬钤,著《粤海镜要》一书,海疆厄塞,了如指掌,诸总戎争延襄幕。晚娶篦室吴小姑才擅倚声,……小姑既逝,翁日趺坐松寮,焚香供像,年近九旬犹手作蝇头楷字钞小姑诗词,千里外邮寄柳堂,属采入诗话。④

可知吴小姑号海山仙人,邱玉珊妾,工填词,早卒。《唾绒余草》为小姑逝后由闺秀罗伯琼编校而成。为之题词的包括罗定霖、李长荣、傅兆麟、罗嘉蓉、李梦庚、罗家祥、萧志健等20位文人和闺秀李芳兰、蔡韫玉。此集收吴小姑词作《念奴娇·杨氏娣偕游玉龙泉》《步蟾宫·陶公山道书称仙家二十四福地中有清泉洒于崖壁居人产女尤美随金门夫子游此前往桃客村拜先太翁媪墓十首》《七娘

---

① (清)雷瑨、雷瑊:《闺秀诗话》,第1169页。
② (清)陈芸:《小黛轩论诗诗》,《清代闺秀诗话丛刊》,第1546页。
③ 胡文楷编著,张宏生等增订:《历代妇女著作考》,第297页。
④ (清)吴小姑:《唾绒余草》,清同治间刻本。

子·高坡晓望》等10首,以《雨中花·绝命词》终。

胡考记吴小姑除《唾绒余草》外,另有《唾绒词》,收入光绪二十二年丙申(1896)南陵徐乃昌编刊《小檀栾室汇刻闺秀词》第十集。笔者将两书比对,可确认《唾绒词》即《唾绒余草》之别名。

二 冼考"见"、胡考"未见",今可见存本5种

(一)邱掌珠《绿窗庭课吟卷》

冼考见光绪二十二年丙申刻本,胡考据《闺秀正始集》和冼考著录,署"未见"[①]。

此集为黄任恒辑《粤闺诗汇》之一种,广东省立中山图书馆和中山大学图书馆有藏,《广州大典》第57辑第36册影印收录,笔者亲见。

《绿窗庭课吟卷》卷首有冒广生题字,光绪丙申龙山邱园刊。此集为邱掌珠未嫁前,其父邱士超求黄培芳选定,由潘飞声编订,邱诰桐辑校。有嘉庆二十一年(1816)黄培芳序,光绪二十一年(1895)潘飞声序,黄溥撰墓志铭,李翶、卢斌、何其芳、梁龄、周锡培、周作孚、陈式伦、姚芳、许炳章、陈嘉颐等作挽诗。后附邱诰桐跋。

《绿窗庭课吟卷》收诗51首,后附词14首。恽珠《闺秀正始集》选邱掌珠诗1首,《岭海诗钞》选诗3首。

(二)史印玉《芙蓉馆遗稿》

冼考录此书存同治十三年(1874)刊本。胡考署"未见"[②]。

此本现藏于中山大学图书馆,笔者亲见。如皋才女冒俊(字文慧,别号碧纕)题字,史印玉之夫番禺石永康(扨庭)作序。张士芬、郑大晟、陈坤、陈铨、戴鸿宪等16位文人和冒俊、许荐苹两位

---

① 胡文楷编著,张宏生等增订:《历代妇女著作考》,第403页。
② 胡文楷编著,张宏生等增订:《历代妇女著作考》,第262页。

闺秀为之题辞,史印玉之子炳枢撰跋。收诗 27 题 33 首。据石永康序和梁鼎芬《番禺县续志》二十五史印玉小传可知,史印玉为山阴史霭亭明府第三女,道光三十年(1850)归广西补用知县石永康,同治十二年(1873)因病离世,此集因悼亡而刊行。

李文泰《海山诗屋诗话》卷十录史印玉《秋情》诗,并评其《端午》诗"见解殊超"。① 邱炜萲《五百石洞天挥麈》卷八谓其"遗稿凡三十七篇。少作和易,晚更浑成"。②

(三) 李佩珍《绿绮阁诗钞》

冼考录此书有光绪庚子(1900)甘泉北轩刊本。胡考署"未见"③。

此本现藏于中山大学图书馆,笔者亲见。《绿绮阁诗钞》作者李佩珍字琼仙,广东顺德人,蔡竹生继妻,同治间人,年二十八而卒。此集由蔡竹生检阅其遗诗付梓,陆宗瓒作《叙》,黄镛撰《跋》,集中有诗 85 题 95 首,多记录诗人与女伴出游之作。

(四) 谢方端《小楼吟稿》

冼考见《小楼吟草》二卷附词,荔阴书屋藏版。胡考据冼考著录,署"未见"④。

方端字小楼,雍正元年(1723)举人谢仲坑女,贡生刘宗衍妻,和平县训导刘世馨母。广东省立中山图书馆现存荔阴书屋版《小楼吟稿》,光绪间刻本,前有督学使者李调元序。序云:"今春将试海南诸郡,问道端州,刘生来谒舟次,并呈其母节妇谢之《小楼诗集》请弁言于予。阅其诗,冲淡大雅,陶写性天,非涂脂抹粉作儿女态者。……细询之,乃知为名解元谢仲坑女。得之庭训者,要非一朝夕,况其随父宦,遍游粤东诸名胜。"⑤ 收诗 73 首,续刻诗 21 首,词 3 首(存目)。

---

① (清)李文泰:《海山诗屋诗话》,第 6389 页。
② (清)邱炜萲:《五百石洞天挥麈》,收入《续修四库全书》编委会编《续修四库全书》第 1708 册,上海古籍出版社 2002 年版,第 199 页。
③ 胡文楷编著,张宏生等增订:《历代妇女著作考》,第 330 页。
④ 胡文楷编著,张宏生等增订:《历代妇女著作考》,第 771 页。
⑤ (清)谢方端:《小楼吟稿·李调元序》,清光绪间荔阴书屋刻本。

又有光绪二十六年（1900）古经阁重刻本《小楼吟稿》现存于广东省立中山图书馆。此本由姜自驹题序，其曾侄孙荣沂校字，后有冯敏昌撰《谢方端传》。卷后附其子刘世馨《香谷吟稿》。

阮元《广东通志》卷一一七有谢方端小传。恽珠《闺秀正始集》卷十一选谢方端诗1首，《粤东诗海》卷九十七选其诗27首。乾隆五十二年（1787），广东女史学家李晚芳的《读史管见》刊印时，曾请谢方端作序。

（五）范蔺淑《化碧集》

冼考见民国二十二年《松山丛集》排印本《化碧集》，"清大埔范蔺撰"①，胡考据冼考著录有"范蔺《化碧集》一卷"，但"未见"②。

《化碧集》现存民国十六年（1927）管又新刻本、民国二十二年（1933）《松山丛集》选录本、民国三十二年（1943）年重印本和梅县诗社2002年新刊本，笔者亲见，广东省立中山图书馆藏。

民国十六年管又新刻本《化碧集》收诗71首，前有道光二十三年（1843）梁光熙序，范蔺淑《自述》，范沄《黄香二姑生传》和严复等41位文人、闺秀所题诗词，后附民国五年（1916）梅县黎璿潢和管又新跋二篇。范氏的姓名，据作者《自述》云："素妇范氏，名蔺淑，字黄香，一字清修。"③ 故冼考和胡考所记"范蔺"当不确。

《松山丛集》卷五收范蔺淑诗，由范氏内侄孙范元选辑并撰《黄香祖姑诗序》，无题跋。范元序云："姑之诗，现有刻本。但于时期先后，不无倒置，且有误入菊町公之诗，盖未明姑之处境也。姑之处境，少壮老截然不同。诗情之悲欢，亦因之迥异。后先倒置，得毋矛盾其词，启读者疑窦乎？兹编选辑，分四时期：一待字、二完婚、三守义、四供佛。明其时期，便了然于其一生遭际。"④ 可知

---

① 冼玉清：《广东女子艺文考》，第58页。
② 胡文楷编著，张宏生等增订：《历代妇女著作考》，第447页。
③ （清）范蔺淑：《化碧集·自述》，1927年管又新刻本，第2页。
④ （清）范蔺淑：《化碧集·范元序》，范元编：《松山丛集》，1933年排印本，第68页。

其诗作的编排与初刻本不同。

民国三十二年年重印本由蔡元培题写书名,除保留初刻本的序跋题词外,另有梅县梁宪民撰《重刊化碧集》序,17位文人为重刊本所题诗词和范荑香墓等照片三幅。所收诗作及编排顺序与《松山丛集》本大致相同。

岭南才女叶璧华《古香阁集》卷一有《赠范荑香诗》,诗序略记范氏生平云:"余笄年时得荑香诗一卷,珠莹玉洁,清丽芊绵。什袭藏之,十余年来,不知为何许人也。近始悉荑香是埔邑名门女。适宜家子,早寡无嗣。遭遇迍艰,更因兵燹之变,无家可归,遂脱簪珥,祝髪云游。一肩经杖,两鬓风霜,历几春秋,仍无定止。前数年吾梅绅耆鉴其苦而怜其才,因留伊居锡类庵,始得少坐蒲团,潜修悟道。……余爱其才,更悲其遇,爰制绝句八章赠之。"①

三 冼考、胡考著录信息不详或有误,今据存本补正5种

(一) 刘慧娟《昙花阁集》

冼考见此集光绪六年(1880)写刻本,胡考据冼考转录。

笔者见《昙花阁集》光绪十六年(1890)梁镜古堂写刻本,《清代闺秀集丛刊》第47册、《广州大典》第56辑第54册收入。前有戴鸿慈、梁煦南序及自序。卷一为《治家恒言》,内分修身、正心、言语、行藏、事父母兄弟妻妾朋友、教子训女、闺箴诸则;卷二为《试帖诗》52首及《绣余小草》;卷三为《余生恨草》,乃悼亡伤逝之作。末附词9首,律赋3篇。

(二) 李如蕙《茗香室诗略》

冼考录此书有同治戊寅重刊本,附《毋自欺斋诗钞》后。胡考著录此书有道光十五年乙未(1835)刊本,与梁一峰《毋自欺斋诗略》合刻。有陈继昌序。又有同治七年戊辰(1868)重刊本,有吴

---

① (清)叶璧华:《古香阁集》,清光绪二十九年(1903)奇珍阁刊本,第21页。

焯、李鹤章、孙衣言序。因同治无"庚寅"年，冼考所记"戊寅"应为"戊辰"之误。

笔者见道光十五年年刻本，系《广州大典》第 56 辑第 34 册据国家图书馆藏本影印，附于梁一峰《毋自欺斋诗略》后。无序跋，仅有嘉应宗弟黼平题词，署"香山李如蕙桂泉"，收诗 78 首。

《岭海诗钞》选如蕙诗 2 首，《晚晴簃诗汇》选诗 2 首，《闺秀正始集》卷二十选其诗 1 首，诗题为《里中诸先生湖亭雅集，有诗见贻，并传笺命作，即次亨斋夫子韵答之》，与《茗香室诗略》中所收此诗文字多有不同。

（三）罗慧卿《文寿阁诗钞》

冼考见光绪三十五年排印本，前有作者光绪三十三年（1907）自序，胡考据冼考录有光绪三十三年排印本。

笔者见宣统元年（1909）刻本，广东省立中山图书馆藏，《广州大典》第 56 辑第 61 册影印。夏同龢题字，南海杜召棠题词，有署"光绪三十三年夏五南海罗慧卿自记于樵西文寿阁"的作者自序，因冼考所引此序文字脱漏甚多，兹据原刻本节录作者自序如下：

> ……予也不才，闺中未学。十三龄性好涂鸦，五七言心专刻翠，随家君以作宰，泛棹西湖；奉子季而为师，归舟南海。兰亭高宴，投簪忝列胜流；莲社佳游，捧砚亦参末座。母兄妹侄，诗酒琴棋，家园之韵事良多，泉石之幽情奚极。花晨月夕，不无伫兴之辞；灯下樽前，时有感怀之作。窃谓人生行乐，当推吾辈为优，岂知境遇无常，沧桑有变。荆枝既折，兰纫复伤。罗格围中，冷月空明紫洞；朝天门外，澄波长逝绿潭。姊妹们雁南燕北，天各一方，人鬼界侄阴姑阳，地分两路。瑶情渲碧，珊泪缄红，追往事以伤神，抆啼痕而洗面。加以室家系念，箕帚困身，共唱酬而寡侣，洗笔砚以何人？……已届中年，渐多哀乐，病来对镜，几回劫里余生；老去填词，一半空中传恨。或寓言以寄慨，偶览胜而留题。……遂将旧作一百九十首类为

一卷，略加删订，祸及枣梨，题曰：《文寿阁诗钞》。①

据《文寿阁诗钞》，罗慧卿字春生，广东南海人，父罗子森曾官浙江瑞安知县，母育十一人，家园多乐，后因诸兄皆壮年离世，慧卿诗中颇多亲人离散之悲。又，足迹曾涉澳门，有多首澳门纪游诗。

（四）陈广逊《静斋小稿》

冼考录陈广逊《静斋小草》钞本一卷，有李文藻序，张锦芳跋。胡考据冼考转录，但书名记为《静斋小稿》。

笔者见《静斋小稿》清乾隆间潘氏刻本，收入《清代闺秀集丛刊》第 14 册。前有两篇序，一为李文藻作，一为陈广逊之父陈次文（字博堂）作，卷末有张锦芳跋，皆作于乾隆丙申年（1776）。其中陈父的序冼考未提及，此序详述了陈广逊的学诗经历和此集刊印始末。

陈广逊，字素恭，号静斋，广东顺德人，海阳训导陈次文女，后嫁同邑诗人何文宰。《闺秀正始集》卷四选陈广逊《黄节妇歌》（并序）。李文藻评其诗："古体纵横有奇格，近体精峭，绝不类妇人（所作）。"②

（五）麦又桂《谢庭诗草》

冼考、胡考见道光二年（1822）写刻本《谢庭诗草》，留香堂藏版，笔者未见。

笔者见其道光七年（1827）留香堂藏版，该本藏于广东省立中山图书馆，后附其姐《芸香阁诗草》，有何其英、伍彭年序，由其外侄孙麦高炽题序，外侄麦纬武编辑。

李文泰《海山诗屋诗话》卷二云：

> 香山麦芳兰女史英桂工吟咏。初婚之夕，诸诗人闹房，赋灯

---

① （清）罗慧卿：《文寿阁诗钞·自序》，清宣统元年（1909）刻本，第1—2页。
② （清）陈广逊：《静斋小稿·李文藻序》，清乾隆间潘氏刻本。

花限"埋""侪"险韵,女史立成五十六字。后四句云:"雨露不知从点缀,风尘何处可沉埋。此身自是长明种,百卉群芳非所侪。"遣婢立索诸客和章,皆大惊避去,至今香山人犹能言之。①

又桂字芳兰(李文泰以英桂为芳兰,误矣),乾隆时期香山小榄人。明经麦德沛第七女,麦英桂之妹,上舍(太学生)何怀向妻。何其英序云:"其诗清朗,音节和平,虽处困极,绝无哀痛迫促之响,……其怀古咏物诸作,皆能各出新意,不肯蹈袭寻常,尤为不苟于作诗者。"②

沈善宝《名媛诗话》卷十录又桂《汉中怀古》诗句。

(原载于《古籍整理研究学刊》2020年第2期)

---

① (清)李文泰:《海山诗屋诗话》,第6245页。
② (清)麦又桂:《谢庭诗草》,清道光七年(1827)留香堂刻本。

今世只教学钗玉,人间何处不潇湘
——清代女作家吴兰征与《红楼梦》

邓 丹

【摘 要】吴兰征是《红楼梦》的早期闺阁读者和"红楼戏"的早期作者,其诗词杂著遗稿《零香集》尚存于世。《零香集》中的12首咏红诗对宝玉、黛玉、宝钗个性气质的把握总体来说比较成功,且触及了《红楼梦》的悲剧意涵,具有较高价值。《绛蘅秋》在强调情与理、礼的和谐的同时,也融入了作者自身的情感经历,真正成为一部写情记恨之作。与其他早期"红楼戏"相比,《绛蘅秋》更为接近原著的思想内涵,对原著中女性情感体验和悲剧命运有着特殊的关注,呈现出注目闺阁的改编特色。

【关键词】吴兰征;咏红诗;《绛蘅秋》;《红楼梦》;《零香集》

在《红楼梦》众多的女性读者中,生活于乾嘉年间的吴兰征是十分特殊的一位。吴兰征(1776—1806),原名兰馨,字香倩,又字轶燕,号梦湘,新安婺源(原属安徽,今属江西)人,姚鼐门人俞用济(字遥帆)妻。曾撰《绛蘅秋》传奇二十余出,未终稿而卒,后其夫补作二出一并刊刻,为阿英所编的《红楼梦戏曲集》收录。吴兰征是最早将《红楼梦》改编成戏曲的作家之一,也是清代众多红楼戏署名作者中唯一的一位女性,她的《绛蘅秋》奇切有致、细腻深峭,曾获得另一位红楼戏作家万荣恩"才华则玉茗风流,妙情则粲花月旦"①的赞誉。除《绛蘅秋》外，她还创作了三十六出的《三生石》传奇、"集史鉴中凡涉闺阃足为劝惩者为一书"②的《金闺鉴》和名为《零香集》的诗词杂著稿一部。然而学界对她了解甚少，关于她的记述，基本上都未能逸出《红楼梦戏曲集》中附收的许兆桂、万荣恩、俞用济为《绛蘅秋》所作序中的内容，一度有学者怀疑"似乎其所有作品除《绛蘅秋》外，皆已失传"。③

笔者在中国艺术研究院查阅《绛蘅秋》原刊本时，有幸读到了与《绛蘅秋》一同付梓的吴兰征的《零香集》，其中除了她本人的诗词杂著作品之外，亦附有大量亲朋师友的评语和悼念文字，实属研究吴兰征生平及创作的重要资料。依据此著，笔者曾撰文披露吴兰征的家庭生活、婚恋经历及她与袁枚的师生之谊等生平细节。④ 值得特别提出的是，在《零香集》中，笔者同时发现了12首题咏《红楼梦》的诗作，表明在红楼戏的创作之外，吴兰征亦以诗歌形式参与了对《红楼梦》的评论。《红楼梦》这样一部"专写柔情"、关注女性情感和悲剧命运、有着巨大文化意涵的伟大小说，在清代知识女性中曾引起过怎样的反响？我们考察吴兰征对《红楼梦》的评论和戏曲改编，无疑能为回答这一问题提供重要的参考。

一 新发现的12首咏红诗

《零香集》中12首题咏《红楼梦》的诗作，未见于收录清代读者评红资料甚丰的一粟《古典文学研究资料汇编·红楼梦卷》、周汝昌《红楼梦新证》以及其他相关著述中，非常可贵地记录下了吴兰征对这部伟大小说的理解和阅读感受，对我们理解她的《绛蘅秋》

---

① 万荣恩：《吴香倩夫人〈绛蘅秋传奇〉叙》，收入阿英编《红楼梦戏曲集》，中华书局1978年版，第350页。
② 万荣恩：《吴香倩夫人〈绛蘅秋传奇〉叙》，《红楼梦戏曲集》，第350页。
③ 华玮：《明清妇女之戏曲创作与批评》，台北："中央研究院"中国文哲研究所2003年版，第76页。
④ 邓丹：《三位清代女剧作家生平资料新证》，《戏曲艺术》2007年第3期。

也会有所帮助。兹录其《阅红楼梦说部》七律四首如下：

  闲评稗史看《红楼》，半晌怡怀半晌忧。知己无人虚度梦，风流有话尽多愁。宁荣枉自空回首，金玉依然不到头。谩说伤心儿女事，英才作赋也悲秋。

  明识稗官为哄侬，关情不禁涕沾胸。故园才说花生笔（贾府中姊妹亲戚垂髫者俱能诗），冷月旋残镜里容（不数年花亡蝶嫁，名园一空）。纵使空门全玉璧，如何秋雨断芙蓉（贾公子从入释教，有道人引之去，曰：非此则难活。姊妹中惟林黛玉最妍，然痴而最早夭）。劝他都化衡阳雁，世世重来十二峰。

  一把花枝触绪长，蛾眉队里倍神伤（指宝玉言）。淡红香白春初晚，冷月清霜梦也凉（指黛玉言）。今世只教学钗玉，人间何处不潇湘。多情共说痴儿女，不道情多枉断肠。

  若许相思拟素缣，疑真疑幻暗投签。芳魂不解红心草（伤黛玉也），冷月仍空乌角檐（伤宝玉也）。赢得情多成境幻（指黛玉言），便教绿薄也香添（指宝玉言）。明知世上楼都梦，梦好成时醒亦甜（括全部而言之）。（笔者注：括号内小字为吴兰征原附文字）[1]

  上引第二首诗提到了宝玉的遁入空门和黛玉的早夭，可知作者题咏的是百二十回本的《红楼梦》。《零香集》卷一内共附有两段标明"袁简斋先生原评"的评语，第一段在吴兰征的多首古体诗后，第二段在卷一末尾，评云："遍阅诸作，骨重神清，……尤不可攀者，其一种浑厚古郁之气磅礴其间，性情极微，光焰极大。良以气厚格高，意切思远，遂使洗尽脂粉，虽识者几莫辨为璇闺制此，直得众香国上乘法也，接武金箱，扬芬玉台。余虽衰老，犹能为香倩

---

[1] 吴兰征：《零香集》，嘉庆十一年（1806）抚秋楼刊本。本文所引吴兰征诗作及亲友评语皆出自该书，恕不一一出注。

评之。"表明卷一所收诸诗均曾经袁枚评阅,而袁枚卒年在嘉庆二年十一月(1797),十二首咏红诗的创作时间当在此之前,早于嘉庆十年冬(1805)《绛蘅秋》的创作。至《零香集》刊刻的嘉庆十一年(1806),百二十回的程高本《红楼梦》问世也不过十几年时间,吴兰征的咏红诗在清代女性的题红诗词中写作时间较早,其价值亦不容小觑。① 俞用济的友人谌配道谓"知己无人虚度梦,风流有话尽多愁"一联"凄人心骨,已足括《红楼》全部矣",这一评语虽未必尽意,但前二首诗的确涉及吴兰征对曹雪芹的创作意旨和《红楼梦》的悲剧内涵的体认,即《红楼梦》是家族的悲剧、婚恋的悲剧和女儿的悲剧,而最能触动她心弦的,是充溢于作品中那种美好易逝、情缘难遂的深深缺憾。吴兰征的这一体悟,确已触及了《红楼梦》的悲剧意涵,比之那些单纯悲悼黛玉身世遭际的评红诗词来说,显然要深刻得多。后二首诗集中悲叹宝、黛的情痴缘空,值得细加探讨的是吴兰征对"情"的态度,这一点需联系她的另外几首题咏红楼人物的诗作来体会:

咏林黛玉

生来何事掩重门,只为灵犀渍泪痕。问菊已传半遮影,葬花先断未销魂。湘江竹点斑犹湿,锦帕文回气未温(生平善哭,住潇湘馆,宝玉赠锦帕一幅,黛玉题诗洒泪)。侬欲相招人在否,梨花一树月黄昏。

偏生冷雨打幽窗,知是情魔不肯降。一自添香惊细细(每熏香而独坐),几回临木泣双双(每临池而涕横)。檐前惆怅迷鸳瓦,花里徘徊隔兽幢(触目伤心事不胜枚举)。欲觅玉鞋曾蹋

---

① 据周汝昌《"买椟还珠可胜慨!"——女诗人的题红篇》一文,现今发现的女作家题红诗词,当以宋鸣琼为最早,其刊于乾隆五十六年(1791)的《味雪堂诗草》中有《题红楼梦》四绝句;再一家较早的为熊琏,其刊于嘉庆二年(1797)的《澹仙词钞》中有《题十二金钗图〈满庭芳〉》一首。宋词对宝黛爱情略致悲慨,周先生认为"诗作得不算怎么好";熊词是一首题画词,"没有一点意义价值可言",见《红楼梦新证》,人民文学出版社1976年版,第1102—1103页。

处，风流一段压南邦（黛玉生长扬州）。

时时掩面褪残妆，独步苍苔不怯凉。人世何须问桃柳，幽居不枉号潇湘。几回袖湿谁知冷，一样花开为底忙。从此云裳归去也，教侬同怅少年场。

小谪蓬莱十五年，芳心远到别离天。家乡惹得三更泪（早失双亲，故乡千里），才调轻飘一缕烟。谈论每惊多彻悟（恒与宝玉谈道，幻悟非常），因缘何事又牵连？知卿不信飞琼话，一脉情痴我见怜。

咏薛宝钗

幽怀雅度拟男儿，若许相思未上眉。艳质竟忘春去尽，诗魂不瘦月明时（宝钗气度雍容，性情温厚，吟咏得春夏之气，言谈有丈夫之风）。洗完脂粉含英气，开到牡丹绝艳姿。桃柳冰霜人共仰，女中苏李信如之。

幽闺无语对春曦，不问因缘不着迷。一副柔肠消世态，五车花史足仙姿（经典极其博奥，诗歌极其超脱，林黛玉外第一人也）。从知爱静全因悟，也自多情却未痴。寄语世间儿女子，前生已定漫相思（后与贾公子成姻）。

咏贾宝玉

钟情公子本天然，只问因缘不问天。爱月何曾教独步（玉每遇花朝月夕，必偕众姊妹共游燕，须臾离不乐也），拈花犹自要齐肩。秋声未到心先碎，春色频过梦亦迁。粉黛丛中抛不得，生生欲费买花钱。

生平时学凤凰琴，姊妹同心酒漫斟。闲倚梨花羞白玉（玉生有灵玉而雅爱林颦，宝钗、湘云有金物，道人因有"得玉为配"之说，而宝玉弗顾也），淡将素魄失黄金（指宝钗、湘云）。多情便是成仙骨（后玉入山不返），爱好全凭作壮心。纨绔儿郎知悉否，如君千载是知音。

这八首诗对所咏人物个性气质的把握总体来说比较成功。清代读者的题红诗词多就宝黛爱情的悲剧或红楼女儿的不幸命运抒发感慨，专咏宝玉的并不多，有一定思想见地的更是少之又少。或以佻薄之笔将宝玉对众女儿的仁爱低俗化、淫滥化，如周春"梦里香衾窥也字，尊前宝袜隔巫山"（《题红楼梦》）①、姜祺"意稠语密态温存，摄尽名姝百种魂，二十一年情赚足，恝怀一撤入空门"（《悼红十二楼·贾宝玉》）②；或仅着眼于宝玉嗜红、多情的特点批评他"补天不入娲皇选，堕落终无梦觉时"（周澍《红楼新咏·笑宝玉》）③、"一生闲恨为多情，到底情多无着处"（朱瓣香《读红楼梦诗·怡红公子》）④。吴兰征的《咏贾宝玉》无疑切近了曹雪芹笔下宝玉这一人物的精神内涵，她认同警幻仙子对宝玉"如尔则天分中生成一段痴情"的评价，认为宝玉的多情是从天性中带来的，并未沾染上任何世俗的欲念（以此区别于"纨绔儿郎"），无论是对众女儿的尊重和关爱，还是对黛玉的情有独钟，均出于一种"爱好"的天然本心。尽管吴兰征尚未能领悟到宝玉的天然本心与外在规范的激烈对抗所具有的全部意涵（我们也不应这样苛求这位《红楼梦》的早期闺阁读者），但她能够体味出宝玉与黛玉的知己情谊对世俗观念和宿命安排（"金玉之说"）的反叛意味，已经是较为可贵的认识了。谌配道评语谓："'钟情本天然'，五字写尽千古宝玉"，不可谓过誉。

《咏林黛玉》四首着重描绘黛玉痴情、善哭的个性特点，倾注了作者对黛玉孤苦身世的同情。诗写得悲凉淡远，本无多少高明之处，但其第四首写到作者对黛玉超脱尘世的心理期待的落空，更加彰显黛玉对现实生活和生命的热爱之情，也可谓抓住了黛玉形象之神髓。对薛宝钗，吴兰征并未如一些论者那样将她简单化、脸谱化，视她

---

① 一粟：《古典文学研究资料汇编·红楼梦卷》，中华书局1964年版，第428页。
② 一粟：《古典文学研究资料汇编·红楼梦卷》，第488页。
③ 一粟：《古典文学研究资料汇编·红楼梦卷》，第492页。
④ 一粟：《古典文学研究资料汇编·红楼梦卷》，第537页。

为蓄意夺婿的阴谋家、破坏者[1]，而是从作品实际出发，认为她是一位"也自多情却未痴"的贤雅少女。吴兰征不仅为宝钗"金玉依然不到头"的婚姻悲剧深致叹惋，更将她视作才德兼备的典范，深为其气度、性情、才华和学识所折服。黛、钗同为多才妍丽的少女，"今世只教学钗玉"表明吴兰征对二人有着同样的认同和喜爱，她将自己的红楼戏命名为《绛蘅秋》，正含悲金悼玉之意。所不同的是，黛玉不压制自己的情感，任孤寂与悲伤化作泪珠潸潸抛洒；而宝钗不肯流露自己的感情，时时注意让自己的行动符合礼节。在黛玉的任性天然和宝钗的理性自律之间，吴兰征流露出一种复杂矛盾的态度：她欣赏黛玉执着于情的性格，称她"一脉情痴我见怜"，认为人世间处处有着和黛玉一样深情的少女（"人间何处不潇湘"），但是黛玉"痴而早夭"的不幸结局令她痛惜不已（"多情共说痴儿女，不道情多枉断肠""赢得情多成境幻"），于无可奈何中生发出一种相思无用、姻缘天定的消极的宿命论思想："寄语世间儿女子，前生已定漫相思。"表露出对宝钗式的以礼制情的认同。吴兰征对于"情"的这种矛盾复杂的态度在《绛蘅秋》中也有明显的表现，对《绛蘅秋》改编原著情节、重塑人物起到了重要的支配作用。

二 写情寄恨：《绛蘅秋》创作之旨

乾隆末年，百二十回的程高本《红楼梦》甫一出现，即引发了红楼戏创作的热潮。在嘉庆初的八年（1796—1803）间，就有孔昭虔《葬花》（1796）、刘熙堂《游仙梦》（1798）、仲振奎《红楼梦传奇》（1799）和万荣恩《醒石缘》（1803）等多部红楼戏刊（抄）面世。"近多有以说部《红楼梦》作传奇者，阅之，或未尽惬意，爰于

---

[1] 如姜云裳的咏红四绝中有"册定三生薄命司，笑他夺婿暗争持。绛珠一死神瑛去，雪冷空闺悔已迟"句，讽刺宝钗费尽心机夺婿，只落得个独守空闺的下场。见一粟《古典文学研究资料汇编·红楼梦卷》，第524页。

去冬填词，成二十五出，未毕。"① 因对他人的已有之作不甚满意、同时也为自抒情怀，吴兰征于嘉庆十年（1805）冬创作了《绛蘅秋》传奇。

《红楼梦》情节复杂，人物众多，内涵深厚广博，清代红楼戏作家将之改编成戏曲时受演出时间和舞台空间的限制，大都以宝玉、黛玉、宝钗的爱情婚姻悲剧为主要线索安排故事，而删去了许多旁出的情节，吴兰征的《绛蘅秋》也将重点放在了宝、黛、钗三人情感纠葛的表现上。但在如何理解和表现《红楼梦》中所写之情时，各部红楼戏的处理颇有不同，透露出不同的改编者对《红楼梦》思想接受倾向的差异。

仲振奎受汤显祖"至情"观念的影响，认为情具有超越生死之力量，因此他的《红楼梦传奇》修改原小说的悲剧结局，采录《红楼梦》续书中的情节，令黛玉复活后与宝玉喜结良缘。仲著的创作意旨"不过传宝玉、黛玉、晴雯之情而已"②，最终让宝玉二美并收，"一家眷属升天去，小妇芙蓉妇绛珠"③。《红楼梦》中所写宝玉对黛玉始终专一的爱情和宝玉对晴雯的真心友爱之情在此演绎成了一桩左拥右抱的风流韵事，仲氏的文学识见和审美趣味在这能够体现"合欢"之义的大团圆结局中可见一斑。万荣恩对原著的思想性和悲剧性有较深的认识，曾明言："《红楼梦》一书，言情也，记恨也。千古伤心，首推钗、黛，爱之怜之，悼之惜之"④，但他的《醒石缘》津津乐道于"补恨"的幻想，令黛玉还魂，宝玉还俗，有情人终成眷属，为《红楼梦》这部震撼人心的悲剧增添了大团圆的喜剧结尾。这两部红楼戏与曹雪芹的主旨背道而驰，削弱了原著的悲剧性和思想价值，吴兰征之所以不满意这些在当时流行的红楼戏，或许正包含了这一方面的原因。

---

① 见《零香集》中俞用济《室人吴孺宝香倩传》，该文作于嘉庆十一年（1806）。
② 仲振奎：《红楼梦传奇·凡例》，嘉庆四年（1799）刻本。
③ 詹肇堂：《红楼梦传奇·题辞》，《红楼梦戏曲集》，第115页。
④ 万荣恩：《吴香倩夫人〈绛蘅秋传奇〉叙》，《红楼梦戏曲集》，第350页。

俞用济在《绛蘅秋序》中转述吴兰征对《红楼梦》的理解是："作者真有一种抑郁不获己之意，若隐若跃，以道佳公子淑女之幽怀，复出以贞静幽娴，而不失其情之正。即写人情世态，以及琐碎诸事，均能刻划摹拟，以为司家政者之炯戒。虽消遣之作，而无伤名教，小说中矗然可观者。"[1] 肯定《红楼梦》是一部借写情以诉作者"抑郁不获己之意"的言情记恨之作。而作为一位传统女性，吴兰征特别强调了《红楼梦》所写之情与名教相谐的一面，并将自己的理解体现于《绛蘅秋》中：第一出《情原》中演警幻仙子为黛玉、宝玉的前身讲述二人之因缘，作者借警幻之口，发表了这样一段关于情的议论：

　　眼前之春月秋花，须臾一瞬；世上之恩山义海，关系三生。俺想情之为义，忠孝廉节，百折不回，寂寞虚无，一览而尽。情裁以义，圣哲所以为儒；情化于忘，空幻斯之谓佛。我仙人调停中立，毋过量，毋不及量。……[2]

这段独白透露出吴兰征对情的认识带有更多理性色彩，她所理想的情，并不是汤显祖笔下那种不可遏制的、可以超越生死的情，而是一种"适量"（"毋过量，毋不及量"）的、与儒家之理相融的雅正之情。这种试图在情与理之间寻求某种折中和融通的努力倾向，与曹雪芹所描写的建立在共同志趣、爱好基础之上、超出了家族利益规范和封建伦理规范、具有叛逆色彩的情相比，其进步性显然不及，体现着吴兰征深受传统观念影响的一面。但是，在吴兰征的咏红诗中更清晰地表明《红楼梦》最能触动她心弦的，是宝黛枉自嗟呀、空劳牵挂的爱情悲剧。《情原》中负有调停中立之职、倡扬以理节情思想的警幻仙子在倾听了宝玉、黛玉执着于情的心事之

---

[1] 俞用济：《绛蘅秋序》，《红楼梦戏曲集》，第351—352页。
[2] 吴兰征：《绛蘅秋》，《红楼梦戏曲集》，第233页。本文所引《绛蘅秋》原文皆出自该书。

后,叹道:

> 二人心事,已兆悲讖。(背介)他那知金玉姻缘,前生已定。但这一对儿红豆秋思,已足千古。珠儿、玉儿,此中岂有汝缘分耶?……(众行。旦)
> [尾声]只说道仙人宫里勾了相思,却不道珠和玉恁的蹺蹊。(合唱)从今后将一座警幻宫,定要倩你个双双泪花洗。

木石前盟之被金玉姻缘替代,是《绛蘅秋》第一出中已预示的悲剧结局,"但这一对儿红豆秋思,已足千古",可以因情真而不朽,足见吴兰征对至真之情的颂扬。现代西方史学家曼素恩(Susan Mann)在总结18世纪及其前后中国江南闺秀的写作特点时说:"在一个父权文化中,她们(指江南闺秀作家)创造了妇女自己的话语,这种话语一方面惟礼是从,一方面却又使得隐隐然将欲冲溃礼教堤防的心潮和情思声闻于外。"① 吴兰征对红楼故事的改写正是这样,她一再强调情与理、礼的和谐,但在各种理性话语的背后,她将大量自身的情感体验融入剧中,以"慷慨淋漓、声泪交迸"②之笔来抒写至真之情,使《绛蘅秋》真正成为一部写情寄恨之作。

黛玉上场的第一出戏《哭祠》演述黛玉在书房翻阅经籍诗篇,由四子书之"首称孝弟"想到"我女孩家无母可训,无母可依,真个伤感人呵",便到母亲灵前哭泣拜奠,后因哀痛过度而晕倒在母亲灵前。这段情节显然为戏曲所增设,突出了黛玉信守孝道的性格,强调她不仅是个才女,还是一个熟读经书、遵守礼教的贤德女性。这一改动固然体现着吴兰征对女子之才、德并重的特殊重视,"重要处更在于将黛玉的孤独描绘得淋漓尽致"③。熟悉兰征生平的万荣恩

---

① [美]曼素恩:《缀珍录——十八世纪及其前后的中国妇女》,定宜庄、颜宜葳译,江苏人民出版社2005年版,第104页。
② 万荣恩:《吴香倩夫人〈绛蘅秋传奇〉叙》,《红楼梦戏曲集》,第351页。
③ 华玮:《明清妇女之戏曲创作与批评》,第77页。

曾指出："《哭祠》一折，缠绵蕴藉，得三百篇《蓼莪》之遗，知其所感触者微也。"①《诗经·小雅》中的《蓼莪》抒发失去父母的孤苦和未能终养父母的遗憾，沉痛悲怆，凄恻动人，清人方玉润称之为"千古孝思绝作"②。吴兰征甫订婚约时母亲病逝，其时长姊已出嫁、父妾所生幼弟尚在襁褓之中，她因哀父怜弟而推迟自己的婚期，坚持为母守丧满三年，孝行闻名乡里。她曾作"哭母"组诗倾诉丧母之痛，字字血泪，至第13首"悲咽不能成字，恸倒者屡矣"（《哭母诗》小序），《哭祠》中黛玉哭母的那些曲文不能不说是吴兰征借黛玉之口淋漓抒发自己垂髫失母的孤苦和伤痛之感，是"借他人酒杯，浇自己块垒者"（俞用济《绛蘅秋序》）。这段情节详尽细腻地刻画了黛玉孤独自伤的内心世界，为后面描写她进入贾府后对爱缺乏安全感的心事和对姻事的焦虑做了情感铺垫。

改编自《红楼梦》第34回的《湿帕》，演述宝玉挨打，黛玉探伤，随后宝玉命晴雯送了两条家常旧帕给黛玉，黛玉体味出宝玉深情，在旧帕上题诗三首等情节。"赠帕"表明宝黛爱情发展到了一个新的深度，是二人心意相通的表征，黛玉的题帕诗对读者了解她的情感内心有着重要的作用。在处理这一情节时，早期三部大型红楼戏表现出了较大的差异。仲振奎的《红楼梦传奇》用《索优》一出来表现宝玉与贾政激烈的矛盾冲突，宝玉赠帕之事则在回末几笔带过，黛玉收到帕子之后的情感波动也并未正面描写，只以一句"奴家初意不解，既而想出他的意思，倒教奴家喜一回，悲一回。当下在鲛帕之上，题了三绝"简单地带过，三首诗一句也没出现，也没有用一支抒情的曲子去演唱。仲著重戏剧冲突、轻心理刻画的特点在这一情节的处理中表现得非常明显。万荣恩的《醒石缘》完全省去了宝玉挨打、黛玉探伤等情节，对"赠帕"事发生的具体情境未作交代，《盟心》一开始即写"昨晚宝玉命晴雯送来罗帕二方"，且

---

① 万荣恩：《吴香倩夫人〈绛蘅秋传奇〉叙》，《红楼梦戏曲集》，第350页。
② 方玉润：《诗经原始》卷十一，中华书局1986年版，第418页。

遗漏了手帕是"旧的"这一重要细节，因此接下来黛玉的对帕抒情略显突兀，让人有摸不着头脑之感；黛玉将三首题帕诗一气吟完更令观众和读者难以领会其中蕴含的丰富感情。万著虽涉及了原著中不少的经典片段，但真正展开细述的非常之少，无论叙事还是抒情，其节奏均显急促，无怪乎吴兰征阅后有"未尽惬意"之感。《绛蘅秋》用了整整一出来写宝玉赠帕、黛玉题帕之事，先借黛玉之口简述宝玉挨打的缘由，从侧面带出宝玉与蒋玉菡交往得罪了忠顺王府、宝玉与金钏儿调笑惹怒王夫人，带累金钏儿投井自尽等事，流露出黛玉因宝玉"爱博"而没有安全感的焦虑心事。正当无法排遣之时，晴雯奉宝玉之命将两条旧帕送到，黛玉领会到这是宝玉让她将心放宽的凭证，不觉神魂驰荡，百感交集：

（贴内唱）猛然间尺幅凭空寄，此情大可思。

……奴想宝玉这番意思，不觉魄动魂摇，知他那番苦心。目下能领会我，我则可喜。想我这番苦意，将来怎发付他，我又可悲。看着两块旧帕儿，又令我笑。而私相传递，平时泪零，又令我惧且愧。（贴看帕介）嗳！这帕子是旧的儿，又是两条儿，哟哟！奴猜着他了！

［浣溪乐］他是个哑谜儿将人比，分明是旧姻缘不换新知。他泪痕儿应有千行累，抵得向奴边亲拭泪。（用帕拭泪介）更条条换替，洒遍天涯。

嗳！这帕儿真包得人生无限情也。

［北收江南］这不是佳人上襦梦来宜，这不是秦郎细布贻私室。这不是郑家衫子旧参差，这是委雾凝霜，鲛人蝉翼。知否凄其风雨同绸缪。岂彩排系垂？转做了红绡寄泪诉轻离。帕儿呵，输你个针线相因，一段亲亲密密。

则这缠绵余意，左右无聊，不免题诗志感者。（写介）眼空蓄泪泪空垂，暗洒闲抛却为谁？尺幅鲛绡劳惠赠，叫人焉得不伤悲。

私相传递表情之物无疑是越礼之举，但吴兰征却将这一情节敷演为《绛蘅秋》中最动人的片段，诗与曲词、道白浑然相融，淋漓尽致地宣泄了宝黛相知相爱却感觉不到希望的苦情。在黛玉题每首诗之前，均安排有唱词细写她的情感意绪，"可谓充分发挥了戏曲抒情的长处，并且展现出女性对女性之情欲书写的关注，以及女性书写女性情欲时的特殊细腻性"。[①] 联系吴兰征生平，她与俞用济邂逅于一次龙江社会，"目成于春社，发乎情、止乎礼义，后通媒妁"[②]，吴父因嫌俞生家贫而反对二人姻事，她眼见成婚无望而病至形销骨立、奄奄一息，最终令父亲"鉴其诚，感其痴"而同意与俞家缔结姻亲。吴兰征在婚恋经历中表现出的追求幸福的巨大勇气和执着精神，是她认同并喜爱黛玉形象，将之视为自己情感寄托的重要原因。她的《月夜追忆旧事成十首，分题咏之》中有《诉怀》诗三首，其中"深闺无语何人见，月夜酸心只自知""有时无语向孤灯，一影徘徊拼断魂"等句，写尽了自己在深闺之中为情伤愁的孤凄。正因为有着这些与黛玉相似的情感体验，她才能在《哭祠》《湿帕》《埋香》《寄吟》等出中将黛玉的心理情感描绘得细腻动人。

三　注目闺阁的改编特色

　　《红楼梦》是写情的书，也是写女性的书。曹雪芹对女性的理解、同情和悲悯之情，字里行间处处可见。吴兰征作为《红楼梦》的女性读者和红楼戏的女性作者，对原著中女性情感体验和悲剧命运有着特殊的关注，这不仅体现在《绛蘅秋》对黛玉之情的细腻描写上，还通过对宝钗的着意刻画体现出来。宝钗的形象，在早期的几部红楼戏中并未受到重视：孔昭虔的《葬花》和刘熙堂的《游仙梦》分别以黛玉、宝玉为主角，对宝钗未予表现；万荣恩的《潇湘

---

① 华玮：《明清妇女之戏曲创作与批评》，第81页。
② 许兆桂：《抚秋楼诗稿序》，见《零香集》。

怨》至第七出始出宝钗,只是令她在"奇缘识金锁"的情节中出现,透露着金玉良缘的消息,另外则很少对她的性格和情感状态作描写;《红楼梦传奇》的作者仲振奎在该剧《自序》中言及他读《红楼梦》的感受是:"哀宝玉之痴心,伤黛玉、晴雯之薄命,恶宝钗、袭人之阴险",流露出明显的扬黛抑钗的倾向,在戏中对此也有一些形象化的描写。而在《绛蘅秋》中,吴兰征把自己的理想同时寄托于钗、黛二人身上,用情深婉,寄意缠绵,所以才能"写怡红、潇湘之怨、之愁、之言情,及蘅芜之妩媚澹远,直夺其魄,而追其魂"。① 吴兰征在《咏薛宝钗》二首中即透露出她对宝钗的喜爱、赞赏、理解和同情,称她为"林黛玉外第一人也"。为突出宝钗的形象,她修改小说原著,将宝钗进府安排在黛玉进府之前,在第二出《望姻》中借薛姨妈和薛蟠之口以女相如、苏小妹比拟宝钗,定下了宝钗聪慧贤雅的形象。之后在演绎"薛宝钗羞笼红麝串"的《情妒》中,吴兰征又借宝玉之口称赞宝钗"最宜人万种温柔""聪明绝世,宽厚存心,有耽待,有尽让",最后竟表示"除却了潇湘夜月,怎抛得蘅芜云秋?"为后面描写黛玉之妒打下铺垫。除在《巧缘》《情妒》等表现金玉姻缘与木石前盟的冲突的出目中对宝钗进行刻画、强调她是宝黛爱情的有力竞争者之外,《绛蘅秋》还有《兰音》《寄吟》等出较为集中地描写黛、钗的性格和情感。《兰音》融合"蘅芜君兰言解疑癖"和"金兰契互剖金兰语"的内容,写黛玉在行酒令时引用了《西厢记》《牡丹亭》句典,宝钗暗地对她进行一番善意规劝,黛玉既叹服又感激,二人消除了彼此间的误会、疑虑和隔阂;《寄吟》改编自"感秋深抚琴悲往事",写宝钗因家中屡遭变故而寄书黛玉,向她倾诉忧闷,引起了黛玉自身的身世之感。这两个片段均无激烈的戏剧冲突,单写黛、钗交心,是闺中女性情感交流的内容,早期四部红楼戏也都未将之撷选入戏。吴兰征出于对女性角色心理、情感、命运的特殊关注而加以着意表现,使她的红楼戏相较于其他男性作

---

① 俞用济:《绛蘅秋序》,《红楼梦戏曲集》,第351页。

家作品更具特异之处。另外,《兰音》突出了宝钗恪守传统礼法、敛才自制的性格,《寄吟》传达出宝钗忧心家事的悲切心声,及她与黛玉"境遇不同、伤心则一"(《寄吟》中黛玉语)的惺惺相惜之意,比之其他红楼戏对宝钗简单化、脸谱化的描写,《绛蘅秋》中的这一人物显然更为真实、丰满,也更加接近原著中的形象。《绛蘅秋》原拟作48回①,在吴兰征为该剧所拟回目中,还有《钗淑》《钗归》《蘅度》等以宝钗为主角的出目,惜未完成,否则我们可以领略更多塑造宝钗形象、刻画其内心情感的笔墨。

《绛蘅秋》在宝黛钗的爱情纠葛之外,还穿插了一些极少为其他红楼戏所关注的情节如《省亲》《金尽》《醋屈》《演恒》《林殉》等,分别以元春、金钏儿、平儿、林四娘为主角,抒写她们悲剧性的生命情境和情感体验,表达作者对不幸女性的命运的关注。原著中"姽婳将军"林四娘为报恒王之恩而与流寇血战的故事,在《绛蘅秋》里以戏中戏(黛玉生日,戏班到贾府演出)的形式插演了整整两出。在侧重抒情的《花诔》和《寄吟》二出中间插入这段故事,不排除作者有以之调剂戏场冷热的考虑,但经过吴兰征修改后的林四娘的故事,已具有与原著不同的思想含义。原著中无论是贾政对故事的叙述还是宝玉的《姽婳词》,皆在对四娘之"勇"加以点染的同时,更大大渲染了四娘对恒王之"忠":四娘因武艺超群而获得恒王器重,后恒王剿贼失败,四娘深入敌营为主复仇,最终因势单力薄而被杀,"作成了这林四娘的一片忠义之志"②。小说中的林四娘,统帅诸姬日习武事以满足恒王好色、好武之嗜,不过充当了恒王的玩物,唯一一次流露出自我意志是在立志为主复仇时,成就了她忠义的形象。而《绛蘅秋》不仅改变了四娘与恒王的关系,增饰一段四娘与恒王战前在帐中欢宴的情节以渲染二人之"情",而且对她的识见多有刻画:当贼氛突起时,恒王尚因"倘教金鼓连天,

---

① 其回目见于胡文彬《红楼梦叙录》,吉林人民出版社1980年版,第310—311页;亦见于吴泰昌《关于〈红楼梦戏曲集〉》,《红楼梦学刊》1980年第2期。

② 曹雪芹、高鹗:《红楼梦》第七十八回,人民文学出版社1982年版,第1101页。

干戈满地,锦繁华怎生舍得"而备感犹豫,四娘果断谏之云:"大王说哪里话?休惜,这温柔乡内浮皮,怎报得青州寸尺?须也显一段英雄,好教人抚今追昔!"(《演恒》)在她的激励之下,恒王方出战剿贼。后恒王战死,四娘兴师复仇,在寡不敌众时,贼首有请她做压寨夫人之念,她高唱:"贞心难灭,任歌台舞榭,金妆玉结。问三生石头怎设?笑千载琵琶怎说?只知泉下人亲切!"(《林殉》)不屈自刎而死。这一改动较之原著兵败被杀的结局,更加突出了四娘的自主意志,而原著所强调的她对恒王之忠义,在此演变为对情的忠贞,她的死更具有殉情殉节的意味。这段故事看似游离于主线之外,其实经过吴兰征改动之后,不仅符合《绛蘅秋》写情寄恨之旨,而且颇能体现吴兰征对《红楼梦》的改编中关注和重视女性情感,赞颂女性美好品质的特点。

《绛蘅秋》对女性角色的刻画,除融入作者自身的生命体验细致摹写女性心理之外,也十分注重采录或化用原著中的诗词来加以表现,如《演恒》《林殉》对林四娘之风流隽逸、忠贞慷慨的生动再现,即对宝玉的《姽婳词》多有化用。除此之外,《幻现》和《悲谶》分别以判词、灯谜预示众女儿的不幸结局;《秋社》在众女儿的联吟中突出黛玉、宝钗杰出的诗才;《埋香》借黛玉《葬花吟》抒发如花少女惜花伤春的幽怨;《词警》《湿帕》以《西厢》《牡丹》之曲词及黛玉的题帕诗传达出黛玉对知己之情的渴望。曹雪芹的《红楼梦》是一部诗化了的小说杰作,"雪芹撰此书中,亦为传诗之意"[1],吴兰征性耽吟咏,与俞用济闺中唱和诗盈箱累箧,诗词曲赋均有不俗之笔,受到当时的诗坛大家袁枚的赞赏。正是自身丰厚的文学素养令她能够领会曹著诗笔的芬芳,而《绛蘅秋》对曹著中大量诗意篇章的采录和化用,也加强了《绛蘅秋》的诗剧气质。

相较于全剧对女性角色的精心塑造,《绛蘅秋》中宝玉的形象稍

---

[1] 脂砚斋甲戌本第一回"未卜三生愿"诗前夹批,见《脂砚斋甲戌抄阅再评石头记》,上海古籍出版社1985年版,第15页。

显不足。在《咏贾宝玉》二首中,吴兰征以"钟情本天然"来界定宝玉的多情,以此区别于才子佳人小说、色情小说中常出现的风流才子、皮肤滥淫之辈,可以说切近了曹雪芹笔下这一人物的精神内涵。《绛蘅秋》在具体描写宝玉的多情时,尽管也写出了宝黛之间纯真、美好的心灵之爱、知己之爱(《词警》《埋香》),但在处理宝玉与袭人、宝钗、金钏儿、蒋玉菡等的关系时,却很难表现出其中纯洁、高尚的成分(《护玉》《情妒》《金尽》),似乎宝玉性格乖张、反叛传统的一面,仅体现于他的风流多情中。这一缺陷,令《绛蘅秋》在对原著内涵的诠释上趋于肤浅,影响了全剧的格调和思想价值,不能不说是一大遗憾。

吴兰征的咏红诗和红楼戏的写作时间,距百二十回程高本《红楼梦》问世不过十余年时间,作为《红楼梦》的早期闺阁读者,她以女性的视角和切身体验读《红楼》、改编《红楼》,不仅对原著的思想内蕴多有阐发,且展露了闺中女性真实的阅读心声,这在《红楼梦》接受史和清代戏曲文学史上都应得到更多的关注。

(原载香港中文大学中文系编《重读经典:中国传统小说与戏曲的多重透视》,香港:牛津大学出版社 2009 年版)

阮元骈文观的形成及其历史意义

陈志扬

【摘　要】 嘉庆十八年以后，阮元文学观念发生了重大转折，他以独具个性的辩护立场与理路独尊骈文，这种胆识极可能来自凌廷堪。在汉学衰退、古文复兴症候下，阮元发动的"文笔"之辨的考证，既壮大了骈文声势，同时具有学术导向功能。阮元回归六朝文学观念的努力，为五四时代西方纯文学观念植根学界提供了固有的传统资源媒介。

【关键词】 阮元；骈文；文笔；汉学；宋学

骈散之争是清代骈文理论的核心议题，就这一议题，近人陈子展总结为三种主张："有的以为骈散并尊，不宜歧视""有的以为骈文才可以叫做文""有的以为骈散合体，不应分家"①，作为其中一局的代表性人物阮元，其独尊骈文的理论主张对同时代古文家的文学观念是一种彻底颠覆。阮元独具个性的辩护立场与理路一直是当代文论界关心的热点，本文在前贤研究基础上拟就其理论的独特性及形成原因、过程、意义作进一步的深入探讨，以质高明。

一　多元辩护理论之一

在当时盛行的几种为骈文辩护的理论之外，阮元以汉学家的学术

---

① 陈子展：《中国文学史讲话》，北新书局1933年版，第263—264页。

理路，通过"文"概念的考证、界定，将古文逐出"文"的家园，捍卫骈文独立为文的地位，极大地拓展了骈文发展的空间与前景。

清代骈文与古文两派壁垒分明，"世之袭徐庾者诮八家之空疏，而袭史汉者每讥六朝为撦拾"①，充满剑拔弩张的火药味。骈文自宋末后菁华衰竭，入清后回光返照，蔚为大观。《清史稿》卷四八五载："俪体文自三唐而下，日趋颓靡，清初陈维崧、毛奇龄稍振起之，至胡天游奥衍入古，遂臻极盛。而邵齐焘、孔广森、洪亮吉辈继起，才力所至，皆足名家。后数十年而有镇洋彭兆荪以选声炼色，胜名重一时。"这一时期的骈文"其体格不能一辙，有汉魏体者，有晋宋体者，有齐梁至初唐者，流别各异，其骨格韵调，则皆超轶流俗，同为专门名家之作也"②。清代骈文的蓬勃发展在一定程度上得益于当时理论界的骈散之争。骈文经过唐宋古文运动昭"罪"于世后，文坛弥漫着一股浓烈鄙薄骈文的风气，骈文俨然为"淫靡害俗"的代名词。元王若虚云："四六，文章之病也，而近世以来，制诰表章，率皆用之。君臣上下之相告语，欲其诚意交孚，而骈俪浮辞，不啻于俳优之鄙，无乃失体邪！后有明王贤大臣一禁绝之，亦千古之快也。"③清程廷祚《青溪集》卷九《与家鱼门书》云："骈体最病于文，诗余最病与诗。"《四库总目提要·四六法海》描述了骈文沦为不齿的这段历史："厥后辗转相沿，逐其末而忘其本。固周武帝病其浮靡，隋李谔论其佻巧，唐韩愈亦断断有古文时文之辨。降而愈坏，一滥于宋人之启札，再滥于明人之表判。剿袭皮毛，转相反鹜。或涂饰而掩情，或堆砌而伤气，或雕镂纤巧而伤雅，四六遂为作者所诟厉。宋姚铉撰《唐文粹》，至尽黜俪偶；宋初修《新唐书》，至全删诏令。而明之季年，豫章之攻云间者，亦以沿溯六朝相抵。"因此，为骈体正名、争取生存空间是清代骈文理论的第一要务。陆继辂云："治古文者往往薄四六为不屑为，甚者斥为俳优侏

---

① 师范：《摘刊四六丛话缘起序》，《二余堂文稿》卷四。
② 金秬香：《骈文概论》，商务印书馆1933年版，第126页。
③ 王若虚：《文辨》，《滹南遗老集》卷37。

儒之技。入主出奴之见，亦犹考据、辞章两家隐然如敌国，甚可笑也。"① 骈文爱好者在宣泄"甚可笑"之类的不满情绪外，也提出具有一定理论深度的学理性依据来维护骈文的地位，据笔者总结，不外乎以下四种。

方式之一：以天地万物作比附，从骈体符合宇宙自然之理角度对骈文作了肯定。袁枚《胡稚威骈体文序》云：

> 文之骈，即数之偶也，而独不近取诸身乎？头，奇数也，而眉目，而手足，则偶矣。而独不远取诸物乎？草木，奇数也，而由叶而瓣萼，则偶矣。山峙而双峰，水分而交流，禽飞而并翼，星缀而连珠，此岂人为之哉！

方式之二：利用人们尊古的心理，宣扬骈文导源于六经。丁泰《与张海门论骈文书》云：

> 圣人法天人之文而为文者，其言莫古于《易》，而乾坤、父母与坎离、震艮、巽兑，画卦无非对者。推而论之《诗》，《诗》也，而有"角枕锦衾"、"三百九十"之文；《书》、《史》也，而有"旸谷幽都"、"孤桐浮磬"之文，至左氏之传、戴氏之记，往往杂排比于散行之中，特其气朴茂，不形其为对偶耳。

方式之三：展现骈文独特的魅力，提倡文学功能的多元化消解骈文无用论。齐召南《绿罗山庄全集序》云：

> 所憾乎骈体者，谓其华而鲜实，似而非真，未究本原，徒工藻饰。用之谈理则未足以释圣经；纪事则未足以操史笔云耳。若夫词赋、制、诰、表、章、序、记、书、启、哀、诔诸文，

---

① 陆继辂：《与赵青州书》，《崇百药斋文集》卷14。

只取达意，亦堪立诚。引古证今，取物连类，则音如铿金戛玉，吹竹弹丝，其不胜于鸡豚之游村落也哉？

方式之四：强调骈散两种文体具有共同的表述功能，骈体也可以用来谈艺论史，吴鼒《八家四六文钞序》云：

敷陈士行，蔚宗以论史；钩择文心，彦和以谈艺。而必左袒秦汉，右居韩欧，排齐梁为江河之下，指王扬为刀圭之误，不其过欤！

上述四种方式中，前两种在论证思维上大致未出刘勰《文心雕龙·丽辞》篇之窠臼，后两种是清人在当时文学发展格局下的新阐发，有力地充实了我国传统的文论宝库。骈文维护者多能举上述之一二，或略有变通。阮元以其特有敏锐洞察力与汉学家的学术理路，提供了另一种方式。《文言说》云：

要使远近易诵，古今易传，公卿学士皆能记诵，以通天地万物，以警国家身心，不但多用韵，抑且多用偶。……与物两色而交错之，乃得名曰"文"（《考工记》曰：青与白谓之文；赤与白谓之章。《说文》曰：文，错画也，象交文）。然则千古之文莫大于孔子之言《易》，孔子以用韵比偶之法错综其言，而自名曰"文"，何后人之必欲反孔子之道而自命曰"文"，且尊之曰"古"也？

《文言说》综合运用了社会学以及乾嘉汉学家擅长的文字、音韵之学及人们尊圣崇经的心理，从源头上厘清"文"的含义。"文"之概念一旦明晰，骈文为文学之正宗也就成了逻辑的必然："自齐梁以后，溺于声律，彦和《雕龙》渐开四六之体，至唐而四六更卑，然文体不可谓之不卑，而文统不得谓之不正。"正是在这个意义上，备受时人鄙视的八股文被阮元认为"真乃上接唐宋四六为一派,为文之正统也"。反之,古文的"文"性,甚至连概念本身都遭到了阮元的质疑:"然则今人所作之古文,当名之为何?曰:凡说经讲学,皆经派也;传志纪事皆史派也;立意为宗皆子派也。惟沈思翰藻乃可名之为文也。非文者,尚不可名之为文,况名之曰古文乎?"① 又《与友人论古文书》云:"《选序》之法,于经、子、史三家不加甄录,为其以立意纪事为本,非沈思翰藻之比也。今之为古文者,以彼所弃,为我所取,立意之外,惟有纪事,是乃子、史正流,终与文章有别。"

阮元正名明义的文言说,在对抗力度上,较之以前任何为骈文呐喊的言论更为强烈;在策略上,通过六朝文学观念的回溯以佐成其说,对于古文是一次釜底抽薪式的打击。自阮元明确"文"概念后,非常赞成骈文渊薮——《昭明文选》的编选原则,并视为同道知己而为之辩解,《书梁昭明太子文选序后》云:

> 昭明所选,名之曰"文",盖必文而后选也,非文则不选也。经也、子也、史也,皆不可专名之为文也,故《昭明文选序》后三段特明其不选之故。必沈思翰藻,始名之为文,始以入选也。或曰:昭明必以沈思翰藻为文,于古有徵乎?曰:事当求其始。凡以言语著之简策,不必以文为本者,皆经也、子也、史也。言必有文,专名之曰文者,自孔子《易文言》始。传曰:"言之不文,行之不远。"故古人言贵有文。孔子《文言》实为万世文章之祖。此篇奇偶相生,音韵相和,如青白之成文,如咸韶之合节,非清言质说者比也,非振笔纵书者比也,非佶屈涩语者比也。是故昭明以为经也、子也、史也,非可专名之为文也;专名为文,必沈思翰藻而后可也。

---

① 阮元:《书梁昭明太子文选序后》,《揅经室三集》卷2。

文中认为"孔子《文言》，实为万世文章之祖"，意在借圣人之旗号建立新的文统，与桐城古文家由韩欧上溯《左传》《史记》的古文文统相抗衡。近代文选学家骆鸿凯评论该篇云："'事出于沈思，义归乎翰藻'，此昭明自明入选之准的，亦即其自定文辞之封域也……阮氏此篇推阐昭明沈思翰藻之旨与不选经、史、子之故，可谓明畅。"①阮元对《文选》选文主旨的揭示、辩护，目的是借《文选》以张其帜，这与后来发动"文笔"考证以佐其主张的致思方式是一致的。

为实践自己的文学观念，阮元自编文集的方式相当独特。既然古文被阮元排斥在"文"的范畴之外，其自编之集便改弦易辙，以经、史、子、集这种古代图书分类方式予以编辑。《揅经室集自序》云："余三十余年以来，说经记事不能不笔之于书，然求其如《文选序》所谓'事出沈思，义归翰藻'者甚鲜，是不得称之为文也。今年届六十矣，自取旧帙授儿辈，重编写之，分为四集。其一则说经之作，拟于贾邢义疏已云僭矣，十四卷；其二则近于史之作，八卷；其三则近于子之作，五卷。凡出于四库书史子两途者，皆属之言之无文，惟纪其事，达其意而已。其四则御试之赋及骈体有韵之作，或有近于古人所谓文者乎，然其格亦已卑矣，凡二卷。又诗十一卷，共四十卷，统名曰集者，非一类也。继此有作，各以类续也。"

但我们要清楚的是，阮元将古文逐出"文"的家园，并不等于否定古文的价值。王章涛指出："阮元不排斥古文派，他对唐宋八大家都很尊敬，特别对苏东坡有较高的评价，并对其一生的际遇赋予极大的同情。"②据钱基博分析，阮元兴此说主要是针对古文流弊而发："然桐城之说既盛，而学者渐流为庸肤，但习控抑纵送之貌而亡其实；又或弱而不能振，于是仪征阮元倡为文言说，欲以俪体嬗斯文之统。"③

---

① 骆鸿凯：《文选学·义例第二》，中华书局1936年版，第16—18页。
② 见王章涛《阮元评传》，广陵书社2004年版，第371页。
③ 钱基博：《现代中国文学史》，上海书店出版社2004年版，第29页。

二 从推尊到独尊

阮元的骈文观存在一个由推尊到独尊的推进过程，这个过程大致以嘉庆十八年五月至九月为界，而其独尊骈文也经历了隐而不张到广而鼓吹的变化。抚浙与督粤是阮元人生的两个重要时期，也是其推尊骈文与独尊骈文的两个代表性时期。

乾隆六十年，32岁的阮元奉旨调任浙江学政，后又两任浙江巡抚。二任期间，因刘凤诰科举舞弊案受累，于嘉庆十二年解职入都。从任职学政到解职入都，阮元在浙江任职计十余年，在此期间他积极推尊骈文。嘉庆二年秋，阮元叮嘱孙梅刊刻《四六丛话》一书，在阮元的资助下，该书历经八个月于嘉庆三年刊成。孙梅雅好四六，"己丑会闱，制艺策间皆作四六"①，历三十余年而成的《四六丛话》是其一生精力所萃。孙梅是阮元丙午科房师，阮元此举固然是报恩，其中亦不乏张扬骈文的倾向。

嘉庆八年，李富孙至武林，以所撰之《汉魏六朝墓铭纂例》请正于阮元，阮元颇称善。李富孙受朱竹垞"窃意墓铭莫甚于东汉，潘阳洪氏所辑《隶释》《隶续》，其文其铭，体例匪一，宜用止仲之法，举而胪列之"构想之启发②，其《汉魏六朝墓铭纂例》源于"知昆仑以上之原之所在""沿其流而不忘其原"而作③，其实并无以汉魏六朝骈文碑志取代唐宋古文碑志为文章范式之意。阮元借机推尊骈文心切，忽视了李氏之本意，并向李富孙宣扬道："碑碣当以汉魏为法，六朝犹不失遗意，宜将原文及碑式跌寸，并为载入，俾古制有所考。"④

嘉庆九年，阮元借修家庙之机，在庙西余地修建文选楼，作为

---

① 师范：《摘刊四六丛话缘起序》，《二余堂文稿》卷4。
② 朱彝尊：《书王氏墓铭举例后》，《曝书亭集》卷52。
③ 李富孙：《汉魏六朝墓铭纂例》卷4。
④ 李富孙：《汉魏六朝墓铭纂例》书后识语。

江南名士诗文聚会的场所。文选楼内藏《文选》善本，楼上奉祀"选学"家曹宪、公孙罗、魏模、景倩、李善、李邕、许淹等木主。阮元又专门撰有《扬州隋文选楼记》《扬州隋文选楼铭》二文，其中《扬州隋文选楼记》对"文选学"源流、形成原因、师承关系进行了研究。人物行为的背后通常隐藏着个人的价值观念与目的，当代学者对这一行为作了如下解读："阮元总结扬州学人对'文选学'创立的功绩和新建一座'隋文选楼'，其目的是弘扬'文选学'，提倡骈文，为'以骈救散'造声势、广舆论，最终清除桐城派末流在文坛的不良影响。"①

此时的阮元对《文选》选文标准已有了清晰的认识，《扬州隋文选楼记》云："唐人属文尚精选学，五代后乃废弃之。昭明选例以沈思翰藻为主，经、史、子三者皆所不选。唐宋古文以经、史、子三者为本，然则韩昌黎诸人之所取，乃昭明之所不选，其例已明著于文选序者也。"但是，阮元独特骈文观尚未形成。嘉庆十二年，阮元《揅经室文集》刊行，此集以"文集"命名，非以经、史、子、集分类②，清楚地表明了这一点。

《周易·文言》篇的阅读是阮元文学观念发生重大转折的关键，《揅经室续集·自序》云：

> 元四十余岁，已刻文集二三卷，心窃不安，曰：次可当古人所谓文乎？僭矣妄矣。一日读《周易·文言》，恍然曰：孔子所谓文者此也。著《文言说》，乃屏去先所刻之文，而以经、史、子区别之，曰：此古人所谓笔也，非文也。

阮元一生著述颇丰，版刻亦频，"屏去先所刻之文，而以经、史、子区别之"之事发生于道光三年。此前的最近一次结集是嘉

---

① 王章涛：《阮元评传》，广陵书社2004年版，第369页。
② 《贩书偶记续编》卷16云："《揅经室文集》十八卷，阮元撰。嘉庆十二年乌程张鉴校刊。"

庆十八年四月,这一年张鉴为阮元新结集《揅经室文初集》作序云:"癸酉夏四月,鉴谒仪征师于淮安。吾师不斥其学殖之落,以《揅经室文初集》十八卷编刻初成,命志缘起。"① 嘉庆十八年九月初八,郝懿行收到阮元来函,随函有《文言说》一文见示②。由此可以精确地断定:阮元独特骈文观形成于嘉庆十八年五月至九月,是年阮元50岁,正值思想成熟的壮年期。《文言说》标志着阮元独特文学观念的形成,是推尊骈文到独尊骈文的分水岭。阮元本人似乎也意识到这种观点的惊世骇俗,最初只在几个亲近的朋友中低调阐扬,《与友人论古文书》云:"千年坠绪无人敢言,偶一论之,闻者掩耳。非聪颖特达深思好问如足下者,元未尝少为指画也。"

嘉庆二十二年,阮元出任两广总督,并数次兼广东巡抚及学政。政务之余,阮元留心教育,于嘉庆二十五年创办了学海堂。走出政治低谷的阮元,此前的顾虑散尽,他以学海堂为依托,有意识地将"文笔论"渗透于学海堂的教学活动中,表现出一种敢于开宗立派的气概与自主尊荣的大家气韵。六朝文笔之分与阮元持论最契合,为重回六朝时代的文学观念,达到宣扬骈文为文学之正统的目的,阮元以"文笔"策问士子:

> 六朝至唐皆有长于文、长于笔之称,如颜延之云"竣得臣笔,测得臣文"是也。何者为文?何者为笔?何以宋以后不复分别此体?(《学海堂文笔策问》)

阮福该文之案语云:"家大人开学海堂于广州,与杭州之诂经精舍相同。以文笔策问课士,教福先拟对。"阮福排比资料,得二十余条编成一篇,进一步充实了阮元的"文笔"论。阮元对其观点被证实甚

---

① 张鉴:《揅经室文集序》,《冬青馆甲集》卷5。
② 参见郝懿行《奉答阮元台先生书》,《晒书堂外集》卷上。

为喜悦，阮福这样记载道："福读此篇（梁元帝《金楼子·立言》）与梁昭明《文选》序相证无异，呈家大人。家大人甚喜，曰：'此足以明六朝文笔之分，足以证昭明序经、子、史与文之分，而余平日著笔不敢名曰文之情益合矣。'以为可与《书文选序后》相发明，命附刻于三集之末。"① 嗣后学生所答，以刘天惠、梁国珍、侯康、梁光钊最佳，被收入《学海堂初集》卷七，后又受阮元之嘱，阮福将之汇辑成《文笔考》一书。道光四年，宋翔凤经南昌赴广州，年底经韶关返回苏州。今其《过庭录》卷十五存"文笔"考证长文一则，断言文笔之分在东晋之后，宋氏此举盖是当时阮元在广州宣扬文笔论如火如荼波及的产物。

调任云贵总督的前一年，即道光五年，阮元又写了另一篇重要的骈文理论文献——《文韵说》。该文对文韵进行了新的阐释，并进一步对"文"的性质及基本特征作了如下界定："凡文者，在声为宫商，在色为翰藻。即如孔子《文言》'云龙风虎'一节，乃千古宫商、瀚藻、奇偶之祖；'非一朝一夕之故'一节，乃千古嗟叹成文之祖；夏《诗序》'情文声音'一节，乃千古声韵、性情、排偶之祖。吾固曰：韵者即声音也，声音即文也。然则今人所便单行之文，极其奥折奔放者，乃古之笔，非古之文也。"历经13年的思考，阮元文言说的逻辑理论体系至此臻于完善。

此外，阮元无论作跋、写序还是训导他人，都身体力行运用文笔概念，并严分文笔之别，达到"一以贯之"的成熟境界。其《学海堂集序》云："初集斯勒，四载以来，有笔有文，凡十五卷。"道光七年，阮元著《塔性说》，庭训福云："（《塔性说》）此笔也，非文也，更非古文也，将来姑收入《续集》而已。"②

清代揭橥六朝"文笔"论并不始于阮元，在其之前，乾嘉学子尚有多人探讨过"文笔"概念问题。如王鸣盛、赵翼、钱大昕等通

---

① 参见阮元《学海堂文笔策问》之阮福案语，《揅经室三集》卷5。
② 张鉴等：《阮元年谱》，中华书局1995年版，第156页。

过材料的排列，指责陆游、顾炎武等"文"即"笔"说之误，认为六朝"文笔"说法当以刘勰所言为准①。同样是采取汉学的方法，但是他们的探讨带着很大的工具理性成分，不具有类似阮元那样试图通过对概念的梳理，来为"骈文"争正统的现世诉求。学海堂"文笔"策问的学术训练拂去厚厚尘土，遭世人遗忘甚久的六朝文学观念再次放射出光芒。"主持风会数十年，海内奉为山斗"②的学坛身份对阮元宣传主张又如虎添翼，曾任广东巡抚的程含章这样描述其成效道："国朝自侯、魏、茗文、锡鬯卓然大家，嗣得望溪在，陆获园诸先辈接起，寥寥不过十余人耳。近日台省宗工，暨四方名士都宗骈俪，不喜散文，遂觉此体几废。"③鉴于阮元骈文观念影响之大，当代学者张仁青特为其立一"仪征派"："当方姚桐城文派风靡全国之际，有别树一帜，与之对抗者，为仪征文派。则阮元阮福父子创其首，刘师培继其迹焉……此说一出，天下震动，影响中国文坛，历百余年之久，于是有'仪征文派'一名词之诞生，以三子皆江苏仪征人也。"④

三　骈散之争新阶段

阮元独尊骈文观念的形成，自有个人裁别之识与陶铸之功，析而言之，大凡归于师友的启发、切磋，更是汉、宋学术与骈、散文派两组对峙力量消长的产物。

扬州是"选学"的发源地，著名学者曹宪、李善等都在此授徒讲学，精研《文选》，对扬州文化产生了深远的影响。生于斯、长于斯的阮元自幼深受这种风气的熏陶，"元幼时即为《文选》学"⑤，引导

---

① 参见《十七史商榷》卷63"诗笔"条、《蛾术编》卷80"诗笔"条；《陔余丛考》卷23"诗笔"条；《十驾斋养新录》卷5"文笔"条。
② 《清史稿》卷364，列传151。
③ 程含章：《复方东树书》，《程月川先生遗集》卷7。
④ 张仁青：《中国骈文发展史》，（台湾）中华书局1979年版，第649页。
⑤ 阮元：《扬州隋文选楼记》，《揅经室二集》卷2。

者有乔椿龄、胡廷森两先生：“（乔椿龄）善属文，以汉魏为法……吾年九岁，从乔先生学。”① "元幼时，以韵语受知先生（胡廷森），先生授元以文选学。"②

孙梅的出现对阮元骈文观的形成具有重要意义。阮元自言其受孙梅影响甚深："元才圉陋质，性好丽文，幸得师（孙梅）承，侧闻绪论。妄执丹管而西行，愿附骥尾而千里。故知卢、王出于今时，流江河而不废，子云生于后世，悬日月而不刊矣。"③ "元籍列门生，旧被教泽，凡师心力所诣，略能仰见一二。"④ 乾隆五十三年，阮元为《四六丛话》写序，该序从文学发展史的角度阐述了骈文的意义与价值，与孙梅推尊骈文的观点桴鼓相应，这是阮元集中阐述骈文观的最早文献之一。

但真正促使阮元独具个性骈文观的形成并非孙梅，凌廷堪是阮元相交甚久的挚友，其独尊骈文的胆识极有可能来自此人。据张其锦《凌次仲先生年谱》所叙，乾隆四十三年，是年22岁的凌氏便有了这种极端的观点："先生论古文以《骚》《选》为正宗，于是作《祀古辞人九歌》。"如果说这是其门人所作的一种推断，那么凌氏本人在《书〈唐文粹〉后》一文中则有明确的文字表述："盖昌黎之文化偶为奇，戛戛独造，特以矫枉于一时耳，故好奇者皆尚之，然为谓文章之别派则可，谓为文章之正宗则不可也。"凌氏甚至批评主张骈散合一的汪中云："独是汪君既以萧刘作则，而又韩柳是崇，良由识力未坚，以致游移莫定。犹之易主荀虞而周旋辅嗣，诗宗毛郑，而回护考亭，所谓不古不今，非狐非貉者也。"⑤ 凌氏此观点在当时似乎产生过一定的社会影响，姚鼐在与他人的信中就表达过对凌氏的鄙夷："吾昨得凌仲子集阅之，其所论多谬，漫无可取，而当

---

① 阮元：《李晴山、乔书西二先生合传》，《揅经室二集》卷2。
② 阮元：《胡西琴先生墓志铭》，《揅经室二集》卷2。
③ 阮元：《四六丛话序》，《揅经室四集》卷2。
④ 阮元：《旧言堂集后序》，《揅经室三集》卷5。
⑤ 凌廷堪：《尚洗马翁覃溪师书》，《校礼堂文集》卷22。

局者以私交入《儒林》，此宁足以信后世哉？……至于文章之事，诸君亦了未解，凌仲子至以《文选》为文家之正派，其可笑如此。"①阮元18岁订交凌廷堪，奉为终生益友，"合志同方，谊若兄弟"②；亦亲阅过其翰墨，"（嘉庆）十三年，元复任浙江巡抚，君免丧来游杭州，出所著各书相示，元命子常生从君学"③。凌氏死后不久，即嘉庆十七年，《校礼堂文集》由受业弟子张其锦、耿伯南收集整理出版，其间曾"至淮入就正于阮侍郎"④。近人刘师培曾指出"歙县凌次仲先生以《文选》为古文正的，与阮元《文言说》相符"⑤，依据凌廷堪与阮元交往情况及立论之先后，确切说来两者并不是简单的"相符"关系，阮元观点的形成实由凌氏引发亦未为可知。阮元自言其恍然大悟于《周易·文言》，只字未提凌廷堪，应该说含有不实的成分。惜凌氏文集虽有以《文选》为文家之正派的主张，却缺乏详细的论证阐述。

汉、宋学术与骈、散文派两组对峙力量的变化，是阮元从推尊骈文发展到独尊骈文的深层时代背景。马积高曾深刻地指出"骈文本与博学相联系" "骈文本与理学无缘"⑥。宋学重道轻文，以阐"道"为核心的古文家鄙视骈文，如方苞云："古文中不可入语录语，魏晋六朝藻丽俳语，汉赋中板重字法，诗歌中隽语，南北史佻巧语。"⑦汉学则是骈文兴盛的重要依托，此正如方东树《汉学商兑》所云："由是（注：汉学）以及于文章，则六朝骈俪有韵者为正宗，而斥韩欧为伪体。"清代骈散之争究实质是汉、宋学术之争延伸到文学领域的反映。乾嘉间考证之风弥漫学坛，"稍微时髦一点的阔官，

---

① 姚鼐：《与霞纤任》，《惜抱先生尺牍》卷8。
② 阮元：《凌母王太孺人寿诗序》，《揅经室三集》卷5。
③ 阮元：《次仲凌君列传》，《揅经室二集》卷4。
④ 江藩：《校礼堂文集序》，见凌廷堪《校礼堂文集》卷首。
⑤ 刘师培：《文章源始》，《刘师培中古文学论集》，中国社会科学出版社1997年版，第216页。
⑥ 马积高：《清代学术思想的变迁与文学》，湖南人民出版社2002年版，第110页。
⑦ 转引自沈廷芳《椒园文钞·方先生传后》，《国朝二十四家文钞》嘉庆元年刻本。

乃至富商大贾，都要附庸风雅，跟着这些大学者学几句考证的内行话"①。骈文依托汉学凌越古文亦独盛一时，李祖陶在《国朝文录自序》中甚至慨叹"嘉庆朝骈文盛行，古文予不多见"。随着骈文创作的进一步繁荣，已不局限于其固有的经营领域。"清朝一些骈文家既有意与古文家争席乃至争文统，凡六朝人已用骈体来写的体裁固然用骈体来写；唐宋古文家所开拓的文章领域，他们也试图用骈文来写。"②强调骈散表达内容上的一致是维护骈文生存发展的一条重要路线。乾隆曾在《御选唐宋文醇序》中指出："夫十家者，谓其非八代骈体云尔，骈句固属文体之病，然若唐之魏郑公、陆宣公，其文亦多骈句，而辞达理诣，足为世用，则骈文奚病?"孙梅亦强调范仲淹、令狐楚骈文具有经世精神，又以饱满的热情称颂《文心雕龙》《文赋》《诗品》《史通》等为"论说之精华，四六之能事"③。如果说乾隆帝与孙梅尚是在历史中找寻证据，以树立创作的风标，那么这条路线延续到嘉庆年代，便开始与现实创作相互动。与创作这一新形势相同步，有些理论家在肯定骈文与散文异途同源的前提下，又强调两种文体具有共同的表述功能，也就是前文所列举的方式之四。如彭兆荪《荆石山房文序》云："有唐一代，斯体尤崇，颖达以之叙经，房乔用之论史，其与散著途异源同。"据孙星衍《仪郑堂遗稿叙》载，孔广森曾寄书信予其外甥朱沧湄云："骈体文以达意明事为主，不尔则用之婚启，不可以用之书札；用之铭诔，不可用之论辩，直为无用之物。六朝文无非骈体，但纵横开阖，一与散体文同也。"无论就创作业绩还是理论声势而言，骈文在这一阶段已经积累了相当牢固的基础，骈文旧有的卑体形象大大得到缓解。

另外，骈文的不利因素亦在嘉道年间凸显。嘉道之际，学术上，"在上之压力已衰，而在下之衰运亦现。汉学家正统如阮伯

---

① 梁启超：《中国近三百年学术史》，东方出版社1996年版，第29页。
② 马积高：《清代学术思想的变迁与文学》，湖南人民出版社2002年版，第109页。
③ 孙梅：《四六丛话》卷22。

元、焦里堂、凌次仲，皆途穷将变之候";① 文学上，姚鼐不为汉学之风所靡，独尊宋儒学说，专主古文，"君子之文，达其辞则道以明，昧于文则志以晦，鼐之求此数十年矣。瞻于目，诵于口，而书于手，较其离合而量剂其轻重多寡，朝为而夕复，捐嗜舍欲，虽蒙流俗讪笑，而不耻者。以为古人之志远矣，苟吾得之，若坐阶席而接其音貌，安得不乐而愿日与为徒也"，② 经姚鼐数十年的惨淡经营，清代古文在继乾隆朝短暂的消歇之后于嘉道之际形成勃发态势。曾国藩对此评价云："当乾隆中叶，海内魁儒畸士崇尚鸿博，繁称旁证，考核一字，累数千言不能休，别立帜志，名曰'汉学'，深摈有宋诸子义理之说以为不足复存，其为文尤杂寡要。姚先生独排众议，以为义理、考据、词章三者不可偏废，必义理为质而后文有所附、考据有所归，一编之内，惟此尤兢兢。当时孤立无助，传之五六十年，近世学子稍稍诵其文，承用其说。"③ 姚鼐门派意识甚强，门徒众多，其时之古文声势已非昔日方苞、刘大櫆可比，乾隆朝朱梅崖所感慨的那个"今世讲古文者益少，坠绪茫茫，旁绍为艰"④ "盖自古文废绝，非独其人不世出，间有出者，而世亦不知重之。治须臾之富贵而弃古人所云三不朽者，苟告以子云、退之大儒之业，干干日夕，汲汲之胸，固有所不暇听也"⑤ 的时代已经结束。

孔广森等强调两种文体具有共同的表述功能，是通过向古文靠拢妥协的方式换取骈文文坛地位的承认，阮元则从语言形式这一角度鼓吹宣唱，刻意拉开骈文与古文的距离。处于汉学衰退与古文复苏情形下的阮元，其骈文理论当时的意义在于：由前期"尊体"运动业已取得生存空间的业绩基础上，进一步扩展到争夺文章正宗地

---

① 钱穆：《中国近三百年学术史·自序》，商务印书馆1997年版，第3页。
② 姚鼐：《复汪进士辉祖书》，《惜抱轩文集》卷6。
③ 曾国藩：《欧阳生文集序》，《曾文正公诗文集》文集卷1。
④ 朱梅崖：《答族弟和鸣书》，《梅崖居士文集》卷29。
⑤ 朱梅崖：《林太翁八十寿序》，《梅崖居士文集》外集卷3。

位，从而为骈文创作的持续发展提供理论支持，汉宋之争所导致的骈散之争由此进入了一个新的历史阶段。"然散文可蹈空，而骈文必徵典。骈文废，则悦学者少，为散文者多，文乃日敝"①，由于骈文与汉学存在遥相呼应、互为犄角的关系，因此反过来，骈文正宗论成了一种挽救汉学衰势的手段，这恰是阮元所企盼的。侯外庐云："从学术内容和写作年代上说，阮元是扮演了总结十八世纪汉学思潮的角色的。"② 钱穆亦云："芸台犹及乾嘉之盛，其名位著述，足以弁冕群材，领袖一世，实清代经学名臣最后一重镇。"③ 尽管阮元带有嘉道之际尊汉到汉宋合流过渡时期的气息，但在学术旨趣上更倾向于汉学。其"文选学"研究以汉学为宗旨，阮亨《瀛舟笔谈》卷七云："兄旧尝校《文选》之误若干条，又集高邮王氏等所校若干条，皆甚精确。戊辰又得南宋尤袤本《文选李善注》，属厚明校订，厚民多所校正。时胡果泉先生克家亦别得尤袤本属顾千里广圻校刻，甚为精核。兄与厚明所校与顾校亦互有详略也。"阮元本人亦明确表明治《文选》的宗旨道："《桂苑珠丛》久已亡佚，间见引于他书，其书凉有部居，为小学训诂之渊海，故隋、唐间人注书引据便而博。元幼时即为'文选学'，既而为《经籍纂诂》二百十二卷，犹此志也。"④ 抚浙时阮元创办诂经精舍，奉祀许慎、郑玄二人，以崇尚朴学为宗旨。督粤后创办学海堂，仍以发扬朴学为己任，"学海堂加课，仿抚浙时所立诂经精舍之例，专课经史诗文"⑤。鉴于骈文与朴学唇亡齿寒的关系，诂经精舍与学海堂兼重骈文，书院延请的讲席王昶、孙星衍、陈寿祺等既精朴学，又通骈文。质而言之，阮元创建的学院以汉学为旨归，其骈文教学从属、服务于朴学。

---

① 袁枚：《胡稚威骈体文序》，《小仓山房文集》卷11。
② 侯外庐：《中国思想通史》，中华书局1956年版，第77页。
③ 钱穆：《中国近三百年学术史》，商务印书馆1997年版，第528—529页。
④ 阮元：《扬州隋文选楼记》，《揅经室二集》卷2。
⑤ 张鉴等：《阮元年谱》，中华书局1995年版，第132页。

四　文言说历史价值

阮元的文言说发凡起例，自成一格，然谓正论则不可。郭绍虞评价云："（阮元）以扬骈文之焰，为了托体自尊，所以挟孔子《文言》作证以为重。但因意有偏主，立论就难于圆融，"[1] 其文学概念的狭隘性以致成了后来章炳麟《文学总略》主要掊击分理的对象。但阮元至死都顽固地坚守这一观念，其后自订《揅经室续集》《揅经室再续集》仍然以经、史、子、集分类编排。随着争论的进一步发展，骈、散之争走向了以李兆洛、蒋湘南、包世臣等为代表的骈、散合一的道路，逐渐超越门派的界限，成为汉、宋双方普遍接受的观点。光绪间的谭献云："吾辈文字不分骈散，不能就当世古文家范围，亦未必有决此藩篱也，不谓三十年来几成风气。"[2] 这是一种更为公允的选择，也是骈、散之争的必然结局。

阮元"文笔"理论有两点突破，不容轻视。其一，文韵的重新阐释。刘勰以韵分文、笔；萧统《文选》重在翰藻，两人各有侧重，故阮福向阮元提出了"《文心雕龙》云：今之常言，有文有笔，以为无韵者笔也，有韵者文也。据此，则梁时恒言，有韵者乃可谓之文，而《昭明文选》所选之文，不押韵脚者甚多，何也"的疑问。为协调两者间之差异，阮元将"文韵"界定为："固指押韵脚，亦兼谓章句中之音韵，即古人所言之宫羽，今人所言之平仄。"[3] 也就是说，他将押韵从脚韵扩大到了文章内部音节的顿挫和谐。所谓押韵，就是把同韵的两个字或多个字放在前后句同样的位置上，一般情况下韵放在句尾，因此句中韵遂为人所忽视。此后，门人梁章钜承阮元之说亦云："余则谓古人之韵，直是今人之平仄而已，今人之四六，非有韵之文，而不能无平仄，即今之四书文，亦断不可不讲平

---

[1] 郭少虞：《中国历代文论选》（第三册），上海古籍出版社1980年版，第591页。
[2] 谭献：《复日堂日记》卷8，河北教育出版社2001年版。
[3] 阮元：《文韵说》，《揅经室续集》卷3。

仄。试取前明及本朝各名家文读之，无不音调铿锵者，即所谓平仄也，即所谓韵也。然则谢灵运传语所言，不但抉千古文章之秘，即今之作四书文者，亦莫能外之矣。"①

其二，四书文的归并。古代视八股文为骈文之一种者并不多见，孙梅《四六丛话》、彭元瑞《宋四六话》、李兆洛《骈体文钞》等都未列八股文。姚鼐云："夫四六不害为文、学之美，时文之体岂不尊于四六乎？"② 考其意，明显在八股文与骈文间划了一条不可逾越的横线。据《清史稿·选举三·文科》载："乾隆四十五年，会试三名邓朝缙首艺语意粗杂，江南解元顾问四书文全用排偶，考官并获谴。"政府明令打击骈文向八股文渗透倾向，阮元却并不忌讳八股文与骈文的联系，并且强调这种联系，倡言"《四书》排偶之文，真乃上接唐宋四六为一脉，为文之正统"③。在创办学海堂后，阮元又因"唐宋诗话多，文话少，而明以来四书文话更少，无纂之者"④，曾组织人员对四书文进行考察。阮元将八股文纳入骈文范畴这一做法对民国骈文研究影响甚大，如刘麟生云："律赋与八股文，皆骈文之支流余裔也。"⑤ 瞿兑之亦云："从骈文说到八股，或者太远了罢！然而这并不是什么奇怪的事。"⑥

阮元不遗余力所倡导的文言说虽过于偏激，但在当时的文学界，确实起到壮大骈文声势，保障嘉道骈文持续发展的作用，也为挽救汉学颓势提供了一条途径，具有学术导向的功能。就整个文学理论史而言，阮元文言说带有唯美主义文学色彩，其重提六朝文笔之辨，对唐以后文学与非文学不分的混沌文学观念具有推陷廓清之功。其骈文为文体正宗之说"得师培而门户益张，壁垒益固"⑦，为五四时

---

① 梁章钜：《学文》，《退庵随笔》卷19。
② 姚鼐：《与鲍双五》，《惜抱先生尺牍》卷4。
③ 阮元：《书梁昭明太子文选序后》，《揅经室集三集》卷2。
④ 阮元：《四书文话序》，《揅经室续集》卷3。
⑤ 刘麟生：《中国骈文史》，东方出版社1996年版，第94页。
⑥ 瞿兑之：《骈文概论》，海南出版社1994年版，第31页。
⑦ 钱基博：《现代中国文学史》，上海书店出版社2004年版，第110页。

期西方纯文学观念植根我国学界提供了固有的传统资源媒介，从这一角度而言，我国泛文学观念在19世纪就已经从内部开始动摇，现代化转型并不完全是一个西学东渐的问题。

（原载于《文学评论》2008年第1期）

章学诚重评韩愈古文史地位及其旨趣

陈志扬

【摘　要】乾嘉时代，义理、考据、辞章分裂严重，各家所持之古文辞内涵不一。章学诚以史家立场介入古文辞的论争，从苏轼的韩愈"文起八代之衰"之说切入，重新评价韩愈的古文史地位：一方面，他肯定了韩愈"文起八代之衰"说；另一方面，他又补充说"古文失传亦始韩子"。韩愈文贵在学传诸子，而其"宗经而不宗史"的偏向导致了取道方向不正确以及对史文隔阂的缺陷。章学诚基于文化史视角的判断抬升了著述文的地位，并进一步将古文辞限定为史学的叙事文，他借此敲打了盛极一时的桐城辞章家与汉学考据家。尤其重要的是，他指引究人伦世用的古文精神与嘉道之后的经世思想相通，从这个意义上讲，章学诚事实上已着嘉道之际批韩的先鞭。

【关键词】文起八代之衰；古文失传；韩愈；宗经；宗史

　　章学诚以持风气救时弊的使命感论古文辞，而论古文辞则韩愈不可不谓是最佳话题。苏轼"韩愈文起八代之衰说"几成文学史上的定论，章学诚对苏轼的这句话有赞同也有补充，其中补充是章学诚判断的核心。章氏偏心著述，不认可辞章的独立审美价值，他以著述家自命，但具体说来，其文论之"文"主要指史学的叙事之文。章学诚提倡史学叙事文，这是一种有别于文人之"文"的著述之文，同时，在章氏看来，这种著述之文可以有效地解决当时学术风气的弊病，即汉学流于琐碎，宋学流于空疏。章学诚论韩愈文学史地位所秉持的经世精神内核在嘉道之际的批韩思潮中得到了回应。

一　"韩子文起八代之衰"

章学诚自信于古文辞的体悟最得古人真谛，他本着纠偏文风的目的，以其最擅长的"辨章学术""考镜源流"方法对当时流行的古文多有批驳。章学诚认为时贤的古文背离真"古文"的含义而不自知："比见今之杰者，多偏于学文，则诗赋骈言亦极其工，至古文辞，则议之者鲜矣……今之宜急务者，古文辞也。"① 此时最大的古文流派桐城文家在文统观有一个支点，就是苏轼的韩愈"文起八代之衰"说，并由这个断语建立起由唐宋八家至归有光再到桐城派这一文统序列，从而确立了自家的文统地位。故要解构桐城派自命为文章之正统论，必须检讨廓清苏轼的韩愈"文起八代之衰"说，章学诚《与汪龙庄书》云：

> 左丘明，古文之祖也，司马因之而极其变；班、陈以降，真古文辞之大宗。至六朝古文中断，韩子文起八代之衰，而古文失传亦始韩子。盖韩子之学，宗经而不宗史，经之流变必入于史，又韩子之所未喻也。近世文宗八家，以为正轨，而八家莫不步趋韩子；虽欧阳手修《唐书》与《五代史》，其实不脱学究《春秋》与《文选》史论习气，而于《春秋》、马、班诸家相传所谓比事属辞宗旨，则概未有闻也。八家且然，况他人远不八家若乎！

在这段话里，章学诚对韩愈文学史地位有两个判断：一是"韩子文

---

① 章学诚：《答沈枫墀论学》，《文史通义》外篇三，上海古籍出版社1956年版，第309页。本文兼用文物出版社1985年《章氏遗书》本，以下引文凡出此二版本者，仅随文出注。

起八代之衰";二是"古文失传亦始韩子"。章氏再三强调其《文史通义》与刘勰《文心雕龙》、刘知几《史通》是大不相同的,他曾自信地说他从事文史校雠"盖将有所发明",又云其校雠心法"皆前人从未言及",他的学说与前人之说"不相袭"。章学诚总结其学术云:"鄙人所业文史校雠,文史之争义例,校雠之辨源流。"章氏的这两个判断亦充分体现了他的治学路径。

先来看第一个判断,这个判断的基点是古文辞的属性。古时文章范畴广泛,既包含书面著述,又包含口头创作,"古者称字为文,称文为辞,辞之美者可加以文,言语成章亦谓之辞,口耳竹帛初无殊别"。而章学诚认为见诸竹帛形成篇章者才可以称为文章,《杂说下》篇特意为古文正名:"凡著述当称文辞,不当称古文;然以时文相形,不妨因时称之。"章氏又将文章划分为著述之文与文人之文两种,《立言有本》篇云:"史学本于《春秋》;专家著述本于官礼;辞章泛应本于风《诗》,天下之文,尽于是矣。"著述之文源于《春秋》或《礼》教,文人之文源于《诗》教。著述之文"博而能约",属于立言专家之学;文人之文"博而不约",难为立言宗旨,前者重意,后者重言。章学诚重视著述之文而轻视文人之文,以为两者不在一个层次上,《答问》篇云:"文人之文,与著述之文不可同日语也。著述必有立于文辞之先者,假文辞以达之而已。譬如庙堂行礼,必用锦绅玉佩,彼行礼者不问绅佩之所成,著述之文是也。锦工玉工未尝习礼,惟藉制锦攻玉以称功,而冒他工所成为己制,则人皆以为窃矣,文人之文是也。故以文人之见解而讥著述之文辞,如以锦工玉工议庙堂之礼典也。"

章学诚认为著述之文高于文人之文,是由他文学本质观推导的必然结果。《言公中》云:"文,虚器也;道,实指也。文欲其工,犹弓矢欲其良也。弓矢可以御寇,亦可以为寇,非关弓矢之良与不良也;文可以明道,亦可以叛道,非关文之工与不工也。"章学诚以弓矢为喻,认为文是虚器,待道而成,仅溺文辞者不足道,即创作成立的首要条件是"言之有物"和"中有所见"。《文理》篇云:

"夫立言之要，在于有物。古人著为文章，皆本于中之所见，初非好为炳炳烺烺，如锦工绣女之矜夸采色已也。"他在《答沈枫墀论学》中又指出，为文之要可一言而蔽之曰："学以求心得。"并举例说："韩昌黎之论文也，则曰：'文无难易，惟其是耳'。明道先生之论学，曰：'凡事思所以然，天下第一学问。'二公所言，圣人复生，不能易也。夫文求是而学思其所以然，人皆知之，而人罕能之。"文贵发明，关键在于"心有所得"，若"不求心得而形迹取之，皆伪体矣"。《古文十弊》云："凡为古文辞者，必先识古人大体，而文辞工拙又其次焉。不知大体，则胸中是非不可以凭，其所论次未必俱当事理。"

正如钱穆所说："章实斋讲历史有一更大不可及之处，他不站在史学立场来讲史学，而是站在整个学术史立场来讲史学，这是我们应该特别注意的。也等于章实斋讲文学，他也并不是站在文学立场来讲文学，而是站在一个更大的学术立场来讲文学。这是实斋之眼光卓特处。"① 执此文章之本质论，章学诚揭示了古代学术由经学历子、史到辞章的依次发展的历史规律，从文化史角度考察古代文章流变过程。章学诚将文章发展分为以下三个阶段。

第一阶段是上古三代之文。章学诚认为，古无私门著述，六艺之文是先王政典的记录，其时"自古圣王以礼乐治天下，三代文质出于一也。世之盛也，典章存于官守，礼之质也；情志和于声诗，乐之文也"（《诗教下》），当时还未出现"人自为书，家存一说"的情形。春秋以前，学在官府，官师不分，政府某部门的官吏即是与此部门有关的一门学术的传授者。且官守其职，世代相袭。政教典章外未有文章，王官职守外无学派，政教合一，"文与道为一贯"，"言与事为同条"，这是章学诚眼中最理想的文章境界。

第二阶段是战国之文。章学诚认为，战国是文学发展的重要转

---

① 钱穆：《从黄全两学案讲到章实斋〈文史通义〉》，《中国史学名著》，生活·读书·新知三联书店2018年版，第346页。

折点,明确提出"文备战国"的观点。春秋战国时,周室既衰,官失其守,学术与政治分道扬镳,诸子蜂起,私人著述出现。《诗教上》云:"周衰文弊,六艺道息,而诸子争鸣。盖至战国而文章之变尽,至战国而著述之事专,至战国而后世之文体备,故论文于战国,而升降盛衰之故可知也。"战国时士阶层是一个思想与人格独立的群体,他们既掌握着较高的文化知识,又自觉重视表达的修辞技巧,战国时纵横学盛行,"抵掌揣摩,腾说以取富贵,其辞敷张而扬厉,变其本而加恢奇焉"。战国诸子之文具有高超的修辞艺术,并且由于"道术之裂",表达内容多属个人的情志,从这两方面来说,直接导出文人之文。虽然以六艺正统观来看,"战国之文,奇邪错出",表现出丰富的审美性,但是就其整体而言,仍不以修辞为主要目的,正如章氏所论,"诸子之为书,其持之有故而言之成理者,必有得于道体之一端,而后乃能恣肆其说,以成一家之言",即诸子之文虽为道术之裂,却是专门之业,未尝欲以文名,它本身还不是为文而文的纯文学。另外,诸子之文是立言的文体,并非文人之文以篇章为载体的文体。

第三阶段是东汉以后之文。汉代以后,辞章之学进一步勃兴,文人之文取代了著述之文,文便开始走向衰落,"两汉文章渐富而为著作之始衰",仅如与"诸子未其相远"的贾谊奏议、司马相如赋之类还尚可以肯定。东汉以后"文集之实已具",这是文人文学的成立期,即从典章制度的撰述层面逐渐转移至个人情感经验层面的表达。在此时段,"文章之士,以著作为荣华","其旨非儒非墨,其言时离时合","文章无本,斯求助于词采","会心不足,求之文貌,指摘句调工拙,品节宫商抑扬"(《和州志艺文书序例》),走入形式主义死胡同,"势屡变则愈卑,文愈繁则愈乱",当时文集"所为之文,亦矜情饰貌,矛盾参差,非复专门名家之语无旁出也"(《文集》)。在章学诚看来,战国之文"文饰其言"程度已达临界的极限,但还没有"参差庞杂之文",如果再进一步在文辞修饰上下功夫,就可能"沿流忘源",此是文章退化的表征。由此标准出发,他认为,东汉后世的文集，除从经学而来的经义、从史学而来的传记、从立言而来的论辩之外，其余均是辞章之属，即所谓"子史衰而文集之体盛，著作衰而辞章之学兴"。

自南北朝晚期始，在儒学复兴的映衬下，骈文的僵化和堕落缺陷日益明显。骈文极度雕琢形式由此束缚思想的自由表达，导致人们对这一文体产生了普遍的怀疑和冷漠："天下之文，靡不坏矣"①，"寻虚逐微，竞一韵之奇，争一字之巧"②。从隋代到唐初，批判骈文之风渐起，盛唐又有李华、萧颖士、元结、独孤及、梁肃等为中唐古文运动提供了前期准备。元和年间，唐朝全国上下盛行信佛、崇佛、佞佛之风，向往中兴大唐的韩愈遂打出尊儒复古旗号，他认为自孟轲后儒道失传，并以儒道继承者自居而大言命誓："使其道由愈而粗传，虽灭死万万无恨。"③ 面对当时尖锐复杂的社会矛盾，韩愈视儒家思想为维持和巩固封建统治秩序的唯一良药，他不遗余力标榜儒家道统，意在重塑君君、臣臣、父父、子子的伦理纲常。在著名的《原道》中，韩愈建构了一张从伏羲、神农、尧、舜、禹、汤、文、武、周公至孔子、孟轲的儒家道统谱系来对抗佛老的宗教法统。贞元八年，甫中进士的韩愈就以"修辞明道"相号召，在他看来，散体更具艺术感染力，以散文取代骈文才能更好地传道。唐中期的古文运动并非一场简单的"文学"意义上的运动，其"文"的基本内涵并非指"文学"，按照皇甫湜所言，实是文辞和制度的统一④。韩愈于《师说》中正式提出完整意义上的"师道"概念，试图以此唤醒士大夫群体以道自任的精神，事实上，韩愈倡导的"文以明道"古文运动是一场士大夫阶层的师道复兴运动。在思想史上，他第一次提出了完备的道统论；他舍荀况而趋孟轲的做法，标志着

---

① 王勃：《上吏部裴侍郎启》，《王子安集》，上海古籍出版社1992年版，第55页。
② 李延寿：《李谔传》，《北史》卷77，中华书局1974年版，第2614页。
③ 韩愈：《与孟尚书书》，《韩昌黎文集校注》卷三，上海古籍出版社2014年版，第241页。
④ 参见皇甫湜《答李生第二书》，《皇甫持正集》卷四，《钦定四库全书》集部第1078册，台北：商务印书馆1986年版，第86—88页。

中国儒学开始发生根本性变化，由是讲究师法的汉唐经学走向了强调反省自得的宋明理学，如是之故，韩愈曾一度被当作北宋理学思潮的先驱，如宋初的柳开、石介等对韩愈的"道统"推崇备至，并将他列次于儒家"道统"谱系。由是苏轼《潮州韩文公庙碑》有云："自东汉以来，道丧文弊，异端并起，历唐贞观开元之盛，辅以房、杜、姚、宋而不能救。独韩文公起布衣，谈笑而麾之，天下靡然从公，复归于正，盖三百年于此矣。文起八代之衰，而道济天下之溺；忠犯人主之怒，而勇夺三军之帅。岂非参天地，关盛衰，浩然而独存者乎！"① 前此评韩愈功绩者甚多，及苏轼此碑一出，而后众说尽废，几成韩愈古文史地位的千古定评。

章学诚论文将"诗言志"说与"诗缘情"说合而为一，主张志情文三者相统一："文生于情，情又生于文。气动志而志动气也。"（《杂说》）章氏这里所说的"志"等同"学问"，章氏认为"学问有得于中，而以诗文抒写其所见，无意工辞，而尽力于辞者莫及"，"毋论诗文，皆须学问；空言性情，毕竟小家"（《诗话》）。换而言之，章学诚认为诗文本于性情，但这种性情须与学问相结合："人之性情必有所近；得其性情本趣，则诗赋之所寄托，论辩之所引喻，纪叙之所宗尚，掇其大旨，略其枝叶，古人所谓一家之言，如儒、墨、名、法之中，必有得其流别者矣。"（《和州志艺文书序例》）以韩愈为首的八家之文正属于这种性情中融有诸子学的类型，《校雠通义·宗刘第二》："韩愈之儒家，柳宗元之名家，苏洵之兵家，苏轼之纵横家，王安石之法家，皆以平生所得，见于文字，旨无旁出，即古人之所以自成一子者也。"又《原道下》云："迁、固之史，董、韩之文，庶几哉有所不得已于言者乎？不知其故而但溺文辞，其人不足道矣。"按照章学诚文章发展三阶段说，唐宋八大家虽起于东汉之后，但在文统上却跨东汉而上承战国诸子，即由文章的第三

---

① 苏轼：《潮州韩文公庙碑》，《苏轼全集·文集》卷十七，上海古籍出版社2000年版，第988页。

阶段回转到文章的第二阶段。由此而言之，作为八家之首的韩愈自然是"文起八代之衰"。章学诚认为韩愈文有宗旨，故其能"起八代之衰"，这与苏轼高度评估韩愈文学史价值重要因素之一是由于他重举儒道大旗大体一致。

韩愈文章文旨有诸子学因子，在性质上与著述文接榫，章学诚如此看重韩愈文旨与当时文化风气密不可分。在清人的人文价值序列中，文学家难以与学问家相提并论。清初顾炎武服膺刘挚"士当以器识为先，一命为文人，无足观矣"之言，曾明确说："君子之为学，以明道也，以救世也。徒以诗文而已，所谓'雕虫篆刻'，亦何益哉！"① 戴震《与方希原书》云："古今学问之途，其大致有三：或事于义理，或事于制数，或事于文章。事于文章者，等而末者也。"② 四库馆臣亦指出："夫学者研理于经，可以正天下之是非；征事于史，可以明古今之成败，余皆杂学。"③ 在传统古籍经史子集四部分类法中，经居首，集殿末，这种排列彰显着学术重于文学的观念。汪中死后，其人当入《儒林传》还是入《文苑传》曾引起过不小的争论，皆缘于此。袁枚曾著《答惠定宇书》《答友人某论文书》《散书后记》等文多次驳斥著述高于诗文创作之说，又力劝改攻考据的孙星衍勿弃创作，皆收效甚微，此亦可反证此说之坚固。

二 "古文失传亦始韩子"

再来看第二个判断。章学诚所言之史学是泛史学，在他看来，传统典籍观念下所区分的经史子集都是史籍，通过这样的学术视野，章学诚认为古文传统应是史学的传统，以叙事为主的史文当为古文之本。章学诚说"古文失传亦始韩子"，这是针对韩愈"宗经而不宗

---

① 顾炎武：《与人书》之十八、二十五，《顾亭林诗文集·文集》卷4，中华书局2008年版，第96、98页。
② 戴震：《与方希原书》，《戴震集·文集》卷九，上海古籍出版社1980年版，第189页。
③ 永瑢等撰：《四库全书总目提要·子部总序》，中华书局2003年版，第769页。

史"倾向而发出的批评。史学于著述中最重,史学核心是叙事,由此传记一体得到章学诚的特别重视,这就是他的逻辑。

章学诚谓"古文失传亦始韩子",这个判断的基点是著述之文的具体所指。按章学诚的理解,著述之文有经义、传记、论辩三体:"经学不专家,而文集有经义;史学不专家,而文集有传记;立言不专家,而文集有论辩。后世之文集,舍经义与传记、论辩之三体,其余莫非辞章之属也。"(《诗教上》)著述高于辞章,而著述中又有经义、传记、论辩三体之分,但是章学诚唯独看重传记一体。章学诚何以独看重传记一体?这要分析他的学术立场才可以得到正确的答案。章学诚以史学为文化宗旨,在众多著述形式中独尊史学,《报广济黄大尹论修志书》云:"大抵有文人之书,学人之书,辞人之书,说家之书,史家之书,惟史家为得其正宗。"嘉庆二年(1797)前后,他写信给朱珪说:"昔曹子建薄词赋,而欲采庶官实录成一家之言;韩退之鄙鸿辞,而欲求国家遗事作唐一经,似古人著述必以史学为归。"(《上朱大司马论文》)又与陈诗论学云:"六经以还,著述之才,不尽于经解、诸子、诗赋、文集,而尽于史学。凡百家之学,攻取而才见优者,入于史学而无不绌也。"(《与陈观民工部论史学》)李长之曾评价章学诚时说:"(章学诚)几几乎史学高于一切,几几乎史学是一切人应该的共同归宿,这都是他的史学观点使然。所以史学观点是他在文章批评上的第一个根本态度。"[1] 内藤湖南在评价章学诚的批评体系时亦云:"所有的学问无非史学,从不存在没有史学背景之学问的认识出发去试图评价一切著述,则是他的理论特征。"[2] 如此重要的、远绍《春秋》的史学,而"后史不立专篇,乃令专门著述之业,淹而莫考",章学诚对这一实际情况相当不满,愤懑之余,他呼吁建立《史官传》:"列传于《儒林》《文苑》之外更当立史官传"(《家书六》)"马、班作史家法既失,后代史官

---

[1] 李长之:《李长之文集》卷七,河北教育出版社2006年版,第330页。
[2] [日]内藤湖南:《中国史学史》,马彪译,上海古籍出版社2008年版,第379页。

之事，纵或不能协其义例，何不就当时撰述大凡，人文上下，论次为传，以集一史之成乎？"（《和州志·前志列传》序例中）建立史官传的呼吁彰显了章学诚作为一种类群自我存在的认识，更表现出一种史学学术史意识。

基于这种以史为重的观念，章学诚设定古文辞有其独特的内涵，他明确提出："古文必推叙事，叙事实出史学。其源本于《春秋》比事属辞，《左》《史》、班、陈家学渊源，甚于汉廷经师之授受。"（《上朱大司马论文》）"才识之士必，以史学为归，为古文辞而不深于史，即无由溯源六艺而得其宗。"（《报黄大俞先生》）"古文辞而不由史出，是饮食不本于稼穑也。"（《文德》）"乃知辞命之文，出于《诗》教；叙事之文，出于《春秋》比事属辞之教也。"（《与汪龙庄书》）史的核心在于叙事，即"史以纪事者也"，"夫史为记事之书"。文只不过是"器"而已，"器"若要体现"道"，就必须以"叙事"为本；离开具体的"事"，"道"会陷入空诠。圣贤提倡"空言不可以教人，所谓'无征不信'也。教之为事，羲、轩以来，盖已有之。观《易大传》之称述，知圣人即身示法，因事立教，而未尝于敷政出治之外，别有所谓教法也"。"夫子自述《春秋》之所以作，则云'我欲托之空言，不如见诸行事之深切著明'。"（《原道中》）因此，古人所作的古文辞多以叙事为主体或伴以叙事，读者才能无疑惑，所谓"《国语》载言，必叙事之始终；《春秋》义授左氏；《诗》有国史之叙，故事去千载，读者洞然无疑"（《永清县志·文征》序例）。

在章学诚所描述的以《春秋》为宗的古文辞发展史中，突出人物有司马迁、班固、陈寿等，他说："古文辞必由纪传史学进步，方能有得……左丘明古文之祖也，司马因之而极其变；班、陈以降，真古文辞之大宗。"又《书教下》云："《尚书》《春秋》，皆圣人之典也。《尚书》无定法，而《春秋》有成例。故《书》之支裔，折入《春秋》，而《书》无嗣音。有成例者易循，而无定法者难继，此人之所知也。然圆神方智，自有载籍以还，二者不偏废也。不能究六艺之深耳，未有不得其遗意者也。史氏继《春秋》而有作，莫如马、班，马则近于圆而神，班则近于方以智也。"以《春秋》为宗的古文辞传统在两汉时期得到很好的继承，但后继乏力："子建厌薄辞赋，欲采史官实录；昌黎鄙弃科举，欲作唐之一经。盖诸子风衰，苟有志于著述，未有不究心于史学者也。魏文论建安诸子，推徐干著书成一家言。今观伟长《中论》，义理皆人所可喻，文辞亦不出黄初，盖效《法言》《申鉴》诸家而有作者尔；变其书、记、铭、箴、颂、谏、诗、赋之规模音节，初无不得已而立言宗旨，遂谓所著足以成一家言，可乎？然子建所愿者未遂于前，昌黎之欲作者又虚于后，亦见成一史者不易易也。"（《杂说》）按文章理应发展的态势而言，章学诚认为，战国之后，文章本应走向史学的叙事之文阶段。而韩愈古文的渊源则是这样的："盖六艺之教，通于后世有三：《春秋》流为史学；官礼诸记流为诸子议论；《诗》教流为辞章辞命；其他《乐》亡而入于《诗》《礼》，《书》亡而入于《春秋》，《易》学亦入官礼，而诸子家言，源委自可考也。昌黎之文，本于官礼，而尤近于孟、荀，荀出《礼》教，而孟子尤长于《诗》，故昌黎善立言而又优于辞章，无伤其为山斗也，特不深于《春秋》，未优于史学耳。"（《上朱大司马论文》）韩愈之文本于官礼兼《诗》教，换而言之，韩愈学传诸子，且又有文人倾向。章学诚认为，古文辞应是由《春秋》发展而来的叙事文学，文体上表现为传记文类。若按照这一标准来判断，他认为，韩愈不懂史学，他的叙事文不由《春秋》发展而来，只能够属于辞章之属。《上朱大司马论文》指出：

> 马曰"好学深思，心知其意"，班曰"纬六经，缀道纲，函雅故，通古今"者，《春秋》家学，递相祖述，虽沈约、魏收之徒，去之甚远；而别识心裁，时有得其仿佛。而昌黎之于史学，实无所解，即其叙事之文，亦出辞章之善，而非有"比事属辞""心知其意"之遗法也。其列叙古人，若屈、孟、马、扬之流，直以太史百三十篇与相如、扬雄辞赋同观，以至规矩方圆如孟

坚，卓识别裁如承祚，而不屑一顾盼焉，安在可以言史学哉！

章学诚紧紧围绕史学衰废对传记文的流变有过精辟的阐述，《鲒陋》篇云："史学衰而传记多杂出，若东京以降，《先贤》《耆旧》诸传，《拾遗》《搜神》诸记皆是也；史学废而文集入传记，若唐宋以还，韩柳志铭、欧曾序述皆是也。"在此流变的阐述中，韩愈的传记文被他裁定为史学废后的产物。韩愈"宗经而不宗史"，故章学诚谓"古文中断，虽韩氏起八代之衰，挽文而不能挽史"。

韩愈古文不符合以史学为宗的古文辞要求，他"宗经而不宗史"的偏向对后世的古文发展方向有误导之责，更为严重的是，后世古文家在"韩愈之文本于官礼，兼《诗》教"的传承上逐渐遗落官礼而仅趋向《诗》教，量变最终演化为质变，在性质上完全蜕化为辞章。章学诚青睐专家之学，重史家之文，持此标准衡量，他认为，以韩愈为首的八家古文辞只是"衰"的问题，而后世标榜学八家的古文辞则是"亡"的问题。章学诚对唐宋文脉中继八家之后的重要人物如归有光、方苞都有批判，如《文理》批评归有光云：

> 归震川氏生于是时，力不能抗王、李之徒而心知其非，故斥凤洲以为庸妄。谓其创为秦、汉伪体，至并官名地名，而改用古称，使人不辨作何许语，故直斥之曰文理不通，非妄言也。然归氏之文气体清矣，而按其中之所得，则亦不可强索。故余书识其后，以为先生所以砥柱中流者，特以文从字顺，不汩没于流俗，而于古人所谓闳中肆外，言以声其心之所得，则未之闻尔。

总体上，章学诚持一种古文辞退化观，他认为，"文章一道，自元以前，衰而且病，尚未亡也。明人初承宋、元之遗，粗存规矩。至嘉靖、隆庆之间，晦蒙否塞，而文几绝矣"，归有光纠后七子文之弊而起，其文"气体清""文从字顺"，这是他不汩没于流俗而可称豪的所在，然"按其中之所得"，于古人所谓的"闳中肆外"则尚有差距。归有光五色圈点《史记》被视作古文的秘传，章学诚则谓其"得力于《史记》者，特其皮毛，而于古人深际，未之有见"，"盖《史记》体本苍质，而司马才大，故运之以轻灵。今归、唐之所谓疏宕顿挫，其中无物，遂不免于浮滑，而开后人以描摹浅陋之习"。章学诚此言甚确，归有光通《易》熟《史》，但受科举所限而不能肆力于学，即便甚推归氏的黄宗羲亦曾感慨其疏于经史，谓其不及明初宋濂诸子。章学诚在《答问》篇又批评桐城派的开山祖师方苞云："夫方氏不过文人，所得本不甚深，况又加以私心胜气，非徒无补于文，而反开后生小子无忌惮之渐也……方氏不知古人之意，而惟徇于文辞，且所得于文辞者，本不甚深，其私智小慧，又适足窥见古人之当然，而不知其有所不尽然，宜其奋笔改窜之易易也。"归有光、方苞等纯粹流为辞章之士，这些人的古文不仅不得史文之皮毛，甚至连著述之文也算不上，所以他们的古文不是"衰"的问题，而是"亡"的问题。面对古文辞由这一路发展而来的历史境况，怎能不让章学诚不急于重释古文辞的内涵呢？

　　章学诚评韩愈"文起八代之衰"，又谓"古文失传始于韩子"，这与他曾断言"战国为文章之盛，然衰兆亦现于战国"的判断高度相似。在章学诚的文化学视野里，文章有六艺之文、战国之文、后世之文三个发展阶段，他依然将古代圣贤的"制礼作乐"作为著述家的典范，把"官师合一"作为其知识理想。上古三代的六艺之文固然处于最理想境界，但言事同条，与后世之文性质差异太大。由于战国之文"其源皆出于六艺"，又"文体备"，即上承三代文、下开东汉之文，最具匡正后世之文的价值，故章学诚说："知文体备于战国，而始可与论后世之文。""论文于战国，而升降盛衰之故可知也。"而在旧有的古文文统中，韩愈灯塔性明显，"近世文宗八家，以为正轨，而八家莫不步趋韩子"。章学诚选择战国之文作为文章发展阶段的关节点，阐述了著述之文高于文人之文，试图扭转偏于辞章的发展路数；而他选择韩愈文作为古文发展的关节点，阐述了著述当以史学为重,则是试图纠偏古文辞不由史学出的倾向。

章学诚站在文化发展史的高度重评韩愈,他判断的重心是"古文失传亦始韩子"一句。当然,章学诚并不是反思韩愈古文史地位的第一人。明中期曾一度盛行反韩思潮,前七子之异数何景明曾在《与李空同论诗书》中云:"夫文靡于隋,韩力振之,然古文之法亡于韩;诗弱于陶,谢力振之,然古诗之法亦亡于谢。"屠隆《文论》则云:"文体靡于六朝,而唐昌黎氏反之,然而文至于昌黎氏大坏焉;诗教变于唐人,而宋诸公反之,然而诗至于宋诸公大坏焉。"①二人反思不尽相同,何氏从拟议与变化的角度肯定韩愈"务去陈言"的形式创新;屠氏批判韩愈倡导道统引发理学向文学渗透,从而使文学失去性情之真,屠氏的说法在前后七子中具有代表性。就字面而言,章学诚"古文失传亦始韩子"的说法与上述二人颇相似,然内涵却大不一样。

三 "宗经而不宗史"的缺陷

章学诚所言的古文辞带有寻找历史规律的探索性和规正现实的借鉴性,甚至还被希望具有指导未来的前瞻性,而非仅仅如时人所谓以六经为旨归,变成六经注疏或者义理的空疏阐发,更非徒工文辞而求耳目之悦。以此视之,章学诚认为韩愈文本官礼与《诗》教,

---

① 何景明:《大复集》卷三十二,《文渊阁四库全书》第1267册,台北:商务印书馆1986年版,第291页。屠隆《由拳集》卷二十三《文论》,《续修四库全书》集部第1360册,上海古籍出版社2002年版,第293页。何景明、屠隆之论有一定影响,黄宗羲《高元发三稿类存序》云:"甬上古文词,自余君房、屠长卿而学者之论亡矣。君房瓣香刘子威,直欲抹昌黎以下,至谓《诗》《书》二经,即吾夫子一部文选,此其中更何所有。长卿稍变其节奏,出之曼衍,而谓文至昌黎大坏,欧、苏、曾、王之文,读之不欲终篇。所以归美六经者,仅仅在无纤秾佻巧之态,其本领与君房未尝不同也。"《明文案序下》:"自空同出,以起衰扶弊为己任,汝南何大复友而应之,其说大行。夫唐承徐庾之汩没,故昌黎以六经之文变之;宋承西昆之陷溺,故庐陵以昌黎之文变之;当空同之时,韩、欧之道如日中天,人方企仰之不暇,而空同矫焉秦汉之说,凭陵韩、欧,是以旁出庄子窜居正统,适以衰之弊也。其后王、李嗣兴,持论益甚,招徕天下,靡然而为黄茅白苇之习。曰:'古文之法亡于韩。'又曰:'不读唐以后书。'则古今之书去其三之二矣。"

宗经而不宗史，由此造成的取道于经而不面向人伦世事和偏向辞章两个方面的缺陷。

韩愈"宗经而不宗史"造成的第一个缺陷是取道方向不正确，这一点导源于韩愈学传官礼。虽然章学诚与韩愈都讲文以载道，但方式完全不一样。韩愈认为，古文应该宣扬儒家之道，道在六经，由是他构建了一套自伏羲、神农至孔子、孟轲的道统世系。韩愈认为这个道统以六经为传承，古文的要旨就是为发挥这种寓于经的"道统"。而在章学诚看来，"而儒家者流，守其六籍，以谓是特载道之书耳。夫天下岂有离器言道，离形存影者哉。"若只局限在几部六经中寻觅"道"，纵然有得也只不过是"为一经之隅曲，未足窥古人之全体"，他认为"彼舍天下事物人伦日用，而守六籍以言道，则固不可与言夫道"（《原道中》）。《文史通义·易教》篇开宗明义讲"六经皆史也"，"六经皆先王之政典"，实则"六经皆器也"，舍去"器"和"事"，"道"便成为无所依傍的玄学。章学诚纵观古人"原道"之内涵，采用旧题别出新意著《原道》篇①，他指出："道者，万事万物之所以然，而非万事万物之当然也。"所谓"万事万物之所以然"，即是事物客观存在及其规律性。又说："夫道备于六经，义蕴之匿于前者，章句训诂足以发明之，事变之出于后者，六经不能言，固贵得六经之旨而随时撰述以究大道也。"今人要寻究"道"的所在，不能仅停留于过去的历史，更不能静止于书籍化"六经"，而当总结古人撰六经的求道方法，据时移与事变，"随时撰述以究大道"。《史释》云："故无志于学则已，君子苟有志于学，则必求当代典章以切于人伦日用，必求官司掌故而通于经术精微，则学为实事而文非空言，所谓有体必有用也。不知当代而言好古，不通掌故而言经术，则桦蜕之文，射覆之学，虽极精能，其无当于实用也审矣。"章氏论学以"将以经世"为本，故他偏重关注现实的人伦日用

---

① 章学诚在《与陈鉴亭论学》中阐述其著《原道》的不同时说："道无所不该，治方术者各以所见为至。古人著《原道》者三家，淮南子托于空蒙，刘勰专言文指，韩昌黎特为佛老塞源，皆足以发明立言之本。鄙著宗旨，则与三家又殊。"

和典章制度，认为唯有如此，才可做到既通古又通今，进窥古人全体。章学诚由"经"转向"史"，实质是从理学所谓永恒之道转向历史与实践中的真理。理学家的道凝固为儒家经典中的条条框框，而史家之道则在朝代更替、政教盛衰等变化的人伦世事中，前者是死的，后者是活的，章学诚追求的是活的道。

事实上，韩愈不仅取道不明，而且取道的深度也有问题。前文提到苏轼推重韩愈扛举儒道大旗，但他又深刻认识到"韩昌黎之于圣人之道，盖亦知好其名矣，而未能乐其实"，"然其论至于理而不精，支离荡佚，往往自叛其说而不知"①。由于韩愈在性理方面内在功夫的缺失，南宋朱熹在《大学章句序》甚至指出，道统是从孟子直接传到二程，完全忽视韩愈在道统中的作用。的确，韩愈终究不是一位学者，只是一位文学家，其作品非学术而偏文学。但毕竟韩愈敢开风气，他的儒学倡向之功是不可抹杀的。而清代古文家谨遵宋学，言必"文以明道"，而他们有关性理的阐释实更不值一提。方东树《书望溪先生集后》云："盖退之因文见道。其所谓道由于自得，道不必粹精，而文之雄奇疏古，浑直恣肆，反得自见其精神；先生则袭于程、朱道学已明之后，力求充其知而务周防焉不敢肆。故议论愈密，而措语矜慎，文气转拘束不能闳放也。"② 摒弃褒扬立场不论，方东树倒是准确地指出韩愈与方苞在道的认知上的差异，即韩愈于儒学不明之时，深浅可以不论，贵在自得新创；以方苞为代表的清代古文家生自理学大昌之后，重在守成，沦为了理学的传声筒。

韩愈"宗经而不宗史"的第二个缺陷是对于历史叙事的隔阂，这一点主要缘于韩愈本于《诗教》的文人倾向。章学诚批评韩愈云："而昌黎之于史学，实无所解，即其叙事之文，亦出辞章之善，而非有'比事属辞''心知其意'之遗法也。"章学诚说的《春秋》"比事属辞""心知其意"之遗法是指史家义例。"文辞"无定法而有

---

① 苏轼：《韩愈论》，《苏轼全集·文集》卷四，上海古籍出版社2000年版，第721页。
② 方东树：《书望溪先生集后》，《考槃集文录》卷五，《续修四库全书》集部第1497册，上海古籍出版社2002年版，第324页。

"义例",史家之义例源于《春秋》。《书教下》说:"《尚书》《春秋》,皆圣人之典也。《尚书》《春秋》有成例,故《书》之支裔折入《春秋》,而《书》无嗣音。"章氏在《论文示贻选》中也说道:"夫比则取其事之类也,属则取其言之接续也。记述文字,取法《春秋》,比属之旨,自宜遵律,显而言之。"章学诚常常批评文人不通史家的义例,他说:"八家文章,实千年来所宗范,而一涉史事,其言便如夏畦人谈木天清秘,令人绝倒,至于如是,人才之有区别,良有以也。"(《信摭》)他还作《古文十弊》历数当代文人有"剜肉为疮""八面求圆""削趾适履""私署头衔""不达时势""同里铭旌""画蛇添足""优伶演剧""井底天文""误学邯郸"十弊,对文人叙事义法进行了大清算。文人不懂史家义法,为此他曾明确提出"文人不可与修志"的主张①。何以说韩愈于史学实无所解?何以说他的叙事文"非有'比事属辞''心知其意之遗法'"?章氏于书中多次提及,却未作明确阐述,当前我们的学术界不清楚其所指。其实章学诚表达含糊只是对今人而言,在那个时代应该是一种无须多言的共识,所以其具体所指我们只能到那个时代的知识界中去寻找答案。

中年韩愈曾担任过史官,编撰《顺宗实录》,知识界对《顺宗实录》一直有一种批评的声音。当韩愈进士及第但未正式任官时,他怀有著史的理想:"若都不可得,犹得耕于宽闲之野,钓于寂寞之滨,求国家之遗事,考贤人哲士之终始,作唐之一经,垂之于无穷,

---

① 著述者和文人心术不同,故著述之文和文人之文创作原则与方式也迥异:著述之文以立言为旨,追求事文相称,注重法度;文人之文则私心自用,矜于文辞,言事分离,难求大道。章学诚在《跋湖北通志检存稿》中明确指出:"余尝论史笔与文士异趋,文士务去陈言,而史笔点窜涂改,全贵陶铸群言,不可私矜一家机巧也。"著述者本着言公的精神,按照自己的创作宗旨对原有材料进行"点窜涂改",即史家创作必有所本,否则就不能取信于后人。而文士创作则"私矜一家机巧",惟恐不能在文辞语言上创新,甚至可以毫无所本地凭空虚构,包括文辞和内容,这就会导致文不副其实,所以他在《庚辛之间亡友列传》中说:"文士为文,不知事之起讫,而以私意雕琢其间,往往文虽可观,而事则全非;或事本可观,而文乃不称其事。"又《与陈观民工部论史学》论述这一观点说:"文士撰文,惟恐不自己出;史家之文,惟恐出之于己,其大本先不同矣。史体述而不造,史文而出于己,是为言之无征。"

诛奸谀于既死，发潜德之幽光。"孔子周游列国以帝王师自期失败后，晚年整理六经以存周道，其中《春秋》一字寓褒贬，以春秋笔法干预政治，孟子曰："孔子成《春秋》而乱臣贼子惧。"所谓不得其位则"作唐之一经"，是指希冀效法不在其位的孔子修《春秋》以纲纪天下。不过，义法史学以褒贬为宗旨，陈义虽高，但躬行践履并非易事。当韩愈真担任史职时，马上就感到这一理想的虚幻。有人以"史氏褒贬大法"勉励他，韩愈却只能以"《春秋》已备之矣，后之作者，在据事迹实录，则善恶自见"之言来敷衍搪塞。韩愈以孔子、齐太史兄弟、左丘明、司马迁、班固、陈寿、习凿齿、崔浩、范晔、魏收、宋孝王、吴兢诸人为例，谓"夫为史者，不有人祸，则有天刑，岂可不畏惧而轻为之哉"① 以此为自己开脱。由此导致他编撰的《顺宗实录》繁简不当，叙事拙于取舍，颇为当代所非，连史家的秉笔直书都未做到，更遑论"作唐之一经"。清代诟病韩愈之《顺宗实录》者甚多，据李慈铭《越缦堂读书记》"顺宗实录"条记载："阅韩文公《顺宗实录》。此书世多贬议，其叙次王叔文事，形容丑状，尤非体裁。伾文之事，自范文正首开昭雪之端，国朝田氏雯、鄢氏景、何氏焯、全氏祖望、陈氏祖范、王氏鸣盛，皆力为湔洗，而王氏辨之尤至，其事已明。文公当日既徇时情，又衔私恨，故虽交契如柳州，亦直著其罪；于梦得亦然。此犹以刘柳同在谪谴，无可隐也。李景让吕温皆时之闻人，未尝在八司马之列，而必追党始，著其幸免，是亦不可以已乎？盖文公固端人而急功名，俗儒而能文章者也。"② 章学诚对韩愈叙事文的负面看法主要是沿着这一路而来的。并不是做过史官，撰写过史书，就可以称得上史家的，章学诚对推崇韩愈的欧阳修也有类似的批评，《与汪龙庄书》云："虽欧阳手修《唐书》与《五代史》，其实不脱学究《春秋》与《文选》史论习气，而于《春秋》、马、班诸家相传所谓比事属辞宗

---

① 韩愈：《答刘秀才论史书》，《韩昌黎文集校注》外集上卷，上海古籍出版社2014年版，第744页。
② 李慈铭：《越缦堂读书记》（上），上海书店出版社2015年版，第383页。

旨，则概未有闻也。"章学诚说"然子建所愿者未遂于前，昌黎之欲作者又虚于后"，指的是韩愈未实现最初的理想，其《顺宗实录》根本没有达到史学的标准。

韩愈之《圬者王承福传》《种树郭橐驼传》《毛颖传》集部文传性质明显，姑且不论。古有韩碑杜律之说，按理来说，碑志创作最能体现韩愈的叙事能力，但"谀墓"之讥一直与之并存，此主要与刘叉的嘲讽及由韩愈《平淮西碑》引起的纠纷有关。顾炎武在《与人书》之十八中云："韩文公文起八代之衰，若但作《原道》《原毁》《争臣论》《平淮西碑》《张中丞传后序》诸篇，而一切铭状概为谢绝，则诚近代之泰山北斗矣。今尤未敢许也。此非仆之言，当日刘叉讥之。"① 在《日知录》中，顾炎武认为刘禹锡《祭韩吏部文》"公鼎侯碑，志隧表阡，一字之价，辇金如山"句对韩愈"谀墓"可谓"发露真赃者矣"②。韩愈接受润笔费作碑志阿谀死者，于世无补，故受到主张"文须有益于天下"的顾氏的批评。即便是受顾氏肯定的《平淮西碑》，亦有指责其阿谀不实者。元和十二年（817），唐中央取得平淮战争胜利，唐宪宗诏令韩愈撰《平淮西碑》。此碑被认为过度颂扬裴度而有意淡化李愬，由此引起李愬妻及其部将的不满而上诉朝廷。宪宗命下令磨去韩愈所撰碑文，改由翰林学士段文昌重新撰文刻碑。与章学诚同时代的钱大昕亦曾批评《平淮西碑》道："且淮西之役，裴相虽以身任之，然所责功者仅光颜一路，其胜负正未可知也。唐邓随之帅，始用高霞寓，再用袁滋，三易而得李愬，不逾年遂成入蔡之功。视光颜等合攻三年，才克一、二县者，优劣悬殊矣。退之叙其功，但与诸将伍，得毋以雪夜之袭不由裴相所遣，有意抑之邪？门户之见，贤者不免。断碑之举，有自来也。"③ 章学诚对于韩愈碑志文的看法亦沿着这一类负面看法而

---

① 顾炎武：《顾亭林诗文集·文集》卷四，中华书局2008年版，第96页。
② 顾炎武：《艺文·作文润笔》，《日知录集释》卷十九，岳麓书社1994年版，第692页。
③ 钱大昕：《答问》，《潜研堂文集》卷十三，《续修四库全书》集部第1438册，上海古籍出版社2002年版，第556页。

来,他曾批评韩愈谀墓之文"十居其五",《答某友请碑志书》云:"昌黎文起八代之衰,大书深刻,群推韩碑,然谀墓之讥,当时不免。今观《韩集》碑志诸篇,实未尝有所苟誉,惟应酬牵率无实之文,十居其五,李汉编集,不免滥收,为少持择尔。"

史家讲究的"义例"包含"义"与"例"两个方面:"义",即通过材料的笔削体现出的历史旨趣;"例",即文章体例、称名惯例、格式常例等。在此二者中,章学诚更看重前者,"是以学文之事,可授受者规矩方圆,其不可授受者心营意造"(《文理》);"史之大原本乎《春秋》,《春秋》之义昭乎笔削。笔削之义,不仅事具始末、文成规矩已也"(《答客问上》),为此他特意提出"史德"概念,云:"能具史识者,必知史德。德者何?谓著者之心术也。夫秽史者所以自秽,谤书者所以自谤,素行为人所羞,文辞何足取重!……史之义出于天,而史之文不能不藉人力以成之。人有阴阳之患,而史文即忤于大道之公,其所感召者微也。"(《史德》)人固然有阴阳质性之偏,有所得而不能无偏,但是作为史家,则必须克服这种人性的弱点,若将私情私欲带入著述,极有可能貌在随意论断笔削中遮蔽甚至篡改历史真实面。韩愈叙事文未能坚持实录原则,时有曲笔回护,或丑化诋毁,所以他批评韩愈"安在可以言史学哉"。在章学诚看来,史法的重要性远低于史意,秉笔直书,实录历史,惩恶扬善,察往知来,方是史学之文的价值所在。他批评韩愈"非有'比事属辞''心知其意之遗法'"殆是指此。

当然,若仅以辞章学而论,章学诚也曾高度评价过韩愈的叙事文,"然此特论著述精微之极致当如是也,如以文论,未见其可贬也"(《答某友请碑志书》)。然韩愈之所以能称雄于辞章,章学诚认为,恰是他借史法改造碑志,从而抬高碑志品格的结果,《墓铭辨例》云:"六朝骈俪,为人志铭,铺排郡望,藻饰官阶,殆于以人为赋,更无质实之意,是以韩、柳诸公,力追《史》《汉》叙事,开辟蓁芜;其事本为变古,而光昌博大,转为后世宗师。文家称为韩碑杜律,良有以也……至于墓铭,不可与史传例也。铭金勒石,古人多用韵言，取便诵识，义亦近于咏叹，本辞章之流也。韩、柳、欧阳恶其芜秽，而以史传叙事之法志于前，简括其辞以为韵语缀于后，本属变体；两汉碑刻，六朝铭志，本不如是。"韩愈向史传借鉴技法，从而刷新了叙事文学的格局，然传记有史传与集传之别，他终究只能算是集部文人传记创作的杰出者，其作品难以上升至史部与史传等而论之。

四 重审韩愈地位的旨趣

章学诚通过"韩子文起八代之衰"判断将古文辞引向著述之文，又通过"古文失传亦始韩子"判断将古文辞最终导向史学叙事之文。章学诚强调"文本于史"，注重"事、文、义"统一的古文辞系统，因此他的著述文内涵指向了以《春秋》"比事属辞"，即以纪传叙事为手段，文道合一的独得于心的立言规范。章学诚的著述文内涵具有反考据与反辞章化的倾向，是批判乾嘉汉学和桐城派古文的产物，其中蕴含的经世精神在清代嘉道后得到了很好的传承。

章学诚文论抨击的对象主要是桐城派，前文已明。在对桐城派的批判中，汉学家是章学诚的同盟军。与史学家一样，汉学家论文亦以学济文为策略，批驳桐城派的空疏不学，其中戴震的《与方希原书》可视作汉学派的文论宣言："古今学问之途，其大致有三：或事于义理，或事于制数，或事于文章。事于文章者，等而末者也。"戴震将学术性放在第一位，在他看来，古文家对"义理"的阐发不及宋儒，对"制数"的考订不及汉儒，其"大本"未立，不值得推重。钱大昕、段玉裁二人与戴震同道，在《戴东原集序》中更是明确地提出以文献学为学问之"本"，即以考据为文章本体。清代学术风气总体趋向于崇古尊经，汉学家普遍认为，单纯从文辞上拟秦汉、学八家，都不是真正的古文；文章应以经术为基础，当于经史、义理、胸次之中求"古"文。除上述提及的三人之外，卢文弨、焦循、王昶等都属于这一类文论家。由于汉学家注重考据，他们对汉儒的文章格外推崇，对六朝骈文和唐宋八大家古文都不看重。

但从另一个方面来说，汉学家文论又是章学诚的斗争对象之一。清政府以前所未有的文化专制政策或迫或诱，导致清代学术文化畸形发展，多数学者逃避现实，钻在故纸堆中度其一生，从博古、求古到泥古不化，全然忘却"文以载道"的为文目的。乾嘉时代考据学盛行一时，缺点是流于琐碎。为纠正汉学之弊，章学诚提倡古文辞创作，"近日学者风气，征实太多，发挥太少，有如桑蚕食叶而不能抽丝。故近日颇劝同志诸君多作古文辞"（《与汪龙庄书》）。章学诚将古文辞狭隘化为著述之文，并进一步限定为史家的叙事之文，以此标准判断韩愈的文学史地位，主要抨击对象固然是桐城古文派，但同样对汉学派的古文观有杀伤力。在极端艰难的情况下，章学诚逐渐建立了以史概经、以今代古的理论根据，这个理论最后凝聚于著名的"六经皆史"命题中。章学诚是一只生活在狐狸当道时代里的刺猬，他的"六经皆史"理论可被视作是对戴震的"考证挑战"的一个最具系统性的反应。余英时评价章学诚是一只生活在狐狸当道时代里的刺猬。在汉学笼罩的情形下，章学诚以持世救偏为己任，他的"六经皆史"命题不仅阐明了须从史的变迁中追寻道的存在，而且提出了经世致用的目标，使"六经皆史"说具有实学的品格①。简而言之，汉学派同样犯了取道方向不明的错误，他们在厌烦宋学家空谈义理的同时甚至连求道的意愿也丧失了。

在乾嘉时代义理、考据、辞章分裂严重，各家偏于一端而有不同的古文辞含义。除古文家与汉学家外，当时参与文争的还有骈文家。古文家与骈文家对韩愈历史地位评价的重心主要集中于语言形

---

① 章学诚是浙东学派的殿军，他对史学的贡献主要在理论的提升方面。"六经皆史"说最早可追至隋代王通，后又有宋陈傅良、元郝经、明宋濂、王守仁、王世贞、李贽、清顾炎武、袁枚诸家表述过，但直至章学诚此说才真正成熟。章学诚将史抬升至与六经平等的地位：《诗》为周代歌诗汇编，可以证史；《书》为训诰盟誓之词，反映上古历史；《春秋》为编年之史；《礼》《乐》记载典章制度，为后世政治提供参照；《易》为卜筮之书，为设教之书。章学诚所谓的史不仅具有史料与史意的双重含义，而且还具有经世之史的内涵，即既为撰述者提供材料，又让后人从先王政典中明白治国的道理。

式,而章学诚对语言形式的骈散并不关心,故章氏本人行文骈散兼用。时贤段玉裁曾批评章学诚的著作"文句有长排作比偶者",杂"时文句调",为此章氏反驳道:"夫文求其是耳,岂有古与时哉!即曰时文体多排比,排比又岂作时文者所创为哉!"(《与史余村简》)章学诚的关注点是文章内容,所以我们发现他并不置喙韩愈文章语言的骈散,亦无意介入当时古文与骈文二家的骈散之争。

章学诚认为,"古文辞必由纪传史学进步,方能有得",他的古文辞以史学叙事为本之论固然执于一偏,但在章学诚看来,他所提倡的承《春秋》学而来的古文辞可以持风气救时弊:"今之宜急务者,古文辞也;攻文而仍本于学,则既可以持风气,而它日又不致为风气之弊矣。"(《答沈枫墀论学》)文章无非有三种类型:"史学本于《春秋》;专家著述本于官礼;辞章泛应本于风《诗》,天下之文,尽于是矣。"(《立言有本》)章学诚将韩愈文定位于第二种类型,首先肯定苏轼的"文起八代之衰"说从而打击了桐城辞章派;其次又以史文高于专家著述标准补充苏轼之断语,谓"古文失传亦始韩子",从而打击了乾嘉汉学派。他试图以古文辞作为绝佳途径来实现政教合一,沟通学术、政治与生活三者,他所言的古文辞关怀时事,文质兼备,既可以纠当时学术风气之偏,又不致产生辞章家之流弊。但是,章学诚生前人微言轻,亦自知为惊世骇俗之论,其论韩的旨趣不太可能对当时的社会产生实质性影响,其论说大放异彩是在他死后[1]。深受"殆将有变"的时代刺激,嘉道之际文学史上出现了继明代前后七子之后的第二股贬抑韩愈的风气,如李兆洛《答高雨农》批评韩愈云:"文之有法始自昌黎,盖以酬应投赠之义无可立,假于法以立之,便文自营而已。习之者遂借法为文,几于以文为戏矣。"[2] 李氏批评韩愈,皆因其所开的古文法门助长了后世"借法为

---

[1] 参见陈志扬《从隐晦走向昌明:章学诚的价值定位嬗变》,《中国社会科学院研究生院学报》2003年第1期。
[2] 李兆洛:《答高雨农》,《养一斋文集》卷八,《续修四库全书》集部第1495册,上海古籍出版社2002年版,第123页。

文"的流弊："洛之意颇不满于今之古文家，但言宗唐宋而不敢言宗两汉。所谓宗唐宋者，又止宗其轻浅薄弱之作，一挑一剔，一含一咏，口牙小慧，谫陋庸词，稍可上口已足标异。于是家家有集，人人著书。"①包世臣也把古文家空谈义理、无补实用的弊病归咎于韩愈："窃谓自唐氏有为古文之学，上者好言道，其次则言法……孟子明王道，而所言要于不缓民事，以养以教；至养民之制、教民之法，则亦无不本于礼。其离事与礼而虚言道以张其军者，自退之始，而子厚和之。至明允、永叔乃用力于推究世事，而子瞻尤为达者。然门面言道之语涤除未尽，以致近世治古文者，一若非言道则无以自尊其文。"②包氏批评韩愈，意在唤醒那些执迷"门面言道之语"的当世古文家。在康乾盛世的繁荣褪去、社会危机日趋严重之时，嘉道之士始盛谈经世之学，社会风气为之一变，嘉道间的士大夫试图破除对韩愈的偶像崇拜，目的是期盼文章重新焕发思想的活力。总体说来，明前后七子"凭陵韩欧"主要是为从理学中解放出来，扩宇真性情；章学诚规正韩愈"宗经而不宗史"，则是引导文章关注人伦事务，由此可见，嘉道之际的批韩风不是承明前后七子而来，倒是与章学诚的评韩思想相通。章学诚反省韩愈古文，要求恢复古文辞的史学精神，提倡不仅要从史的变迁中追寻道的存在，而且要解决当代问题，事实上已着嘉道之际批韩的先鞭。

（原载于《文学评论》2020年第4期）

---

① 李兆洛：《答庄卿珊》，《养一斋文集》卷八，《续修四库全书》集部第1495册，上海古籍出版社2002年版，第119页。

② 包世臣：《与杨季子论文书》，《艺舟双楫·论文一》卷一，《续修四库全书》子部第1082册，上海古籍出版社2002年版，第605页。

广东地方曲艺之"红楼梦"作品初探

李 静

【摘 要】本文分析木鱼书、南音及粤曲等"红楼"曲艺作品的取材特点与表演特色,揭示广东地方曲艺的审美趣味。论文认为,广东木鱼书、南音和粤曲均以宝黛爱情悲剧为题材,前两者以叙事为主,注重宝黛爱情故事的相对完整,是第三人称为主的说唱艺术;后者以抒情为主,注重宝黛在悲剧中的情感体验,以"代言"的方式演绎角色。广东地方曲艺反映出民间接受小说文本时世俗化的审美趣味。

【关键词】叙事性;代言;世俗化

小说《红楼梦》甫一诞生,各种艺术形式便竞相改编。裕瑞《枣窗闲笔》曰:"此书自抄本起至刻续成部,前后三十余年,恒纸贵京都,雅俗共赏,遂浸淫增为诸续部六种,及传奇、盲词等等杂作,莫不依傍此书创始之善也。"[①] 民间再创作之热情与作品之丰赡由此可见一斑,而其中普及面最广、也最为大众喜爱的无疑是各地曲艺。从阿英《红楼梦书录》,胡文彬《红楼梦说唱集》《红楼梦子弟书》,天津曲艺团《红楼梦曲艺集》,李光《红楼梦大鼓书》,刘操南《红楼梦弹词开篇集》等著录、选编的作品来看,各地改编过

---

① 一粟:《红楼梦资料汇编》,中华书局1964年版,第113页。

《红楼梦》的曲种至少有"子弟书""弹词开篇""单弦""岔曲""广东木鱼书""时调""扬州调""高邮锣锣书""兰州鼓子""四川清音""四川竹琴""扬州清音""河南坠子""乐亭大鼓""西河大鼓""京韵大鼓""梅花大鼓""东北大鼓""山东琴书""河南大调曲子"等20余种。但由于曲艺的种类繁多，演唱地域广大，加之曲艺即兴式创作与表演的特点，曲本散佚情况严重，这使得曲目数量难有准确统计，而由此带来的对曲目流变情况的把握及曲目质量的评估也缺少依据。近年来，一些学者从具体个案入手对《红楼梦》子弟书、《红楼梦》滩簧等进行了初步研究，梳理了地方曲艺改编小说文本的情况，对《红楼梦》曲艺的研究大有助益。本文也将采取个案研究的方法，分析木鱼书、南音及粤曲等"红楼"曲艺作品的取材特点与表演特色，揭示广东地方曲艺的审美趣味，为《红楼梦》曲艺的研究提供有益参考。

一 广东地方曲艺中的《红楼梦》作品及取材

广东地方曲艺种类甚多，其中以木鱼书、粤讴、南音、龙舟较有影响，而以梆簧为基础、糅合了上述四种地方声腔而形成的粤曲则是最大曲种。目前，笔者所知改编过《红楼梦》题材的曲种有木鱼书、南音和粤曲。本文所涉作品见于：《新刻正字红楼梦南音全套》①《黛玉葬花全本》②、广州以文堂版广东木鱼书、③ 广州以文堂版南音《红楼梦》《今梦曲》辑录之南音《红楼梦》④、各种唱片保存之《红楼梦》粤曲⑤。

---

① 《新刻正字红楼梦南音全套》，广州五桂堂印行，广东省立中山图书馆藏。
② 见潘贤达编撰《粤曲菁华第一集》"黛玉葬花全本"，香港环球五彩石印1925年版。
③ 见胡文彬编《红楼梦说唱集》，春风文艺出版社1985年版。
④ 见鲁金《粤曲歌坛话沧桑》中抄录之引文及对照分析。生活·读书·新知三联书店1994年版。
⑤ 参见杨钟基《香港所存〈红楼梦〉粤曲录音资料初探》，《红楼梦学刊》2004年第1辑。

研读作品可知，从改编的题材广度来看，广东曲艺的红楼题材远不及子弟书丰富，其主要围绕宝黛爱情敷衍，并旁及晴雯。但木鱼书与南音较之粤曲在取材上较为强调宝黛爱情悲剧发展的首尾完整，倾向于宝黛悲剧命运的完整展示，更重故事的叙述；粤曲的选材集中于宝黛爱情悲剧的高潮，着力营造宝黛爱情受挫后浓重的悲剧氛围，更重悲剧情感的抒发。

笔者对照广州五桂堂刊印的《新刻正字红楼梦南音全套》与胡文彬辑录《红楼梦说唱集》之"以文堂版《红楼梦》广东木鱼书"，参照鲁金收藏之以文堂版南音《红楼梦》与劳梦庐辑录之《今梦曲》南音曲本，发现木鱼书和南音的曲目、曲文大同小异，这两种说唱曲艺都以宝黛情感为主线，将小说文本改编为23或24支情节与情感贯穿的单曲，以"红楼梦全本"为号召，演绎宝黛爱情故事，并在宝玉与晴雯、黛玉的情感故事中表现宝玉多情善良的性格。一般而言，24支曲的本子曲目包括《梦游太虚》《怡红祝寿》《芦亭咏雪》《宝玉葬花》《夜访怡红》《晴雯撕扇》《晴雯补裘》《私探晴雯》《祭奠晴雯》《颦卿绝粒》《黛玉葬花》《黛玉焚稿》《宝黛埋花》《潇湘听雨》《潇湘琴怨》《宝玉赠帕》《宝玉心迷》《宝钗送药》《黛玉恨病》《黛玉弃世》《宝玉相思》《哭潇湘》《宝玉入闱》《宝玉逃禅》。胡文彬《红楼梦说唱集》辑录之"以文堂版《红楼梦》广东木鱼书"为23支，少《宝黛埋花》一支。劳梦庐之《今梦曲》与《增刻今梦曲》共收24支，除将《哭潇湘》改为《祭潇湘》，且曲文有较大变化外，其余曲目、曲文基本无异。可见，木鱼书与南音的红楼曲艺作品有相互转录的特点，这种曲目、曲文大同小异的情况也印证了南音系从木鱼书衍变而来的看法。

研读全套《红楼梦》木鱼书（南音）可以看到这两种曲艺形式鲜明的说唱特色。从内容上看，全套《红楼梦》木鱼书（南音）叙述了相对完整的宝黛爱情故事，凸显了宝黛的悲剧性格；从表演形式上看，其以第三人称客观叙述的方式讲述故事，且不时根据故事内容需要进入角色表演、介入评论，是典型的再现与表现相结合、而以叙述为主的综合艺术。下面即以其中广为流传的《哭潇湘》为例以窥全豹。

《哭潇湘》是全套红楼木鱼书（南音）中广为流传的曲子，该曲叙宝玉祭奠黛玉，回忆往事，痛悔万分。曲子先叙述宝玉经过花园，来到黛玉葬花之处触景伤情痛哭前情，见芙蓉花勾起晴雯往事，遂哭祭晴雯，之后再到潇湘馆哭黛玉，以春夏秋冬四时景色之热闹反衬物是人非的凄凉心境；曲末，转换角色以紫鹃的谴责结束祭奠，令宝玉在悔恨、无奈、无望、痛楚的心情中离场。这支曲中既有讲述者的第三人称叙述与评论，又有角色入戏的第一人称表演；既在讲述中推进情节发展，又在评述中揭示角色心态；既以哭祭黛玉为主线，又在其中以晴雯、紫鹃做铺垫，祭晴雯更见知音寥落之憾，欲"见紫鹃如晤姑娘面"却因其不理解和谴责更见孤独与无助，晴雯之无望、紫鹃之不谅割断了宝玉表衷情诉痛悔的媒介，哀痛之情尽现无遗！该曲又与前面诸曲形成照应，推进了情节发展，照顾了人物关系，使故事相对完整展开，宝玉性格也得以较完整表现。

这种以叙述为主体，将抒情与议论结合，情景交融、寓情于景、铺垫渲染的方式来构建人物关系、推进故事情节、评论人物、表达情感的表演方式既是《红楼梦》木鱼书（南音）的表演特点，也是其他说唱艺术的共同特征。冯其庸先生曾说，《红楼梦》这部书，有些群众看不大懂但却可以通过曲艺听懂。因为曲艺是群众"喜闻乐见"的形式，所以曲艺的形式包括南方的评弹以及其他各种说唱艺术的形式是这种普及工作的最好途径。[①] 观众在通俗明白的说唱表演中了解故事、感受主人公情感、感知说唱艺人代表的大众道德观念，这也正是《红楼梦》故事在粤地得以普及与流传的原因。

《红楼梦》粤曲也以宝黛爱情为题材，但主要围绕"黛玉葬花"情节敷衍宝黛爱情悲剧，侧重表现主人公在这场爱情悲剧中细致、幽微的悲凉心态。自清末以来《黛玉葬花》就被列为粤曲

---

① 天津曲艺团编：《红楼梦曲艺集》，春风文艺出版社1985年版，"序言"第2页。

"八大曲"①之一。从内容上看，"葬花"题材主要涉及黛玉葬花、黛玉归天、黛玉焚稿、宝玉哭灵、宝玉诉情、宝玉逃禅等情节。一般认为潘贤达编撰的《黛玉葬花全本》为"八大曲"之演唱本，这个曲本包括：首段怨婚、二段葬花、三段卧病、四段归天、五段诉情、六段哭灵、七段逃禅、八段离恨天。我们对杨钟基先生辑录的《红楼梦》粤曲唱片目录进行了一个大致统计，在160种红楼粤曲中，围绕"葬花"题材演绎的曲目约有65种，占总曲目的40%，可见粤曲对"葬花"情节的钟爱。从表演形式上看，《红楼梦》粤曲是以第一人称的"代言"方式再现宝黛爱情，侧重抒发宝黛二人在悲剧中的情绪感受，粤曲唱片多次灌录"葬花"表明，侧重表现人物内心世界复杂情绪的题材正与粤曲抒情性的演唱特质相谐，正是广东粤曲演出形态的体现。

广东粤曲脱胎于粤剧清唱，红楼粤曲的"代言"特点是戏曲表演特征在曲艺演唱中的遗存。从现存"葬花"粤曲曲文来看，其第一人称的演述特色十分鲜明，叙事与抒情都是由角色本身的演唱来完成，或独唱或对唱，少有说唱曲艺角色转换的情况。这种"代言"式的演唱方式很适宜表现角色的内在心理，也契合了"葬花"情节中角色幽微细腻的情感表达，因而"葬花"粤曲以抒情为主。

此外，"葬花"粤曲重抒情的特点也与粤曲歌坛的演唱形制相关。粤曲的演出只唱不做，一段曲文的演唱至多一小时，既要在有限的时间表现相对完整的内容，又要以单调的清唱来吸引观众，除了艺人唱腔的多样化外，曲目的内蕴与张力就显得尤为重要。粤曲曲目的创作要么是从人们熟知的粤剧中摘取，要么从流传广泛的小说或民间故事中选择。这样做的便利在于可以在人们熟知故事的前提下省却故事情节的交代，而把表现的重心转移至主人公的当下情感上，把某一特定情形下主人公的思想感情波澜和复杂的内心世界

---

① "八大曲"是粤曲"梆簧"的古老曲目，也是最能体现伶人唱腔特色的重要曲目，包括《李忠卖武》（又称《鲁智深出家》）、《百里奚会妻》、《雪中贤》、《杨六郎罪子》、《附荐何文秀》、《韩信弃楚归汉》（又称《淮阴归汉》）、《黛玉葬花》、《辩才释妖》（又称《东坡访友》）。

凸显出来，让听众通过对故事人物情感表达的欣赏加深故事内蕴的理解。"黛玉葬花"是小说文本最为人熟知的情节，粤曲不再去表演这个故事的进程，而从情入手，以情动人，以情造曲，带领听众去领略宝黛爱情悲剧中角色悲怆的情感体验。因此，对于粤曲而言，故事的传达不是重点，心灵世界的揭示才是趣味所在。这刚好与木鱼书和南音等说唱曲艺的叙述性表演形成互补，成为广东地区《红楼梦》曲艺传播的两种主要方式。

从这个意义上说，粤曲作为地方文化的传承媒介具有十分独特的价值。它是在对同一文化空间的听众具有共同认知的基础上的一种升华的艺术，涵盖着广大听众对地方历史、语言，对文化艺术和生活经验的共同体悟，是在充分尊重和理解听众接受心理的前提下的一种大众的艺术。粤曲中用于反映离愁别绪、男女恋情的古典诗词的意象很多，文辞也十分古典，这些为听众所熟悉的诗词意象带领听众走进特定的情景，回归故事情节。尽管粤曲不注重故事的传达，但是其浓厚的抒情风格与听众对这一故事原有的熟知相结合恰恰深化了故事的传递。

广东地方曲艺在取材与表演上的差异反映出同一地域曲艺艺术的变迁与互补，这种差异深受曲艺的演出形态、演出场所等因素影响，笔者将另文讨论。

二　广东"红楼曲艺"的世俗趣味

红楼曲艺是小说文本的再现和再创作，其改编者既有民间艺人，也有与民间艺人广泛接触的文人，从他们的改编与创作中可以看出普通民众对《红楼梦》的接受观念和审美态度。德国接受美学学者克鲁彻说："在阅读过程中，读者通常所读的只是他想要读的东西，换句话说，他总是期待用作品中出现的东西去证实他经验中已有的东西。"[①] 对于产生于市井的曲艺艺术而言，其对受众期待的满足就

---

① 转引自林一民《西方现代文论》，团结出版社1990年版，第287页。

是遵循市井大众生活的现状与思维的逻辑。广东红楼曲艺即表现出粤地民众对小说主题简单化的理解与小说人物及情感世俗化的接受。小说文本中宝黛爱情悲剧的原因是复杂的，表现出的悲剧意识也是多样的。而在广东曲艺的红楼作品中，宝黛爱情悲剧的产生只是因为封建家长的糊涂专制与王熙凤的专权捉弄，作品中宝玉唱道："怎知道琏二嫂与我错配姻缘"①、"只恨高堂无见识，听人言语总不寻思，明知金玉姻缘误，怎好把我监成配薛宝儿"②、"你话祸因起及王熙凤"③；黛玉也认为："怨只怨贾母无情欠主张，既系殷勤养育当我亲孙女，就该为人到底共我结个段鸾凰。"这就将小说复杂的思想批判简单化为对家长意志与作祟小人的谴责，文人作家深层的精神之痛与复杂的批判意识在普罗大众那里一方面体现为对封建专制残酷杀人的愤怒与无奈，另一方面表达为对小人作恶的强烈抗议。

红楼曲艺中的悲剧意识则表现为宝黛、晴雯、紫鹃等对命运捉弄、人生无常、人世险恶、人情淡薄的无辜、无奈与无助之叹，是普通民众对生命易逝、生存艰辛、世态炎凉的普遍意识。黛玉伤春、葬花以及卧病、归天时最为伤痛的是："可怜弱草栖尘寄，幽兰却被雪霜欺，花开花落无心理，怀人怕对月华移"④、"叹人生如春梦，轻尘可比；看将来，花花世界，语总不虚……说什么金，说什么玉，就话带支离。想起了宝哥哥也有洞房花烛日，有谁人知道我病在潇湘就魄散魂飞。称什么哥哥、叫什么妹妹，全然不是。到今日好一似灯残花谢有谁怜惜？"⑤ 宝玉面对黛玉之灵也只能叹息："一场春梦使我空回首，都只为我缘悭福浅枉筹谋"，"叹人生如春梦早参透"。⑥ 这种悲剧性的感受是普通大众的切肤之痛，因而成为广东红楼曲艺表现小说悲剧意识的主要内容而被普遍接受。

---

① 《黛玉葬花全本》"怨婚"。
② 《红楼梦说唱集》"广东木鱼书"之"宝玉相思"，第235页。
③ 《红楼梦说唱集》"广东木鱼书"之"宝玉哭潇湘"，第237页。
④ 《黛玉葬花全本》"葬花"。
⑤ 《黛玉葬花全本》"归天"。
⑥ 《黛玉葬花全本》"诉请"。

红楼曲艺对小说文本主题思想和悲剧意识的简单化处理方式是以普通民众的感同身受为前提的，因此也具有普遍意义。小说文本表达的基本信息正是以这种单纯的世俗化的方式下移至民间，获得了广泛的接受与清晰的解读。这种对小说文本主题与悲剧感受的世俗化接受使得曲艺人物形象的塑造和道德观的表达也表现出向世俗趣味和世俗规范的偏移。

红楼曲艺中黛玉的形象不仅保留了小说文本中弱质无依、敏感细腻、痴情自尊、才貌双全的特点，还增加了善良与亲和的特质。如黛玉临终前嘱咐紫鹃之语："紫鹃妹，枉你当年相伴一片心，指望终身同快乐，谁想半途今日惨相分。命薄双亲嗟早丧，眼前有个实心人。共尔如同亲姊妹，致嘱叮咛你在心。"① 与丫鬟情同姊妹、相依为命的善良孤女形象跃然纸上！想到自己命将绝世，又念及祖母对自己的恩情，便"将身儿跪在尘埃之地，恕孙女未报劬劳万一"②，知恩重义的绝命女又怎不令人心疼万分？李纨痛述黛玉之才貌、性格："莫话闺中姑嫂多怜爱，就系下人哪个不哀怜。咁样做人偏寿夭，红颜薄命不虚言。"③ 以下人都"哀怜"赞黛玉之平易。宝玉哭灵时，从外貌到才学，从秉性到女红针黹追忆、赞美了黛玉的美，显然也是将民间的美德观念放在了黛玉身上，把黛玉塑造成平民眼中的大家闺秀。

曲艺作者以浓厚的平民的世俗态度摒弃了小说文本中黛玉的"小性儿"，令其形象更加完美，增强了美好事物被毁灭的悲剧美感，也使其成为民间道德观与是非观的代言人。红楼曲艺正是以强烈的民间评判引导着小说文本的世俗化流变。曲艺文本中的宝黛爱情带着更多创作者代替受众的想象与情感的态度评价，平民道德观的表达成为曲艺创作的主旨。《宝玉哭潇湘》末段紫鹃对宝玉的谴责就是一个震撼人心的道德观表达：

---

① 《红楼梦说唱集》"黛玉恨病"，第 224 页。
② 《黛玉葬花全本》"归天"。
③ 《红楼梦说唱集》"广东木鱼书"之"黛玉弃世"，第 228 页。

紫鹃听，泪双流，公子你含啼着甚忧！此非薛氏姑娘柩，何必在此泪双流。此乃荒凉凄楚地，因何公子你到此芳幽？想你欢娱燕尔新婚后，何来此处把身投。今日害得渠青春少嫩归黄土，还来在此不知羞。我娇福薄难消受，请归回转凤阁与龙楼。话完便把香灯上，带怒含嗔把泪收。下阶直出回门后，转入东林个便由。个阵贾宝玉好似黄莲吞入口，眉黛皱，气死回生后，今日前情辜负尽付落水东流。①

这段曲文虽然表现了宝玉的无奈与痛悔，但却是以下人之口传达出民间对痴情女无比的同情和对负心郎严厉的谴责。这不是一段简单的杜撰情节，而是曲艺作者带着世俗的情感代替民众对悲剧当事人苦痛心境的想象，既有细腻的悲情描摹，也有毫不掩饰的是非评判——通过这种合乎民众是非观念与思维逻辑的想象将小说文本中一笔带过的"韵外之致"变为实实在在的现身说法，以情感和情绪的尽情宣泄激发听众的当场共鸣，获得最佳表演效果。

广东红楼梦曲艺将上层文人知识分子对人生、对社会的深层思考与幽微感受以世俗化的爱情、人情、世情、风情的描摹与表演具体形象地揭示出来，拉近了小说文本与普罗大众的距离，扩大了经典名著在民间的影响和普及程度；也从一个侧面反映出上层知识分子的观念如何向下层迁移并受到下层影响的过程，为我们提供了一个观照雅俗文化交流的视角和文化经典传播与流变的途径，值得进一步关注和探究。

（原载于《红楼梦学刊》2011年第2期）

---

① 《红楼梦说唱集》"广东木鱼书"之"宝玉哭潇湘"，第240—241页。

明清堂会演剧的形式、女观众与狎旦

李 静

【摘 要】"堂会演剧"是明清时期重要的戏曲演出形式,因长期以来与民间生活紧密结合,学界忽视了其演剧的本质。然而大量的演出史料表明,这一客观存在的且有着独特个性的戏曲演出现象,曾经不同程度地影响着明清时期戏曲的进程,从16世纪中叶直至19世纪末,声腔剧种的传播、剧本剧目的流传、表演技艺的精进、导演理论的成熟等,无不受到堂会演剧的影响与推动。本文即从表演形式的调整、观众构成的改变、审美趣味的养成等角度,从整体上观照和思考这一被忽视但却十分重要的戏曲史事实,并力图对其作出客观、理性的评述,一方面揭示其戏曲史的价值与意义,另一方面探讨这一重要的戏曲史事实被忽视和被遮蔽的原因。

【关键词】堂会演剧;折子戏;女观众;狎旦

"堂会演剧"是明清时期重要的戏曲演出形式,笔者在近几年的研究中,业已通过系列文章对堂会演剧发生、发展史进行了考述与还原,并围绕堂会演剧诸种形态、堂会演剧赏玩性和礼仪性特征等问题进行了尽可能客观的解读与深入透析[1]。笔者认为,尽管这一演

---

[1] 参见拙文《明清堂会演剧场所叙说》(载《民族艺术》2002年第2期)、《明清堂会演剧习俗初探》(载《文学评论》"2001年青年学者专号")、《明代堂会演剧述略》(载《戏剧艺术》2004年第4期)、《晚清王府的堂会演剧》(载《广西民族学院学报》2005年第3期)、《清末民初的堂会演剧谫论》(载《中国海洋大学学报》2007年第3期)、《略论明清堂会演剧的仪式特征》(载《华南师范大学学报》2007年第4期)、《戏钱与赏封——考察明清堂会演剧形态的别一视角》(载《湖北大学学报》2008年第1期)。

剧形式因与民间生活紧密结合,学界忽视了其演剧的本质,但大量的演出史料表明,堂会演剧不仅是明清民众生活最为熟悉且影响广泛的内容,而且也是明清戏曲发展史上十分重要的戏曲史事实,这个客观存在且有着独特个性的戏曲演出现象,曾经不同程度地影响着明清戏曲的进程。从16世纪中叶直至19世纪末,声腔剧种的传播、剧本剧目的流传、表演技艺的精进、导演理论的成熟等,无不受到堂会演剧的影响与推动。当我们重新去审视这个曾为人们最为熟悉的赏心乐事就会发现,"堂会",既意味着演出的场所,也意味着与这个场所相表里的民俗生活内容;既意味着人们熟悉的剧目即将上演,也意味着"花榜"①的评选指日可待;既意味着表演对创作的检验,也意味着二美兼得的快慰。在明清民众的生活中,"堂会演剧"既是一种民俗现象,又是一种艺术形式。本文拟在前面研究的基础上,从剧本创作、审美趣味、观众结构、民众心理等角度,整体上再度观照和思考这一被忽视但却十分重要的戏曲史事实,并力图对其作出客观、理性的评述,以此揭示其戏曲史的价值与意义。

一 短剧创作与折子戏表演

从文学时代到演技时代的转变是戏曲艺术作为"行动"的艺术的必然选择,明清堂会演剧自觉接受了这个转变,并加剧了这个转变的实现,这首先从堂会演剧对剧本创作观念的影响以及戏曲表演形式、观众审美趣味的养成等方面反映出来。

明中叶以来,私家的寿诞婚丧、生子满月,官场上的送往迎来、恭贺升迁,商业圈中的生意往来,无不备置宴会以为沟通,戏曲演出成为其中必备项目,这些为庆典、交际和玩赏等目的而设的堂会演剧成为传奇演出的主要形式②。但是,包括剧作家在内的堂会观众

---

① 明清文人模仿科举功名头衔排列旦角等级名次,分为一、二、三甲,称为"花榜"。
② 参见拙文《明代堂会演剧述略》,载《戏剧艺术》2004年第4期。

很快就发现，冗长的传奇剧本并不适于宴会助兴。对此，李渔深有体会："且人无论富贵贫贱，日间尽有当行之事，阅之未免妨工"，若剧情简短、冲突集中，虽"抵暮登场，则主客心安，无妨时失事之虑"①。仅需几个时辰即可演完的剧本不会因冗长的紧做慢唱令观众耗神耗时，兴趣全无。臧懋循删改《紫钗记》也是要为筵宴演出找寻适合演出的剧本，他说：

> 自吴中张伯起《红拂记》等作，只用三十折，优人皆喜为之，遂日趋日短，有至二十余折者矣……予故取玉茗堂本细加删订，在竭俳优之力，以悦当筵之耳。②

臧氏从演出效果的角度指出，宴会演出应减少不必要的关目，从而使戏剧冲突更集中，最大限度地发挥演员优势，方能达到助兴之效。对于堂会演剧耗时过长的弊病，芮宾王认为其症结在于剧作家一味把剧本当作展示才情的文章，没有考虑实际演出的需要：

> 填词太长，本难全演。作者非故费笔墨，乃文章行乎，不得不行耳。但恐舞榭歌楼，曲未终而夕阳已下，琼筵绮席，剧方半而鸡鸣忽闻，则此滔滔涓涓之文，终非到处常行之技，未免为优伶所难。③

芮宾王这一"文章"之说确是对当时剧本创作情形的洞见——在有限的时空中演出冗长的剧本，简直就是对观众和演员的折磨。剧作家们（既是堂会主人也是堂会观众）从堂会观演的切身感受敏

---

① 李渔：《闲情偶记》卷四"演习部"之"缩长为短"，《中国古典戏曲论著集成》七，中国戏剧出版社1959年版，第77页。
② 臧懋循：《紫钗记》总批，徐扶明《牡丹亭研究资料考释》，上海古籍出版社1987年版，第195页。
③ 芮宾王：《〈梦中缘〉·跋》，徐扶明《牡丹亭研究资料考释》，第195页。

锐地意识到，演剧时间适当而又情节冲突集中的表演方能令宾主尽欢，兴尽而返。

"缩长为短"以应"当筵"之需，很快作为一种创作原则首先在家乐主人①兼剧作家的创作中反映出来，如顾大典《青衫记》三十出、《葛衣记》二十七出；沈璟《桃符记》三十出、《双鱼记》三十出、《义侠记》三十六出，《博笑记》则是一些短故事的连缀；李渔的多数剧作也都控制在三十出左右；尤侗的《钧天乐》三十二出，《读离骚》《黑白卫》《清平调》等或为四折或为单折，与动辄四五十出的剧作相较，家乐主人的创作剧情简短而情节集中，有效改善了传奇剧本演出时拖沓冗长的弊病，因而为筵宴演出所青睐并很快在社会上流传开来。这种情形在晚明三位著名文人冯梦祯、潘允端、祁彪佳的观剧日记中得到了生动而典型的反映，三种日记所载堂会演出较多的全本戏剧目，除元明南戏中的传统剧目外，其他上演频率较高的剧目多为这种相对简短的新作②。

兼具剧作家与堂会观众双重身份的家乐主人从演出需要出发对剧本形制进行的改革，不仅满足了堂会演剧的需要，而且在当时的剧坛倡导了一种创作短剧的风气。这种从演出实际出发的创作观念改变了以往那种把戏曲当作诗文来创作的文章观念，缩小了创作与实际表演间的距离。创作观念的转变从一个侧面反映出戏曲从文学时代向演技时代转变的进程，而堂会演剧的实际需要正是促成这种转变的重要因素。

演出实际对短剧的需求更进一步发展，则表现为戏曲舞台对折子戏的需求。尽管剧作家针对实际演出的需要缩短了剧本篇幅，但是在堂会演出中，全本戏的演出仍然费时颇多，很难满足应酬之需；

---

① 明清家乐的演出方式主要是堂会，家乐主人的创作亦多顾及演出需要。关于家乐的演出形式可参见拙文《明代堂会演剧述略》（载《戏剧艺术》2004年第4期）。另可参见刘水云《明清家乐研究》（上海古籍出版社2005年版），刘水云亦持此观点。

② 三种日记分别为冯梦祯《快雪堂日记》、潘允端《玉华堂日记》和祁彪佳《祁忠敏公日记》。剧目详细分析可参见拙文《明代堂会演剧述略》（载《戏剧艺术》2004年第4期）。

加之，随着全本戏创作在内容上的"案头"倾向日趋明显，创作已再难为演出提供脚本，于是从人们熟知的全本戏中选择精彩片段来组成新的一台戏便成为缓解矛盾的有效途径。这种出于应对堂会演剧需要的折子戏表演方式很快流行，并最终促成了戏曲史上的一个剧变：古代戏曲从以往对文学特征的强调，转而向表演形式的探求。

由于折子戏是从人们熟悉的全本戏中摘取的精彩片段，因此，对剧情的了解已经不是大多数观众的迫切需要，而对表演技艺的关注则成为观众欣赏的趣味所在，这促成了堂会观众重演技的审美趣味的形成，这也同样深刻地影响了近代戏曲观众的审美取向。清末民初，堂会演剧以请名角为时尚，所谓的名角都是在某方面身怀绝技的伶人，他们常因所擅长的某一唱腔或演技扬名天下。程长庚、余三胜、谭鑫培等的唱腔，黄月山、俞菊笙等的做工等都代表了他们在戏曲界的身份和地位。堂会观众对伶人的追捧很大程度上也是对其演艺的赏识[1]。近人张次溪编撰的《清代燕都梨园史料》有很大一部分是文士堂会观剧的心得，从这些著述可以看出，品评艺人成为一时风雅，而演艺则是品评的中心，这反映出其时观众重演艺的审美趣味。倦游逸叟《梨园旧话》曰：

> 喜禄、宝云，同以唱青衫为著名，各有擅长之处……当时堂会戏若无喜禄登场，同人咸以为歉。故孙丹五先生《余墨偶谈》载某戏提调歌有"小香到，提调笑；喜禄病，提调跳"。[2]

《旧剧丛谈》亦载：

> 清同、光间，地方安堵，名流宴会。每喜招集梨园，选艺

---

[1] 晚清戏曲界对男性伶人的追捧经历过魏长生时代畸形的"男风"，至老生演员的崛起才又重新把品评的重心转到演艺上来。

[2] 倦游逸叟：《梨园旧话》，张次溪编撰《清代燕都梨园史料》下，中国戏剧出版社1988年版，第824页。

征歌，以助雅兴。故当时菊部皆争邀伶界能手，藉抬声价。余幼在济南，名班有二：曰"高陆"，曰"如意"。①

可见当时堂会重名角、重演艺的欣赏趣味已成风气。堂会观众这种欣赏习惯使得多数艺人十分看重堂会演出，因为堂会演剧时名流汇聚，戏演得好就会很快出名。陈澹然讲过一则关于程长庚出名的故事：

> 一日，某贵大人宴亲王宰相，大臣咸列坐，用《昭关》剧试诸伶。长庚忽出为伍胥，冠剑雄豪，音节慷慨，奇侠之气，千载若神。座客数百人皆大惊，起立狂叫动天。主人大喜，遍饮客，已复手巨觥，为长庚寿，呼曰"叫天"。于是叫天之名遍都下。王公大臣相宴乐，长庚或不至，则举座索然。②

艺人出名既因其演艺出众，也因王公们的极力捧抬。演堂会时，观众名流汇聚，演员名角荟萃，为了争得观众的喝彩、赢得声誉，艺人们时常展开竞争。《道咸以来梨园系年小录》载程长庚病逝的原因提到："致病之原因系在秦老胡同文索宅演堂会，与孙菊仙争气，连演四本《取南郡》，该戏与徐小香合演向分四日，今一昼夜唱全本，劳累得病，未数月遂卒。"③长庚争胜致病固然与其度量有关，但也可见艺人对堂会演出的重视。堂会戏的经常性演出很大程度上深化了折子戏形成以来的"听腔""看戏"的传统，观众对演员的重视实际上是对技艺的重视，中国戏曲观众常常挂念某位演员的某出戏，而西方则以某位剧作家为荣耀，正体现了中西戏曲审美的不同。

不过，堂会观众这种重演艺的欣赏态度在时代因素的影响下也

---

① 陈元衡：《旧剧丛谈》，张次溪编撰《清代燕都梨园史料》下，第869页。
② 陈澹然：《异伶传》，张次溪编撰《清代燕都梨园史料》下，第725、727页。
③ 周明泰：《道咸以来梨园系年小录》，周明泰编《畿礼居戏曲丛书》第三种，1932年版。

未摆脱中国社会长期以来形成的"嗜戏轻伶"习惯的影响,伶人常常被堂会观众捧红,也常常因堂会观众的好恶而失去人格的自主。与出名时备受抬举的幸运相反,程长庚也因患病不能及时应恭亲王的堂会而遭到过绳索捆绑①。《菊部丛谈》描述过谭鑫培的无奈:"民国三年,老谭以入公府演剧不力,为庶务司郭某所怒,禁其登台,于是叶玉甫太翁做寿,老谭亦不敢应演。"②"成也萧何,败也萧何"这句话用来说明旧时代堂会观众与艺人的关系很是形象。

二 女性观众的观戏与评戏

明清时期,家庭中自娱、娱亲的演出有意无意间促成了男权社会对女性观众的认可,而随着堂会演出场所向公共剧场的转移,女性观众也堂而皇之走出门户,这种变化彻底打破了戏曲观众的男性格局。

妇女在公共场合观剧向被禁止,明清两代禁戏的条文中就有许多是针对妇女观剧的,如雍正元年间,李凤翥上奏禁止乡邑赛社,只因"敛钱演戏,男女混杂,耗费多端"③。乾隆帝严厉禁止"善会"上的演剧活动,也是因为这种善会"煽聚妇女","败俗酿弊,所关非细"④。封建统治者认为,妇女在公众场合抛头露面本已有伤风化,再加上男女混杂,围观戏剧更是造成社会混乱的不安定因素。封建家长对妇女看戏更是惊恐万分,明代陈龙正《家载》,管志道《深追先进遗风以垂家训议》,清代靳辅《靳河台庭训》,李仲麟《增订愿体集》等都视妇女观剧为家风败坏之源。他们认为,戏乐诲淫,妇女观看了戏曲就会邪心暗动,出乖露丑,因此,"妇女概不令其读书,尤不可容看戏文,听唱说也"⑤。统治者和封建家长一起剥

---

① 罗瘿公:《菊部丛谈》,张次溪编撰《清代燕都梨园史料》下,第780页。
② 陈澹然:《异伶传》,张次溪编撰《清代燕都梨园史料》下,第725、727页。
③ 《大清世宗宪皇帝实录》卷六七,王利器辑《元明清三代禁毁小说戏曲史料》,上海古籍出版社1981年版,第37页。
④ 延煦:《台规》卷二五,王利器辑《元明清三代禁毁小说戏曲史料》,第45、70页。
⑤ 李仲麟:《增订愿体集》卷一,王利器辑《元明清三代禁毁小说戏曲史料》,第179页。

夺着妇女的观剧资格，但是，法令和家训的制定者却又是戏曲的热心观众，他们不能控制自己观剧的热情就很难压抑妇女观剧的欲望。明清以来豪富之家经常举行的堂会戏屡屡刺激着闺阁女性对观剧的追求。明人祁彪佳为老母亲演出的堂会戏多有家中妯娌陪同，如崇祯八年八月十九日："为老母诞日，诸儿媳祝寿毕，亲娅来贺者共举素酌，观《鹊桥记》。"崇祯十一年五月初八日："……至寓山，老母携诸媳亦至，观戏于四负堂。"崇祯十三年正月十一日："……至寓山……老母同商家姑出观戏。"①《红楼梦》中贾母与众媳妇、外甥女、孙女宴饮观剧的生动描写正是明清家庭女性观剧的真实写照。由于堂会演剧风气的普遍盛行，女眷观剧渐渐为封建家庭接纳。为照顾风化，"珠帘"成为大家庭堂会演剧时分隔妇女与其他宾客的有效工具。崇祯本《金瓶梅词话》第六十三回中的厅堂演剧图描绘了这种情况：图中五位尊贵的女性端坐帘内朝外观剧，旁边的侍女也目不转睛。反对妇女堂会观剧的士夫笔录也表明，垂帘观剧甚为流行。如清人钱德苍曰："优伶戏剧，止可供宾客之娱。妇女垂帘观之，粉气发香，依依帘下……不可不慎。"②还有人把"妇女不垂帘观剧"列为宅第吉祥相之一③。垂帘观剧只是一种象征性的礼教防范，事实上闺阁女性已经获得较多的观剧机会。除垂帘观剧之外，妇女还可以单独设席观看。冯梦祯《快雪堂日记》载"赴徐大来席，出家乐。内人亦赴徐夫人席"。④可见，妇女观剧的席位是与众宾客分开的。这种情况在《红楼梦》中也多有反映，如贾母寿诞、宝钗生日时就单为女眷设席看戏。清末，当堂会走向会馆、戏园、饭庄等公共场所时，妇女观众也从闺阁走向了社会。《同治都门纪略》"都门杂咏·团拜"诗曰：

---

① 祁彪佳：《祁忠敏公日记》，绍兴县修志委员会1938年校刊本。
② 钱德苍：《新订解人颐广集》卷八《谠言录》，王利器辑《元明清三代禁毁小说戏曲史料》，第257页。
③ 周亮工：《书影》卷一，上海古籍出版社1981年版，第1页。
④ 冯梦祯：《快雪堂日记》，《四库全书存目》第164册。

> 同乡团拜又同年，会馆梨园设盛宴。灯戏更闻邀内眷，夜深歌舞尚流连。①

《平等阁笔记》载：

> 两宫西巡后，南城各处，歌舞太平如故也。向例妇女不得入园观剧，未回銮前，所有大家宅眷，咸趁时会，争赴剧场，粉黛盈盈，屋为之满。②

闺阁女性随着堂会演出场所向商业剧场的转移而走出门户。道光四年准御史郎葆辰奏，"禁止妇女戏庄宴会"，"以端风化"③。朝臣对妇女进入戏园观剧的担忧表明，这种情况已经相当普遍。清末民初，随着职业女班在商业戏园演剧逐渐增多，原来只在堂会中观剧的妇女也公然买票入园看戏，妇女取得了公开观剧的资格，戏曲观众的男性格局也被彻底打破。可以说，妇女最终名副其实地加入戏曲观众的行列，这最初的一步是从堂会剧场中迈开的。

堂会不仅为女性提供了观剧的机会，而且由于演堂会的戏班一般水平较高，女性观众能够欣赏到的大多也是优秀剧目，这在很大程度上提高了女性观众的戏曲鉴赏力。《红楼梦》中黛玉、宝钗、凤姐乃至贾母从小在府中听戏，久而久之颇有心得。凤姐在宁国府家宴上点的《还魂》《弹词》分别是旦角、老生的唱工戏，在当时颇受欢迎。宝钗评价《山门》的排场和辞藻，喜得宝玉"拍膝画圈，称赞不已"。贾母喜欢听精致典雅的"细曲"，这正得昆曲之味。贾府女性观众谙熟戏曲而品位不俗，是与经常观看上等戏班的演剧分不开的。《歧路灯》中出身土财主家庭的巫翠姐，虽然没有贾府夫

---

① 杨静亭：《同治都门纪略》，清同治甲戌年（1874）刻本。
② 狄葆贤：《平等阁笔记》，转引自中国社会科学院近代史研究所《近代史资料》编辑组编《义和团史料》下，中国社会科学出版社1982年版，第665页。
③ 延煦：《台规》卷二五，王利器辑《元明清三代禁毁小说戏曲史料》，第45、70页。

人、小姐那般头头是道的品评能力，但是却也对戏曲有最感性的认识。九十一回，她劝说丈夫的一番话几乎没有离开过戏曲，她不仅以戏曲中的故事来讲道理，而且也表达了自己对戏曲的喜好：

> 巫氏道："那戏上《芦花记》，唱那'母在一子单，母去三子寒'，那《安安送米》这些戏，唱到痛处，满台下都是哭的。不胜这本书儿，叫人看着喜欢。"①

巫氏认为让人愉悦的戏才是好戏，这代表了一部分观众的欣赏口味。清人汤来贺《内省斋文集》卷七之《梨园说》曰：

> 妇女未尝读书，一睹传奇，必信为事实，见戏台乐事，则粲然笑，见戏台悲者，辄泫然泪下。②

这是普通女性观众出于情感认识的戏曲鉴赏。对此，洪昇的表弟钱肇修之妻林以宁评价说：

> 治世之道，莫大于礼乐；礼乐之用，莫切于传奇。愚夫愚妇每观一剧，便谓昔人真有此事，为之快意，为之不平，于是从而效法之。彼都人士，诵读圣贤感发之神，有所不及。③

她解释了普通女性从观剧中获得愉悦的原因，也认为情感体验是鉴赏最基本的出发点。

堂会还为女性观众直接参与戏曲批评创造了条件。颇通文墨的

---

① 李绿园著，栾星校注：《歧路灯》，中州书画社1980年版，第854页。
② 汤来贺：《内省斋文集》卷七《梨园说》，王利器辑《元明清三代禁毁小说戏曲史料》，第301页。
③ 林以宁：《康熙原刊牡丹亭还魂记序跋》，汤显祖著，陈同、谈则、钱宜合评《吴吴山三妇合评牡丹亭》，上海古籍出版社2008年版，第144页。

女性观众从女性自身感受出发的评点，对演员细致入微地表现出生旦感情具有启发意义。这类女性观众当以吴吴山三妇最有成就。吴吴山是洪昇的好友、著名的戏曲批评家，曾批评过《长生殿》，其未娶而夭的未婚妻陈同、先后娶的两位妻子谈则、钱宜都是知书达礼的大家闺秀，她们对《牡丹亭》的点评从女性自身的体会出发，浸透着对杜丽娘深深的理解和对爱情理想的执着。尽管笔者尚未找到三妇堂会观看《牡丹亭》的文献，但生长于大家、又嫁才子的三位女性必定有过观演堂会戏的经历，而当时流行剧坛的《牡丹亭》想必也在家中堂会演出过。既有品读剧作的能力，又有观看实际演出的经验，女性细腻丰富的情思一旦迸发，那种鞭辟入里的品评就油然而生：

若柳生者，卧丽娘于纸上而玩之，叫之，拜之；既与情鬼魂交，以为有精血而不疑；又谋诸石姑，开棺负尸而不骇；及走淮、扬道上，苦认妇翁，吃尽痛棒而不悔，斯洵奇也。①

她们将最能代表柳生"情痴"的细节罗列纸上，就是希望演员注意去体会和表现这些动人之处，对演出确有指导意义。

此外，明清之际涌现出的女剧作家以及她们创作的反映女性情感生活的剧作，也得益于堂会观剧。安徽怀宁人阮大铖蓄有家乐一部，家中时常开设曲宴，著名文人张岱、侯方域、吴应箕、冒襄等都观演过其家乐的堂会演出。在这种环境下长大的女儿阮丽珍耳濡目染，具有极高的艺术修养，并写有剧本《梦虎缘》《鸾帕血》。明代吴江沈氏是一个有名的戏曲世家，工部郎中叶绍袁之女叶小纨嫁为沈永祯妻，系沈璟孙媳，沈自徵儿媳。沈璟之甥自友（字君张）蓄有戏班，经常以家乐演出堂会以娱至亲。叶绍袁《年谱别记》"庚

---

① 汤显祖著，陈同、谈则、钱宜合评：《吴吴山三妇合评牡丹亭》之"硬拷"批语，第131页。

辰"载:"沈君张家有女乐七八人,俱十四、五女子,演杂剧及玉茗堂诸本,声容双美。"① 沈家除以家乐自娱外,还时常招外间戏班待客,叶小纨在这种环境中生活,既得沈氏戏曲家的指点,又有亲自观看戏曲演出的便利,其戏曲创作之灵感、剧作思想及结构艺术等当直接受到影响。小纨剧作《鸳鸯梦》表达了人生如梦的思想,结尾处,剧中人惠百芳看破世情,上终南山寻仙,经吕洞宾指点,顿悟"人生聚散,荣枯得失,皆犹是梦"。很显然,沈家女乐经常演出的玉茗堂"四梦"给予了她深刻的影响,这种影响还体现在其剧作长于抒情的风格上,剧作用大量套曲抒发了主人公的深沉情感,在演出中表现为场面较冷的"唱工戏",相对以情节取胜的热闹场子而言,这种整本较冷的剧作不适合舞台演出。不过,我们从中可以看到家庭堂会的演出环境、演出氛围所选择的剧目的"厅堂"性质对女性观众的影响,这类注重唱工、长于抒情的戏剧切合女性的审美趣味,为闺阁女性所好,反映出在她们的创作中抒情见长而戏剧性较弱的特点。当然,这种情况也是闺阁女性创作的缺陷,这大概也是其剧作大都难以付诸场上的原因。

一些艺术修养较高的闺阁女性不仅是堂会中的观众,还常常能对戏班演唱进行指导。如沈自友之女少君,工诗,能弹弦索。沈自友家乐凡唱曲有误,少君均能一一指点②。清初查继佐夫人亦妙解音律,常亲为家乐拍板,正其曲误。清代戏曲家徐大椿之媳、剧作家徐曦之妻李秋蓉也是精通音律的行家,据说徐大椿的戏曲音乐论著《乐府传声》就采纳了李秋蓉的建议。而李秋蓉身旁的丫鬟也多晓音律,能驳倒里中的曲师。由于家庭中颇有知音律者,加之观演堂会演出的方便,这些闺阁女性有了更多的舞台经验,因而也成了"顾曲周郎"。可见,层次较高的闺阁女性对提高女性观众的欣赏层次具有相当的影响,当然,她们的鉴赏力也在经常进行的堂会演剧中得

---

① 叶绍袁:《年谱别记》,嘉业堂丛书本,1913年刊本。
② 叶绍袁《年谱别记》:"沈君张有女字少君,美姿容,工诗……能弹弦索,家有歌姬数人,曲误,少君必指之。"

到培养。

"闺阁中多有解人"①，堂会女观众代表了戏曲女观众的较高层次，闺阁女性参与观剧提高了女性观众的欣赏层次，促进了女性创作的发展，也对戏曲表演艺术产生影响。女性观众成长的过程是其逐步发掘自身文化创造能力的过程，也是其取得独立的艺术活动空间的具有转折意义的重要历程。

三 "知音尚曲"与"狎旦"之俗

对于明清文人而言，堂会演剧还意味着"狎旦"与"品花"这类文士风流的标举，而这抚慰过文人的风流雅事却成为堂会演剧的美丽哀愁。

晚明至清中叶以来，"狎旦"与"品花"一度既为时尚追捧，又为舆论所诟病，而文人在这段风流中经常出入的堂会则成为人们观念中的藏污纳垢之所。不过，重新审视这段历史，或许我们会做出允当的评判。

晚明社会崇尚真情的个性解放思潮所引发的对新思想、新观念的追求带来了社会各个层次的剧变，学界对此已有普遍的认同，此不赘言。文人士夫蓄养家乐、征歌度曲、炫耀名优美伶的生活方式正是这些剧变中最为突出的表现，而在征歌度曲的生活中，文人更多青睐于在表演才华上殊异于女优的男旦。此时期官府的禁娼制度更是滋长了社会的断袖之习，由来已久的男风之好由隐蔽转向公开，一些表现同性恋的戏曲、小说作品公开在社会上流传，文人的风流本性更将这个尚好演绎得淋漓尽致而别有意趣。著名文人潘之恒的《鸾啸小品》《亘史》等文就大量记录了堂会观演中文士对男旦的品评与欣赏。在潘氏的观剧笔记中，我们屡屡看到对男旦的描述："一

---

① 顾姒：《还魂记跋》，蔡毅编撰《中国古典戏曲序跋汇编》，第1251页。

音一步，居然婉弱女子，"令人"魂为之销"①；江孺、昌孺"解杜丽娘之情人也……二孺者……各具情痴，而为幻为荡，若莫知其所以然者……"②；陈世祥称许毕使君家乐演员"（王郎）演小青《题曲》一折，凄情惋调，大沁人肝脾。吴郎共演小青《假魂》一折，衣裳文静，风格翛然，直王谢家儿矣"③。男旦无与伦比的美貌和精致高超的演技能以假乱真，扮演杜丽娘的江孺"情隐于幻，登场字字寻幻，而终离幻"，真切入微地把杜丽娘"情痴"的神态、情态、心态表现得淋漓尽致，达到了"能痴者而后能情，能情者而后能写情"④的境界。可见，文士对男旦的钦慕是色艺并重的。男旦身上天然存在的、对于表演至关重要的"情"与文人志趣相投，文人知音赏曲，痴恋男旦更多是缘于对能够表达性情的戏曲艺术的热爱，缘于对"至情"的追求。

具有超凡表演才华而又容貌绝佳、情感细腻的男旦一时间成为文人的度曲知音，而爱屋及乌的极致则是文人与男旦之间超越了主仆、超越了观众与演员，乃至于发展出同性相恋的非常情感。明人祁止祥深爱优童阿宝，竟然"去妻子如脱屣耳，独以娈童崽子为性命"⑤。在张岱看来，"人无癖不可以交，以其无深情也；人无疵不可以交，以其无真气也"⑥。止祥有梨园癖、娈童癖皆因其有深情，有真气：

> 止祥精音律，咬定嚼铁，一字百磨，口口亲授，阿宝辈皆能曲通主意。乙酉，南都失守，止祥奔归，遇土贼，刀剑加颈，

---

① 潘之恒著，汪效倚辑注：《潘之恒曲话》，中国戏剧出版社1988年版，第72—73、136页。
② 潘之恒著，汪效倚辑注：《潘之恒曲话》，中国戏剧出版社1988年版，第72—73、136页。
③ 陈世祥：《崇川咫闻录》卷三《北山游后记》，转引自刘水云《明清家乐研究》，第423页。
④ 潘之恒著，汪效倚辑注：《潘之恒曲话》，中国戏剧出版社1988年版，第72—73、136页。
⑤ 张岱：《陶庵梦忆》卷四"祁止祥癖"，上海书店出版社1982年版，第35—36页。
⑥ 张岱：《陶庵梦忆》卷四"祁止祥癖"，上海书店出版社1982年版，第35—36页。

性命可倾，阿宝是宝。丙戌，以监军驻台州，乱民掳掠，止祥囊箧都尽，阿宝沿途唱曲，以膳主人。①

祁止祥与阿宝不仅是艺术上的知音，更是患难中的知己，这份深情已经远远超越了一般意义上的同性恋，这种为后世诟病的"雅好"在晚明文人眼中是纯真的袒露、性情的昂扬，他们追求和沉溺的这种近于痴、近于癖的至情，令文士的堂会演剧有了艺术和情感的内涵而有别于庸俗的"狎旦"。

明清易代之际，文士与男性伶人再次相知相恋，这份特殊的情感又是其相互抚慰心灵创痛的良药。面对社会的鼎革变迁，无论是否愿意，文士都只得进行新的人生选择，他们或是归顺新朝，做"贰臣"；或不仕新朝，以"遗民"自居。舆论和良心的指责，江山易主、壮志难酬之哀痛，不得已的选择令文人的精神陷入极度的痛苦与失落之中。于是，在对晚明文化的追忆与怀旧之时，文士们再次把男性伶人引为知己。姚华《增补菊部群英·跋》曰：

> 明社既屋，人心不死。匹夫之贱，不忘忠爱，时以歌哭，致其悱恻。有为当世大夫之所闻而生愧者。又尝以微长末技奔走清流，恢复之谋不成而其名已远。如苏昆生、柳敬亭者，其何愧朱氏之逸民欤。苏柳之与士夫习也久，其吐属至娴雅，台公巨卿十九优礼，以士夫接之。迦陵（陈维崧）、芝麓（龚鼎孳）诸家遗集犹在，可一一数也。自是而后，承其业多不肯自贬，益以风流自喜。而士夫宠之益高。王紫稼之狱，一时名流投问相援者，不绝于途，可以知一时之所好尚。②

士大夫文人与伶人交往乃因其"匹夫之贱，不忘忠爱"，这种气度正

---

① 张岱：《陶庵梦忆》卷四"祁止祥癖"，上海书店出版社1982年版，第35—36页。
② 姚华：《增补菊部群英·跋》，张次溪编撰《清代燕都梨园史料》上，第448页。

与苦痛中的文人志趣相投。姚华文中的王紫稼是明末清初红遍大江南北的昆剧名旦,与钱谦益、龚鼎孳、吴伟业交往甚从。明亡后,王紫稼经常演唱故园之曲,不忘故国之情;顺治十一年,王紫稼被巡按江南的御史李森先以"淫纵不法"之罪名杖杀阊门,龚鼎孳作《王郎换歌》以寄惋惜痛悼之情①。昆伶徐紫云"杨枝善舞,有秦箫者,解作哀音,每一发喉,必缓其声以激之,悲凉仓况,一座欷歔"②,紫云曾为冒襄家伶,与明末清初出仕清朝的文人陈其年相恋,常为苦痛的文人演出,安慰他们矛盾、失落的心灵。情感细腻、演技卓绝、而"不忘忠爱"的男性伶人,成为文士追怀旧朝时倾诉幽情的对象,聊以慰藉的寄托,而笙歌不绝的堂会则是他们忏悔和叹惋、悲愤和自责,同时又惺惺相惜的温柔处所。

清代中叶"狎旦"之风再盛,幺书仪认为这种局面"从根本上说,应当仍属明末社会强调人欲和个性风潮的延续,但也与清初旨在禁欲的政治干预的反向刺激有关"。乾隆四十四年,川籍男优魏长生进京,更是掀起了清代男旦走红的高潮③。魏长生演唱的带有"靡靡之音"格调的秦腔及其妖艳的扮相,正与此时期奢风四起、人心思靡的风气相迎合。魏氏的到来得到了由狎客、官僚和下层市民组成的男性观众群的热烈追捧,自此后至道光年间,半个多世纪来,歌咏和品评男旦的各种"花谱"④琳琅满目。然而,在这些"花谱"之中,对于男旦"色"与"艺"的品评已非明末清初那样以演艺为中心了,文人们津津乐道的更多的是男旦之色及与之款曲互通的风流韵事。当时的男性观众为了一睹男旦芳容,或守候在茶园剧场,或顾盼于堂会筵宴。《燕兰小谱》描述了戏园追捧旦角的情形:

  近时豪客观剧,必坐于下场门,以便于所欢眼色相勾也。

---

① 参见孟森《王紫稼考》,《心史丛刊》,中华书局2006年版,第111—113页。
② 张次溪:《九青图咏·紫云传》,张次溪编撰《清代燕都梨园史料》下,第1001页。
③ 幺书仪:《晚清戏曲的变革》,人民文学出版社2006年版,第128页。
④ 辑录"名花"(著名男旦)的书籍称为"花谱"。

而诸旦在园见有相知者，或送果点，或亲至问安，以为照应。少焉歌馆未尽，已同车入酒楼矣。鼓咽咽醉言归，樊楼风景于斯复睹。①

"豪客"显然已经把男旦当作了"妓女"，而很多男旦也因为豪客的淫威或财物的诱惑，做起了娼妓的营生，有的伶人甚至以此赚取"豪客"之财。明时祁止祥与阿宝的真挚情感在这时已经近乎神话，社会审美的低俗与晚明文人"知音尚曲"的意趣已相距甚远，这也是后世评价这段"盛况"时极少对文人与男优的关系持肯定态度的原因。而由于堂会演剧的私人性更方便了文人与优伶的来往，人们自然会斥之为藏污纳垢之所。晚明以来，文士与男优之间在精神情感及艺术领域的惺惺相惜，也因此被遮蔽不提。此后，尽管以梅兰芳为代表的"四大名旦"再次掀起观众热捧的高潮，人们对旦角自身艺术造诣的欣赏也重新替代了乾隆年间对旦角色欲的追求，但是，伶人与生俱来的低贱身份始终无法令其摆脱被欺凌与被玩弄的命运，伶人无论是否旦角都只是观众取乐的工具，即便是谭鑫培、程长庚这样红极一时的老生演员，也同样在其如日中天的从艺生涯中遭受过惨痛的欺凌。中国社会长期以来形成的"嗜戏轻伶"的欣赏习惯使得堂会演剧这一为晚清观众热衷的戏曲演出形式，既因其收入之丰厚、成名之快捷令伶人趋之若鹜，又因其等级之森严、狎昵之尴尬令伶人避之犹不及。

堂会演剧既如实描画了明清文人个性解放的侧影，目睹了艺术与色欲的较量，又上演了伶人被热捧与棒杀、被狎昵与异化、沉浮起落悲欢离合的戏剧。有意无意间，经由堂会演剧这个途径，明清社会各阶层的观众与伶人之间建立了不同寻常的中国式观演关系，他们既是惺惺相惜的度曲知音，又是相互利用、相互伤害的狭路冤家。他们共同演绎了明清演剧史上一出凄美绝伦的戏剧，也酿造了

---

① 吴长元：《燕兰小谱》，张次溪编撰《清代燕都梨园史料》上，第47页。

堂会演剧的尴尬。时至今日，当一些大都市重新奏响堂会戏曲的乐音时，立即引发了要坚决制止这种风气蔓延的疾呼。一些老艺人痛心疾首地说，堂会是艺人的悲哀，是伤害艺人自尊的演出，是旧制度的复辟①。可以理解，这疾呼和痛楚源于对那段剪不断理还乱的历史记忆，也源于对艺人伤痛与耻辱历程的无比关切。

事实上，我们在前面的讨论中也看到：明清伶人对堂会演剧的感受是悲喜交加、苦乐参半的，堂会演剧并不代表耻辱，更不是伶人耻辱的始作俑者。旧时代优伶的低贱身份和低下地位有着深厚的历史和文化原因，不能将堂会演剧中表现出的不平等当作堂会演剧的本质，把一种演剧形式当作一种文化制度，堂会演剧充其量也只是一种文化现象。中国文人在特定的历史阶段借助它恣意表达涌动的激情，排遣郁结的愁闷，文人较高的艺术修养使戏曲艺术在这样的表达中既经历了从内容到形式不同程度的发展，也承载着艺术本质被畸形的玩赏所消解的创痛——戏曲成为玩物丧志的代名词，而以堂会表演形式呈现的戏曲艺术一度成为艺术发展的璀璨历程中难言的羞耻。拨开历史的烟尘我们其实可以还堂会戏曲一个真实的面貌，它只是戏曲艺术成长过程中一种特殊的形式，并没有从根本上改变戏剧艺术本身，也没有从本质上令艺人受辱蒙羞，我们应该以宽容的态度允许艺术接受历史文化的影响，给予艺术在发展中不断修正的机会。

（原载于《文艺研究》2010年第8期）

---

① 参见新浪网2004年1月29日转载《北京晨报》报道《首场堂会戏一单5000元》；北青网2005年4月28日转载《北京青年报》报道《旧社会堂会重现京城》；《争议声中，昔日堂会重火京城》，《新华每日电讯》2005年5月26日第8版。

文体记忆与文化记忆的协奏
——梁修《花埭百花诗》用典艺术初探

闵定庆

晚清梁修所撰《花埭杂咏百首并序》（又称《花埭百花诗》），系为光绪乙酉（1885）广州花埭纫香园上元花灯百花诗坛而作。作者吟咏中外名花一百种，不满足于刻画花卉外在的艺术形象，而是遗貌取神，广泛运用了人所共知的典故，或描摹妙态，或托物言志，或讽谕世情，或借花论史，或载录风俗，于"品艳评香""批红判绿"之外别有一番感慨，充分展露了岭南诗人的才情与诗艺，从更深的层次反映了花埭赏花风俗的节日氛围与审美趣味。

一

《番禺县续志》载："花埭在珠江南岸，距广州十里许，居人以栽花为业，士大夫名园亦在焉。"花埭地区在晚清时期形成了大规模的花木培育基地与花卉贸易市场，涌现了三十多家经营性园林和私家花园。花埭园林的经营性展示与私密性观赏同步展开，每逢节日，必设"花局"，供人游赏品评。光绪乙酉春节期间，广东省德庆县举子梁修（1859—1899，字梅想，又字梅生）为准备八月的乡试，赁居花埭纫香园。纫香园主人拟设元宵百花诗坛，请梁修每花题一诗。年方廿七岁的梁修甫入省垣，踌躇满志，大概不曾作青云蹭蹬之想，受此雅嘱，自然是逸兴遄飞。徘徊花间三日，一挥而就，是为《花埭杂咏百首并序》（又称《花埭百花诗》）①。据史载，元宵夜纫香园观者如堵，产生相当大的轰动，一时传为诗坛佳话。

在纫香园所营造的节日"时空体"中，梁修一方面调动各种艺术手段，描摹众花联袂绽放的热烈与喧闹，彰显纫香园元宵佳节的喜庆气氛，将以纫香园为代表的花埭花局文化与岭南节日活动打成一片，营造出诗歌创作与节日生活深度对话的空间，与纷至沓来、热闹非凡的节日生活一起产生"联动效应"和"狂欢效应"；另一方面，诗人的诗笔并没有停留在刻画花卉外在艺术形象的层面上，而是通过百花诗坛特有的文化属性，从"观众/读者"应具备的智慧与学养的角度切入，沿着"以人喻花""以花喻人"的传统思路，遗貌取神，广泛运用雅俗共赏的品花典故、逸事及诗文名句，尽可能地吸引多层次的"观众/读者"积极参与进来，与这些节日进行深层对话和互动，从而在艺术欣赏层面上勾勒出"文化/文学"同构所产生的"众声喧哗"的景观。

《诗经》"多识于草木虫鱼之名"的博物认知模式和《离骚》"芳草美人"的政治抒情指向，使得中国诗史很早就产生了一个指向性比较鲜明的感物诗学体系。同时，由于《诗经》重"雅"的事义诉求和《离骚》偏"丽"的文体自觉之间产生合力作用，一致指向"情"的特定方向的抒发，正如《文心雕龙·辨骚》所言"叙情怨，则郁伊而易感；述离居，则怆怏而难怀；论山水，则循声而得貌；

---

① 梁修著有《锦石山房集》，《花埭杂咏百首并序》即收入第六卷。民国《高要县志》"艺文志"载邱云鹤《题梁少游同年修所寄锦石集》二首，约作于1895年，诗云："长安万里上幽燕，李郭同舟亦夙缘。鸿爪旧痕泥上雪，鸡声残梦月中天。销沉壮志经三黜，磨砺诗才又十年。狂态未除豪气在，拼将身世入吟笺。"又云："眼中落落有千秋，气压新丰想马周。白纻舞残看蜡烛，黄金挥尽惜貂裘。才多慷慨光芒露，境入牢骚格调遒。今日偶园开讲席，晨曦香草足清幽。"时署任德庆知州邓倬堂应梁修之请，评《花埭百花诗》曰："摹绘百花，才分际遇，婉而多讽，怨而不怒，风味全似阮亭，不入王次回纤丽一派，可作一部百花史读。"略可窥见《花埭百花诗》风格之一斑。笔者另有《节日狂欢氛围与花埭百花诗坛的共时性呈现——试论〈花埭百花诗〉的"狂欢化"写作》一文，刊于《华南师范大学学报》（社会科学版）2009年第4期，可参。

言节侯,则披文而见时",即通过一个较为恒定的感性对象物来凝定终极意义上的寓意,"物"与"意"两者之间的意义关联性得到最终确认并广泛传播开去。于是,几乎围绕着每一种花卉都营造出了一个庞大的意象群和典故群,像兰与屈原、《离骚》、楚臣等联系在一起,水仙与曹植的《洛神赋》密不可分,桃与陶渊明的《桃花源记》及刘禹锡玄都观赏桃相关联,莲花与周敦颐《爱莲说》同一旨趣。凡此种种,集中体现了传统文人的"政治无意识"和"文化无意识"的寄托,更凝定了诗歌的文体记忆与品花审美接受史的积淀①。梁修就是在这一思维模式规范下进行艺术构思与创造的,无论是花卉典故的出处,还是花卉典象的构成,抑或是花卉典故语义系统的指向,都深深打上了传统品花审美接受史的烙印,荡漾着公众的审美意识与品评观念的涟漪。这一写作姿态,主要体现以下三个方面。

第一,沿袭典象。古人创作出了无数的咏花作品,花卉审美接受史积淀深厚,花卉意象与典故的因果关联凝定下来,常常替换使

---

① 在传统品评文化史上,业已形成了一整套品评话语系统,从以下两点颇可见出一斑:一是所谓"国花"之说,自唐始就形成了牡丹为"国色天香"、第一"富贵花"的共识,如刘禹锡《咏牡丹》云:"惟有牡丹真国色。"欧阳修《牡丹序》云:"天下真花,独牡丹耳。"杨万里《己未春日山居杂兴十二解》:"手植花王五百棵。"他进而在《多稼亭前两槛芍药红白对开二百朵》中自注:"论花者以牡丹为王、芍药为近侍。"故而认定白芍药(苏轼唤作"玉盘盂")为"国姝",作《玉盘盂》云:"旁招近侍自江都,两岁何曾见国姝。看尽满栏红芍药,只消一朵玉盘盂。"同时,另一些人认为杏花是"国艳",如陆游《杏花》:"忽逢国艳带卯酒,坐觉天地无余春。"这些说法始终无法撼动牡丹的"王者"地位。二是诸花并称的风气,宋姚宽《西溪丛话》:"昔张敏叔有《十客图》,忘其名。予长兄伯声,尝得三十客:牡丹为贵客,梅为清客,兰为幽客,桃为妖客,杏为艳客,莲为溪客,木犀为岩客,海棠为蜀客,踯躅为山客,梨为淡客,瑞香为闺客,菊为寿客,木芙蓉为醉客,酴醾为才客,腊梅为寒客,琼花为仙客,素馨为韵客,丁香为情客,葵为忠客,含笑为佞客,杨花为狂客,玫瑰为刺客,月季为痴客,木槿为时客,安石榴为村客,鼓子花为田客,棣棠为俗客,曼陀罗为恶客,孤灯为穷客,棠梨为鬼客。"按,此处所谓张敏叔"十客图",见于《玉芝堂谈荟》卷三十二,略云:"张景修以十二花为十二客,各诗一章:牡丹,贵客;梅,清客;菊,寿客;瑞香,佳客;丁香,素客;兰,幽客;莲,静客;荼蘼,雅客;桂,仙客;蔷薇,野客;茉莉,远客;芍药,近客。"此书还记录了另一种说法:"宋曾端伯以十花为友:荼蘼,韵友;茉莉,雅友;瑞香,殊友;荷花,净友;岩桂,仙友;海棠,名友;菊花,佳友;芍药,艳友;梅花,清友;栀子,禅友。"此类说法,已深入人心。

用,这些典故几乎成了花卉的"第二名称",故梁修咏花,喜沿袭和化用此类典故,如他曾用《长恨歌》"寂寞梨花,一枝带雨"句意来展开想象之翼,刻画梨花的风神:

> 春痕宜淡复宜浓,帘幕沉沉午睡慵。
> 梦里嫩云娇欲化,一双燕子忽惺忪。

这里的情景与字句,实与《长恨歌》、杨贵妃了不干涉,不过是借"梨花一枝春带雨"中春痕、美人、相思等戏剧性要素展开想象,重新塑造一幅美人春睡图。梨花院落,融融泄泄,全然一幅"梨花如静女,寂寞出春暮"(元好问《梨花》句)的淡雅宁静。春梦中的女子的脸儿娇嫩白净,一如雪白的梨花。惺忪醒来,瞥见一双燕子飞来,又是"处处梨花发,看看燕子归"(梅尧臣《梨花》句)的意趣。全诗以一个妙龄女子的春睡来写梨花,系沿袭《长恨歌》句意而来,但铺叙故事画面完整,描绘人物精妙入微,写出了一个闺阁女性春睡懒起的旖旎情状。又如,《鱼子兰》"断尽芳魂风力猛,明珠三斛坠楼时",从纳兰性德《鱼子兰》诗化出,纳兰诗云:"石家金谷里,三斛买名姬。绿比琅玕嫩,圆应木难移。若兰芳竞体,当暑粟生肌。身向楼前坠,遗香泪满枝。"显而易见,这一用典方式具有很明显的整合性,对相关典故进行高度的概括和有序化梳理,将人所共知的审美经验移植过来,引导观众赏花的基本路向。

第二,套用成说。中国古代文人品花,业已形成一些成说,影响深远,梁修往往信手拈来,涉笔成趣。例如,姚宽《西溪丛话》载"玫瑰为刺客"之说,仅从玫瑰多刺这一特性切入作比,并未细化到具体的历史人物层面。而梁修咏《玫瑰》小序云:"《西溪丛话》以为刺客,闺阁中亦有荆轲、聂政,则大丈夫既生斯世,何惧斯仇?"诗云:

> 结束红妆夜未央,满天风露湿衣裳。
> 若方刺客应神似,奇绝人间聂隐娘。

将玫瑰比作女刺客聂隐娘,并且进行了柔性化的细节处理,红妆、湿衣等既是描写聂隐娘的装束,更是刻画玫瑰的外貌,以人喻花,真实可感。又如,《玉芝堂谈荟》载宋曾端伯以栀子为"禅友",梁修咏《栀子》借题发挥,小序云:"净土往往植此,与贝多同。多情乃佛心,是真知我佛者。"诗中更有"薝卜花香破佛颜"之句,契合"禅友"之说。

第三,点缀语典。古人咏花,形成了一个独特的语义系统,有着一套字面凝固、含义恒定、用法接近的语汇。例如,梁修吟罂粟时,知其别名为"米囊花""御米花",又熟读唐郭震"闻花空道胜于草,结实何曾济得民"、宋杨万里"东君羽卫无供给,探借春风十里粮"等著名句子,再巧用屈原《离骚》"朝饮木兰之坠露兮,夕餐秋菊之落英"之句,咏出"便与落英饱一餐,臣饥欲死笑东方"一句,化虚为实,将食罂粟花与食米饭画上了等号,扬弃了其中的雅趣。又如,"嫣然一笑"语出宋玉《登徒子好色赋》:"嫣然一笑,惑阳城,迷下蔡。"苏轼咏海棠时翻转过来来形容海棠春色,云:"嫣然一笑竹篱间,桃李满山总粗俗。"梁修咏海棠时即直接套用苏诗"嫣然一笑"句意,云:"嫣然一笑海棠春,没骨何人替写真?"再如,苏辙作《咏鸡冠花》诗:"后庭花草盛,怜汝系兴亡。"自注:"矮脚鸡冠,或言即玉树后庭花。"梁修咏鸡冠花时顺势借用"后庭花"一语,云:"后庭一曲花无赖,莫入琵琶乱粤讴。"淡化了几分历史兴亡的感慨,企盼那亡国之音的《玉树后庭花》不要渗入粤讴之中,乱了粤讴原有的风趣调性,扫了大家的兴致。梁修巧妙化用这些语典,试图将自己的诗作融入这一语汇系统之中,以"以人喻花""以花喻人"双向互动模式为主要的艺术创作手法,进而产生了一定强度的艺术感染力。

梁修从中国古典诗歌的艺术积淀和现实生活的源头活水中获取创作灵感,将典故作为"拼贴"与"剪辑"元素,巧妙地组合在一起,创造出了一系列通俗易懂、生动活泼的艺术形象。而在整个创作过程中,用典这一独特的艺术手段,扮演着一个极其活跃的角色,起到了非常关键的作用,取得的艺术效果也有目共睹,值得充分肯定。

二

梁修在描摹花卉图景的过程中,一直在筛选进而撷取某些特定意蕴的典故,以图唤回鲜活而清醒的"自我",进而彰显那久久徘徊在审美超越与主体品格之间的自我意识。这些典故固有的文化记忆必然发出种种嘈杂的历史回声,对此,梁修有选择性地改变了文化符号的指向性,努力挣脱典故既有语义指向的樊笼,使得典故原意与古典新用二者之间产生了一种微妙的互动关系,体现了鲜明的"人间性""世俗化"的审美倾向。

第一,淡化文体记忆中的政治好恶感与文化轻重感。

典故,作为古代典例故实的具体符号,是长期积淀而成的,以简洁凝固的文本形式记载着历史成败得失的经验教训。同时,又以稳定的符号形态凝聚着对于行为主体的价值评判,有着鲜明的道德取向和文化内涵,因而在具体创作中有着鲜明的表情达意的功能。但是,梁修生长于岭南一隅,不可避免地受到时代氛围、地域文化和审美趣味等方面的影响,因而在具体的文学表述中驱使这些典故代码时,表现出了千变万化的样态,使得其内涵与外延均发生了一定程度上的"迁延"与"变异"现象,作者对于典故的认知所蕴含的思想感情维度也流泻于字里行间。最具说服力的例子,莫过于关于亡国之君与贬谪之臣的典象了,在对照性的语境中,这两类典象相当明显地淡化了政治批判和道德惩戒的意味。例如,《金灯》小序言金灯花"花、叶不相见"的怪异现象,"何尤"曹丕兄弟的"豆煮萁燃",全诗纯咏金烛红妆之艳,无一处咏及曹氏兄弟,似乎没有涉及政治寄托;又如,《迎辇》以为一众"牵缆人",多为"此花幻化",全诗弥漫淡淡的哀怨意绪;又如,《金莲》小序言"千古诗人,第一扬眉吐气,是用此花制双炬送归院时",犹是"笙歌归院落,灯火下楼台"气象,更胜李白《清平调》一筹。此诗以"盛平天子但风流"作结,几乎消解了道德谴责的语调;又如,《素馨》一诗依照清梁廷楠《南汉书》的相关记载组织成文,写南汉主刘铱的司花女素馨颇受宠爱,死后也倍享哀荣,"使人多植那悉茗花于冢上",讵料刘铱见异思迁,迅即遗忘素馨的柔情,"君王自爱波斯媚,无复斜头忆素馨",无限惆怅浮现笔端。由此可见,梁修所用历代君王之典,更多的是追求博雅之趣。与此同调,梁修用屈原故实和《楚辞》语典时,也有意改变了屈赋"芳草美人"之喻的模式,淡化诗歌体裁的历史记忆与"政治无意识"式的寄托,进而翻出古人门墙,寻找一种新的抒情路向。在《兰》诗小序中,梁修指出素心兰实为兰中极品,《楚辞》多处咏兰,却居然没有一一标举出来。因此,"是人是花亦不明白",良为憾事,故梁修咏道:"《离骚》幽怨依无涉,只祝春风一梦佳。"他认为屈原"疾王之听之不聪也,谗谄之蔽明也,邪曲之害公也,故忧愁幽思而作《离骚》",与这江渚上的美丽兰花没有必然的因果关系。要说还有什么值得高兴的,那就肯定算是春秋时期发生在郑国的一桩喜事,即《左传》宣公三年所载郑文公妾梦见天使赠兰花而生子的趣闻。梁修似乎更愿意将民众生子的祈福,投射到兰花上去,在兰花的政治寄托和历史传说中寻绎出生动活泼的人生乐趣,折入一种高度"人间性"的抒情路向。在《鹤顶兰》中,梁修也表达了这一"人间性"的关注,诗云:

竟似飞仙胆气粗,问谁骑鹤洞庭湖?
《远游》已解升天诀,出水灵妃笑左徒!

梁修指出,屈原不得楚王重用,便托配仙人,随着王子乔跨鹤飞去,试图自由自在遨游天地间。但在潇湘女神看来,以飞仙消解个人闷遁,确属无奈,其作用是暂时的,实际上仍没有解决现实政治生活的难题。可见,梁修咏兰诸诗在承袭屈原咏兰的外貌之下,另行构思了一种高度生活化的艺术场景。

第二,调整花卉评价中的审美取向与情感取向。

文体记忆与文化记忆的协奏

毋庸讳言，作为主流文化的一个有机组成部分，中原品花文化具有强大的影响力和规范性，花卉审美文化中固有的价值审美取向与情感取向往往制约着对某些鲜花的品鉴过程，进而使其得出符合传统审美趣味的基本结论。但是，岭南审美文化的独特性、岭南众花品类的特殊性、花卉绽放时间的差异性，使得梁修在咏花过程中明显地偏离了传统路数，在审美评判和情感取向上流露出鲜明的"人间性""世俗化"的意趣，在吟咏时多半采取"向下"的姿态以突出众花平等。例如，牡丹历来被称为"花中之王"，原产北方山野，最负盛名的洛阳牡丹、菏泽牡丹多在春暮时节盛开。花埭不产牡丹，据屈大均《广东新语》载，广州牡丹"每岁河南花估持根而至"，多从水路运来牡丹苗，园林主人特辟一个"牡丹厅"，人工控制温度和湿度，悉心培育，方能在春节时期绽放。在梁修笔下，《牡丹》不曾在牡丹"王者"身份上着墨，舍弃了"国色天香"一路的俗套抒情，全诗以白描出之：

荔枝湾映柳波涌，隐隐红楼小市东。
帆卸夕阳犹未泊，绕船一缕鼠姑风。

在这里，稍有一点"贵气"的字眼也就是所谓的"红楼"了。"隐隐红楼"一句，是"楼台绣错，群卉绮交"的真实写照，但着"隐隐"二字，便阻断了富贵之家的逼人豪气。"绕船"一句更平添了几分淡雅和柔婉。颇具意味的是，诗人用了一个相当陌生而且略显"平民化"的词汇——"鼠姑"。《海录碎事》云："牡丹，一名百两金，又曰鼠姑。"王渔洋《江南好》词有"鱼子天晴初出水，鼠姑风细不钩帘"之句，"鼠姑"下自注："牡丹也。"显然，这一"亦名"用法，主要是出于修辞上的考虑，却在客观上产生了一定的"脱冕""祛魅"的效果，将牡丹花重新放到与众花平等的位置上来了。与此同时，梁修又不时采取貌似"向上"而实则"向下"的吟咏方式，在一俯一仰之间表明自己的态度，如《玉兰》诗在小序中引用

《庄子》"藐姑射之山有神人焉"之句来形容玉兰的"琼姿",塑造玉兰莹洁清丽的形象,以至于嫦娥完全被玉兰吸引住了,"移种月中换丹桂,嫦娥镇日倚栏杆"。全诗的思路从玉兰的"神人"之姿入手,越唱越高,玉兰宜于"高寒玉宇",成为嫦娥的最爱,直至斫却月宫丹桂,取而代之,日夜爱赏不置。实际上,这里暗含着一个"拉低"的反向走势,即嫦娥本是与仙境的丹桂连为一体、不可分离的,却被充满"人间性"美感的玉兰所打动,这种俯瞰的姿态流溢着另一种"思凡"的柔情。由此可见,梁修咏花有意识打破仙凡之隔,看似引用神仙、富贵典故,实际上笔端流泻的都是具有浓郁凡俗气质的美感。

第三,追求整体风格上的轻松感与诙谐感。

梁修生于岭南,长于岭南,写作《花埭百花诗》时尚未踏出岭南一步。岭南文化特有的轻松感和愉悦感渗入精神的内核,转化为生命情调的有机组成部分,故能通体透出一股岭南人独具轻松感与幽默感的睿智。例如,《石榴》小序说"三家村新嫁娘"喜在鬓间插石榴往来田间,妙曼动人,于是,诗人将诗思分别指向唐代诗人杜牧与万楚。一言"忽傍钗头烧碧云,狂言曾记杜司勋",出自杜牧《山石榴》"一朵佳人玉钗上,只疑烧却翠云鬟",意谓相较而言,三家村新嫁娘装点石榴的装扮,极入时且极自然,比起杜牧笔下的"佳人"来丝毫不逊色,可见杜牧未免轻狂了一些,所言难副其实;一言"裁红减绿都时样,漫妒潇湘六幅裙",出自唐代诗人万楚《五日观妓》"红裙妒杀石榴花",极言三家村新嫁娘自然天成的"时样",是天底下任何流行的样式比不上的。这两联,一反驳杜诗,一顺延万作,极尽调侃之能事,以拟人的手法将石榴花写得生新俏皮,灵气逼人。在《七姐妹》中,梁修巧用明代名士陈继儒(号眉公)与宦者的妙语来架构全篇。梁章钜《两般秋雨庵随笔》记陈眉公饮于王荆石家,行酒令,首句含鸟名,次句用《四书》语,末句须是曲辞。宦者言:"十姐妹嫁了八哥儿,八口之家可以无饥矣,只是二女将靠谁?"眉公对曰:"画眉儿嫁了白头翁,吾老矣不能用也,辜负青春年少。"梁修据此敷衍成篇,诗云:

>绮罗队里见星娥,头白眉公雅谑多。
>巧向花前学人语,声声其奈八哥何?

作者运用拟人的手法,以靓丽成群的女子比作七姐妹花,面对这七姐妹,陈眉公妙语冠绝天下,谐趣动人。但作者未停下笔锋,而是翻出一层,将陈眉公设为嘲弄的对象。八哥本作鸟语,又能学人语,而喻指陈眉公的"白头翁"本作人语,偏学鸟语,两相比较,陈眉公饶是一代名士,仍比不上八哥儿。如此看来,"白头翁"陈眉公确乎老矣,最终未赢得芳心,这七姐妹都嫁与八哥儿,只能徒唤奈何了。全篇绝无含沙射影的指涉,洋溢着轻松和幽默。

显而易见,元宵佳节的喜庆氛围,奠定了《花埭百花诗》轻松、谐趣而富诗性的抒情基调,使得诗歌创作主导风格的追求,呈现出一种内在的整体感和节奏感。梁修在咏花的过程中发掘出一种接近于日常生活、充满人间情怀的灵动之美与诙谐之美。这一审美心态的取向,反过来促使他对传统品花文化的定式产生了某种质疑。这是一个本质力量对象化的过程中,诗人在对传统品花诗歌的解析、新读与再造中获得了一种真正意义上的创作自由。于是,在传播过程中典故的"动机史"便有了极具个性光辉的改写与修订,"合格的读者"的认知能力系统也由此得到了拓展,更具诗性情调[①]。回归花卉本质属性之美,便成了《花埭百花诗》的主旋律,无论是学识的展现,还是个性的张扬,都显得那样自然,没有流露出丝毫刻意与做作的痕迹。那层出不穷的新见,在在流溢着诗性的光芒。

三

梁修通过典故构建了一个自己所体认的花卉世界,而这也正是他自己理解的诗歌所能表现的花卉世界。为了充分发挥咏花诗的艺

---

① 参葛兆光《汉字的魔方》,辽宁教育出版社1999年版,有关典故的论述。

术表现力,梁修对典故的有机构成进行了深度的解析和灵活的运用。在通常情况下,典故至少有四层意思为人们所确认并且可灵活运用的:第一是典故作为"故实"的故事功能;第二是典故所蕴含的历史教训、行为准则和文化价值取向;第三是典故的表情达意功能;第四是典故的语义再生功能。梁修紧扣典故的字面,努力发掘出典故的深层意蕴,在言外之意上巧作文章,重塑典象,营造意境。梁修主要运用了以下三种表现手法。

第一,典故故事性文本的铺叙。

铺陈花卉的独特美感。古来花卉得名多少有些传奇色彩,或因形状,或因色彩,或因香味,或因产地,或因神话传说,不一而足,均具特色。梁修常常从花卉得名之由切入,不拘一格,顺势推衍成篇。如《逸史》记唐举子许瀍梦游瑶池,见西王母侍女玉蕊仙子许飞琼事,醒而追记:"晓入瑶台露气清,座中唯有许飞琼。尘心未尽俗缘在,十里下山空月明。"写后再眠,梦见许飞琼,许建议第二句应改为"天风吹下步虚声",隐去自己的名字。梁修据此赋诗:

香风柔荡步虚声,七宝楼台拥月明。
夜半瑶池参阿母,座中唯见许飞琼。

梁修一反许飞琼"自惜其名"的做法,利用现成的语句再现了梦境,闻香、听声、登楼、遇仙的情景历历在目,真实而又生动。末句套用许诗原句,意在复原故事的原貌,将许飞琼"犹抱琵琶半遮脸"的娇羞之态真切地展现在读者的面前。又如,《滴滴金》小序云:"自六月至八月,因花梢头露滴入土即生新根,故有滴滴金之名。"据此,梁修进而换用南海观音甘露净瓶的传说作为诗歌创作的基本骨架,切近岭南故实,诗云:

雨珠雨玉化琼林,万点秋云更雨金。
布地幽人真富贵,胜如南海有观音。

《史记》载，夏禹治水，功德圆满，上苍雨金三日、雨稻三日三夜；《论衡》言，五日一风、十日一雨则天下升平；苏轼《喜雨亭记》又有"使天而雨珠，寒者不得以为襦；使天而雨玉，饥者不得以为粟"之说。但是，在梁修看来，说来说去，还是给老百姓一些实实在在的好处，这才是天大的恩赐，真比得上南海观世音的雨露甘霖。通过上述个例的考察，不难发现，梁修试图借助典故固有的故事性文本来展开艺术想象和谋篇布局，使得故事的呈现更具真实而感性的特征，充分表现了用典的诗性智慧。

第二，缠绕式比较的典象构架。

就一般情形而言，在我国漫长曲折而多姿多彩的品花发展史上，许多花卉都生发出两个或两个以上的典故，这些典故因着生成语境的不同而有着不尽相同的符号寓意、情感指向和语用功能。如何在一首篇幅极短的七绝中涵摄诸多典故，融会贯通，进而提炼出一个生新鲜活的意象来，这对诗人的学养智慧和文字技巧确实构成极大的挑战。例如，梁修咏梅，将花埭大通烟雨美景中的梅花、柳宗元笔下的罗浮山和林逋的西湖孤山三个不同时空的场景并置在一起，描绘出一幅写意图卷，诗云：

大通烟雨写模糊，明月罗浮问有无？
索得林家姝一笑，依稀风味似西湖。

大通滘流经花埭向南流去，"四时烟花淡荡，舟船往来，若现若隐，夜则渔灯荧荧，清歌响答，飘然尘外"，自古为"羊城八景"之一（见《花埭百花诗·桂》小序）。对于花埭的梅花，人们认识不深，其韵致自然无法形诸笔墨，梁修一再使用"模糊""有无""依稀"等词，也表达出写作心态上的迟疑与迷惘。花埭梅花在风味层面上不近于署名柳宗元《龙城记》所载罗浮明月、翠羽鸣晨传说的旖旎恋情，而与宋代林逋屏居湖孤山以梅妻鹤子为伴的隐逸之趣有些接近。在这里，诗人不敢遽作断语，仅言依稀仿佛而已。同时，梁修尽可能减少枝枝节节的延展，有意遗落了历代咏梅诗作之中的另外三层情感指向——寿阳公主"梅花妆"的天真痴骏之态、梅妃对于爱情的忠贞以及宋人向往梅花斗雪绽放的孤傲性格，从而对花埭梅花的描绘进行了"纯净化"的处理，并无刻意拔高之嫌，平实、清新、淡雅，幽默之中透出几分妩媚，在美感呈现上迥异于传统的咏梅诗歌。与此同趣，梁修咏五月菊，也发出"似厌柴桑常酩酊，多情来就屈原醒"的轻笑声，巧借典故的固有走势，把陶渊明的酩酊大醉与屈原的"众人皆醉，唯我独醒"放在一起，形成强烈的对比，表达了对人生清醒认知的渴望，更表现出了一种深层次的谐趣之美。又如，《栀子》诗也是用两个典故来做对比，小序"净土往往植此，与贝多同。多情乃佛心，是真知我佛者"诸语提示栀子花契合宋人所创"禅友"之说，于是，首句"薝卜花香破佛颜"，引《大梵王天主问佛决疑经》故事，释迦登座，拈金色波罗花（即薝卜花）示众，唯有迦叶会心微笑，师与弟子心心不异，印证了最高境界的"心法"。但是，作者笔锋一转，"谁家绾就同心结，难得解人刘令娴"，将读者的目光引向了"人间性"的情爱，据《梁书》《世说新语》载，刘令娴夫徐悱去世，刘父拟撰悼文，见令娴祭文"雹碎春红，霜凋夏绿""一见无期，百身何赎"等语，竟搁笔废作，发出"非但能言人不可得，正索解人亦不可得"的浩叹。这种柔情万转的夫妇之爱、父女之爱才是人间情爱的极致，这样的人才称得上是佛祖心法的"解人"。在这里，"难得"一语，隐然将人间真情提到了佛祖心法的同一高度，甚至有所超越，正透露出作者内心深处"人间性"关怀之所在。

第三，想象的迁延效应。

梁修咏花，让想象从典故与对象之间相似的那一点出发，推展到不甚相似的点上去，甚至在层层推进的过程中形容曲尽，诗境也随之曲径通幽。这一点颇类似于钱锺书所说的"曲喻"手法。钱锺书在《谈艺录》"长吉曲喻"条中认为，曲喻"乃往往以一端相似，推及之于初不相似之他端"，属于"类推而更进一层"①。梁修咏秋海棠，从《采兰杂志》载妇人"怀人不见，恒洒泪于北墙下"生发想象，由北墙想象出庭院，由庭院联想到绵绵雨丝，再由雨丝延伸到情丝，而情丝须有利刃斩断。但是，我手中的刀却是铅做成的，其钝无比，怎么也斩不断这不尽的情丝。铅刀，典出《晋书·王承传》"王敦谓承曰：'足下雅素居士，恐非将相之材也。'承答曰：'公未见知耳，铅刀虽钝，岂无一割之利？'"从整首诗来看，不难发现，梁修的思路一直沿着前一个对象的相关点往外奔逸，一环接一环，直到最后出现了与秋海棠无必然关联性的"铅刀"一典，真是落想天外，匪夷所思，却又在情理之中。又如，《铁树》描绘了一幅极具谐趣的铁树开花图景："丁卯花开六十秋，看花人已雪盈头。小娃戏拗纤枝弄，百炼钢为绕指柔。"这首诗从铁树一甲子开花展开想象。六十年间，光阴荏苒，当年看花的人儿如今已白雪满头了，平添几分人生的感慨。眼前小娃却用柔柔的小指头绕着铁树枝，又不禁让人想起"百炼钢化为绕指柔"这句老话。在这里，铁树本与钢铁是不相涉的，但想象沿着铁树开花、老人看花、小娃弄枝、百炼钢一路延展开来，已远远离开了铁树开花这一描写原点。此诗诗境看似简单，全赖想象的迁延来架构，可见构思的奇妙与窈深。又如，咏《滚水红》时就从热入手，构建了一热一冷、一今一昔极端化的诗境。此诗开头形容滚水红在温暖的南方热烈绽放，仿佛是滚水般炙手可热，连那些热衷名利的躁进之人都自叹不如，可滚水红不以为耻，"笑谢旁人嘲冷暖，前身高处不胜寒"，却道自己前身是在广寒宫里受寒受苦太久了，今番偏要热个够！对旁人的好心劝告敬谢不敏，毫不在乎。在这里，眼前所见之景本与其"前身"是没有关联的，但因一热一冷的对比而将想象延伸到一今一昔的对比上去，这才把"前身"原委吐露出来，完全出乎读者意料之外。此类想象的延展现象，在梁修笔端已形成一道风景线，颇值得回味，像山茶

---

① 钱锺书：《谈艺录》，中华书局1984年版，第51页。

花与玉环肥、木香与《霓裳羽衣曲》，都需要调动"观众/读者"足够的想象力才能品味出其中的奥秘与美感。无疑，这是一个值得深入发掘的艺术现象，梁修的创作给我们提供了一个颇具解剖意义的范本。

梁修在"观众/读者"所能接受的知识范围内，撷取了古代有关花卉的神话传说和传统咏花诗文中的语句典象，充分发挥诗歌的文体记忆功能和历史评判功能，巧妙地加以穿插，组织成篇。这是一个充满学术智慧和美学情调的对话，是一场贯通古今的心灵对话的盛宴，一个个负载着古人心智与情思的典象蹁跹而至，轻鲦而走，异彩缤纷。众多典故的聚集产生了一种深度的狂欢，与百花诗坛的节日狂欢属性达到了高度的统一。同时，在具体的创作过程中，梁修以典型的岭南文人的文化取向和审美意识为依托，对传统品花文化史上著名的典故进行了颇具个性色彩的发掘、解读与重构，较好地处理了"俗套/新见"、"个人创见/公众共识"的辩证关系，令"观众/读者"在欣赏过程中产生一种似曾相识而又落想天外之感，因而整部《花埭百花诗》呈现出了一种异样的美学光彩。

（原载于《杨海明教授七十华诞纪念文集》，江苏大学出版社2011年版，第1页）

节日狂欢氛围与花埭百花诗坛的共时性呈现
——试论《花埭百花诗》的"狂欢化"写作

闵定庆

广州花埭有着一千七百多年的种花历史,文人骚客流连忘返,题咏甚多,诗意盎然。德庆举子梁修所撰《花埭杂咏百首并序》(又称《花埭百花诗》),系为光绪乙酉(1885)上元花灯百花诗坛而作。作者吟咏一百种名花,不满足于刻画花卉外在的艺术形象,而是遗貌取神,广泛运用了人所共知的典故,或描摹妙态,或托物言志,或讽谕世情,或借花论史,或载录风俗,于"品艳评香""批红判绿""裁红剪绿"之外别有一番情趣,充分展露了岭南诗人的才性与诗艺,从更深的层次反映了花埭赏花风俗的节日氛围与审美趣味。

一

花埭,地处广州珠江南岸,系珠江三角洲冲积地带。这里处在由热带向亚热带过渡的季风带上,独特而优越的地理、气候条件对于花卉的生长产生了至关重要的影响,加上沟壑交织,水浅而清,土地肥沃,自古便花木繁盛,风景旖旎。《番禺县志》载:"广州气候,大抵三冬多暖,至春初乃有数日极寒,冬间不二三日复暖。"春节期间各种鲜花联袂绽放,腊月"水仙来宾,梅乃大放","风兰贺春,青阳渐畅,旧有雷声,草木萌动",春正月"桃李盛华,柔桑可采",一年四季繁花似锦。但是,装点羊城的花卉全出自河南,正如赵翼所云"汉宫遗种有名花，只在河南水一涯"。早在刘汉时期，宫人多葬于河南花田，遍种素馨花，平畴弥望，十里一白。种植素馨之风向南延伸到一涌之隔的花埭，以至于成为花埭农民的主业，当时就有"附郭烟春十万家，家家衣食素馨花"之说。《番禺县续志》亦载清末"（花埭）居人以栽花为业，士大夫名园亦在焉"，此时，花埭形成了大规模的花木培育基地与花卉贸易市场，涌现了三十多家经营性园林和私家花园。花埭园林的经营性展示与私密性观赏同步展开，每逢节日，必设"花局"，供人游赏品评。盛开的繁花，直接装点了广州的春节。除夕前三日开始的迎春花市，在藩署前一字排开，梁鼎芬《番禺续志》云："花市在藩署前，岁除尤盛。"这直接"引爆"了广州春节的热烈气氛。初七"人日"，花埭一地"楼台绣错，群卉绮交。每岁人日，游屐画船咸集于此"。正月十五上元灯节（元宵节），节日氛围达到顶点，"开春气佳，埭中裙屐最盛"①。花埭园林主人时时邀文人画家时时雅集品花，佳作如云。这一赏花之风也直接催生了三部咏花诗集——《杏林题咏》《人日花埭看牡丹》《花埭杂咏百首并序》②。前二书系众人咏一花，后一书则是一

---

① 《番禺县志》卷一，清刊本。《番禺县志》，清李福泰撰，成于同治十年（1871），比《花埭百花诗》成书早十二年。两相对照，可以发现，梁修对于花卉的认知与《番禺县志》所载有着明显的差异，这也是研读《花埭百花诗》时极可注意的切入点之一。

② 花埭各园主人常邀友人雅集观花。岭南向无杏，陈澧从北京携来红、白杏数株，赠杏林庄，道光三十年（1850）开花，杏林庄主人邓大林（中医药专家、画家）邀黄培芳、张维屏、潘恕、熊景星等观杏，结社赋诗，六年后以《杏林题咏》为题正式出版；咸丰二年（1852），许祼光等诗人于人日雅集，共赏牡丹，当筵赋诗，成《人日花埭看牡丹》一书；光绪十一年（1885），德庆举子梁修寓花埭纫香园，园主人拟于元宵节setTimeout设百花诗坛，请梁修每花题一诗，成《花埭杂咏百首并序》（俗称《花埭百花诗》）。梁修《花埭杂咏百首并序》，收入《锦石山房集》第六卷。民国《高要县志》"艺文志"载邱云鹤《题梁少游同年修所寄锦石集》二首，约作于1895年，诗云："长安万里上幽燕，李郭同舟亦凤缘。鸿爪旧痕泥上雪，鸡声残梦月中天。销沉壮志经三黜，磨砺诗才又十年。狂态未除豪气在，拼将身入吟笺。"又云："眼中落落有千秋，气压新丰想马周。白纻舞残看蜡烛，黄金挥尽惜貂裘。才多慷慨光芒露，境入牢骚格调遒。今日偶园开讲席，晨曦香草足清幽。"时署任德庆知州邓倬堂应梁修之请，评《花埭百花诗》曰："摹绘百花，才分际遇，婉而多讽，怨而不怒，风味全似阮亭，不入王次回纤丽一派，可作一部百花史读。"略可窥见《花埭百花诗》风格之一斑。关于清中后期珠三角地区赏花、品花之风，西樵山的评花活动亦可添一佳例。明儒湛若水讲学西樵山，遍植花卉，筑四花亭、借芳台，颇多题咏。清代又有好事者筑百花台，摩崖石刻"半日看花半日眠"之句，又于白云洞建评花亭，"拥翠评花"便成了西樵山的一道美景。每逢花事，游人自由评点众花，选出最美的花，唤作"花状元"，文人墨客题诗作画，其中，部分诗作后来被编入《白云洞百花诗》一书。

节日狂欢氛围与花埭百花诗坛的共时性呈现

人咏众花，各尽其妙。

梁修（1859—1898），字梅想，又字梅生，广东德庆人，光绪乙酉举人，三试进士不售，以塾师终，有《锦石山房集》传世，《花埭杂咏百首并序》（又称《花埭百花诗》）即置于第六卷。光绪乙酉春节期间，梁修为潜心准备八月份的乡试，暂居纫香园。纫香园，系花埭八大名园之一，是花埭地区著名的经营性园林，多植兰花，故以屈赋"纫秋兰以为佩"之句为额。此时，园主人拟设元宵节百花诗坛，请梁修每花题一诗。纫香园主人设诗坛的附庸风雅之举，实际上包含着增添节日气氛、招徕观众、丰富产品格局、提升商业竞争力等多重现实动机。而年方廿七岁的梁修甫入省垣，踌躇满志，大概不曾作青云蹭蹬之想，受此雅嘱，自然是逸兴遄飞，徘徊花间三日，一挥而就。据史载，元宵夜纫香园观者如堵，产生了相当大的轰动，一时传为诗坛佳话。

梁修的诗歌创作行为，是在春节期间纫香园花团锦簇的热烈与鲜妍中展开的，因此，《花埭百花诗》诗作的排列最大限度地映现了纫香园百花诗坛自然陈列的全景画面。这就决定了《花埭百花诗》吟咏对象具有以下三个特点。

首先，在地域上无南北之异。《花埭百花诗》集中刻画了中外一百种花卉的绰约风姿，岭外名花有梅、杏、牡丹、莲、茉莉、秋海棠、玉茗等近四十种，岭南名花则有木棉、金步摇、蜀葵、紫荆、红豆等五十余种，来自国外的名花也有近十种。这三类花卉之中见于《番禺县志》"花品""蔬品""木品"所载者超过了五十种。长期以来，由于山川的阻隔，种植技术的欠发达，各地名花难以荟萃于一堂。沈复在《浮生六记》中说："（广州）对渡名花埭，花木甚繁，广州卖花处也。余以为无花不识，至此仅识十之六七，询其名，有《群芳谱》所未载者。"游历花埭，欣赏岭南奇花异葩，大大拓展了他对于花卉的认识，丰富了他对于花卉整体美感的把握和认知，曾以为"无花不识"的自负顿时消失。同样地，岭南人对于岭外花卉的认知也经历了这一心灵不断丰富的过程，例如，梁修在《杏》

的小序中提到"岭南无杏,其曰杏者,安石榴耳",进而咏道:"岭南消息江南异,枉系红裙嫁石榴。"以诙谐的口吻谈到了岭南的之杏与江南之杏的不同。颇可留意的是,百花诗坛陈列了不少外国花卉,梁修谈到外国文化的渗透以及对于英法军队的厌恶,但人们对于外来花卉的喜爱不可遏止,洋兰"香浓烈,颇宜美人头",以致渐与素馨、茉莉争胜了。纫香园百花诗坛将中原、江南、西域、岭南的名花共时性陈列在一起,在客观上打破了地域隔阂,营造了一个"互观"与"会聚"的语境,使"观众/读者"得以盘桓园林一隅,而能一睹全国各地名花的风采,产生强烈的"惊艳"之感,"众芳喧妍"的热闹盛况呼之欲出。

其次,在开花时序上无四季之分。岭南气候温暖潮湿,四季繁花似锦,岭外花卉移植岭南之后都会不同程度地提前开花,《东坡杂记》"岭南地暖,百卉造作无时"、屈大钧《广东新语》"花过岭南无节时"诸语,都揭示了这一自然规律。因此,纫香园选择了三类适宜春节期间开花的品种。第一类,四时开放的花及应景开放的花卉,如四时春,几乎每隔数日即开花一次,梁修就有"好花难得四时春""一年百二日春风"一类赞评;又如暹兰,"来自暹罗,茎叶纷披甚弱,种之盘盎,四时有花,如珍珠、如金粟";再如夜合,"花开于晓,而合于夜,故名,四时有花,当暑尤盛";或如上元红,"深红色,绝似红木瓜,不结实","灯夜前后开放",亦即在元宵前后开花。这类鲜花可时时择入。第二类,春节以外时节开放的鲜花,如茉莉,"自波斯移植,番禺尤多,以淅米浆溉之,则作花不绝。宜以六月六日或梅雨时当节摘插,肥土即活";又如百合,"花似玉簪而大,四月开,根似蒜"。这类花卉通过人工培植技术的干预,都在春节时分绽放了。第三类,岭外鲜花,多由人工调控开放时间,例如,牡丹历来被称为"花中之王",原产北方山野,最负盛名的洛阳牡丹、菏泽牡丹多在春暮时节盛开。花埭不产牡丹,屈大均《广东新语》说广州牡丹"每岁河南花估持根而至",多从水路运来牡丹苗,园林主人特辟一个"牡丹厅",人工控制温度和湿度,悉心培育,方能在春节时期绽放。又如,菊花多在秋八月盛开,但花埭的菊"色黄、紫二种,无香,正月开",而百子莲"出苏州府学前,其花极大,房生百子",夏秋开花,在岭南却是春节时候开放,别有一番"映日婷婷别样姿"的风姿。总之,纫香园运用精湛的园艺技术,让不同时节开放的鲜花在春节期间荟萃一堂,时间似乎被凝定在一个特殊的区段里,百花一齐绽放,令人眼前一亮,深切感受到一种近乎"梦幻"的色彩与形体的合奏。

第三,在归类上无种属之分。《花埭百花诗》诗作的排列仅是纫香园百花诗坛自然陈列的客观呈现,因此,百花排序没有明显的内在规律性,南北杂陈,先矮后高,并无尊卑长幼之序,似乎也与审美评判没有必然关系。这样一来,花卉的种类归属必将被打乱,作者不可能将同一种属的花卉强行归类并表现在诗作的排序上,这也从另一个侧面显示了《花埭百花诗》的"无序感"。如,列于第四的玫瑰与第二十四位的蔷薇,同为一品,仅是叫法不同。《番禺县志》即云:"蔷薇,俗名'玫瑰'。"梁修各赋诗一诗,咏玫瑰云:"结束红妆夜未央,满天风露湿衣裳。若方刺客应神似,奇绝人间聂隐娘。"咏蔷薇则云:"何处题诗得锦袍,琉璃瓶露胜葡萄。佳人借盥掺掺手,细读回文识窦滔。"这两诗内容各不相涉,显而易见,在作者眼中,两者并无必然关联。又如,《番禺县志》谓珍珠兰"亦名鱼子兰",梁修却是分别吟咏,各自成趣,了不相干。又比如,《番禺县志》对兰的记载极详细,并细分出紫兰、墨兰、风兰、报喜兰等"异种",其种属关系是非常明确的,但《花埭百花诗》则将墨兰与兰并列,各赋诗一首,都用了屈原的典故,但未点透两者的从属关系。更有趣的是,作者还将百合科的吊兰也归入兰类,以"屈子才华"起句。作者反而将同属兰科的鹤顶兰放在第三十三位,距离卷末的兰很远。同样地,同属一科的莲、桌莲、百子莲也被分置三处,没有排在一起。由此可见,作者不甚谙熟花卉知识,也没有充分参考《番禺县志》的相关记载,望"花"生义的习气在在多是。

来自各地的一百种鲜花,荟萃于纫香园,在同一时间绽放,形态妖娆,色彩鲜艳,如凤兰"花如水仙,黄色,从叶心抽出,作双朵",报喜兰"如腊梅而色红紫,香味亦同,吉事则开",瑞香"有红、紫、白三色,紫者香尤烈。一种金边瑞香,品尤贵,冬月盛开",百合"叶似柳,花似玉簪而大,四月开,根似蒜",凡此种种,令人目不暇接。纫香园百花诗坛的这一客观上南北杂陈、高矮交错、如梦如幻的平面铺陈,在"观众/读者"面前展现出一幅"众芳喧妍"的图景,也成就了《花隶百花诗》组诗的吟咏次序,从深层烘染出了节日狂欢的氛围。

二

浓烈的节日氛围,赋予了众花共时性展示的权利,也将人们赏花心态调适到喜庆、轻松而又自适的一端。对园林主人的精心布置,"观众/读者"常常是不加理会的,自由适性的游走与欣赏最终决定了赏花过程的随机性。每一种花卉的美感特征都有可能在充满随机性的游赏中得到凸显与肯定,观赏花卉的视域也随之呈现出鲜明的多样性和丰富性。虽然梁修时时不忘标榜"品艳评香"(《夜合》诗句)、"批红判绿"(《指甲》小序)、"裁红剪绿"(《石榴》诗句),却无"接以他木,与造化争妙"的举动,没有强行将两种或多种花卉拉到同一视域下一较高下长短,也未标举品评优劣短长的客观标准和可操作性手段。同时,梁修数日内"绕花千转"式的观察、沉吟与构思,使得"当下性"视觉陡然间变得敏感而锐利起来了,一跃而成为整个艺术思维的"主旋律",深刻认识到了众花的平等性与丰富性,更发掘出了品花视域的多样性与复杂性。因此,梁修喜欢从每一种花卉独特的审美特性与文化属性切入,积极参与到花卉审美观照中,进而将徘徊于审美超越与主体品格之间的艺术追求导向了"人间性"与"世俗化"的一极。

古人品花历史悠久,花卉审美接受史积淀深厚,业已形成一些成说,影响深远,几乎围绕着每一种花卉都营造出了一个庞大的意象群和典故群。像兰与屈原、《离骚》、楚臣等联系在一起，水仙花与曹植《洛神赋》密不可分，桃与陶渊明的《桃花源记》及刘禹锡玄都观赏桃相关，莲花与周敦颐《爱莲说》同一旨趣，集中体现了传统文人的"政治无意识"和"文化无意识"的寄托。但是，梁修在创作过程中常略作应景式的变化，突出更为人情化、世俗化的柔性向度，使得整个诗境别有一番情趣。梁修品花时，总不忘从审美的高度融合南北视域、强调众花的平等，《花埭百花诗》对卷首牡丹、卷尾木棉的议论就充分印证了这一点。长期以来，牡丹移植岭南，生长情况不尽如人意，花苗"每岁河南花佶持根而至"，园林主人特辟一间"牡丹厅"，遮光避风，以精准控制开花时间。从全书的排列来看，可以肯定，园主人因着"牡丹厅"之设，将牡丹放置在诗坛前列，而生于野外、高可逾丈、被誉为"大丈夫"的木棉，只能摆放在诗坛后方，《花埭百花诗》只能被动地呈现这一排列，本无太多可作阐释的深意。梁修在《牡丹》诗小序中言牡丹"价极昂，或至一金一花""富贵逼人"，这是从客观的角度谈到了牡丹的珍贵，但是，他在《葵》的小序中从审美的角度来发出"古无真王，花亦然欤"的怀疑声音，并在《牡丹》的小序中下了"此花仍屈百花首，让与众香九五"的评语，希望牡丹不要自矜所谓"花王"的身份，放下身段，回到与众花平等的位置上来。因此，《牡丹》全诗以白描手法出之：

荔枝湾映柳波涌，隐隐红楼小市东。
帆卸夕阳犹未泊，绕船一缕鼠姑风。

这里，没有"国色天香"一类的俗套抒情，稍有一点"贵气"的字眼也就是所谓的"红楼"了。"隐隐红楼"一句，是"楼台绣错，群卉绮交"的真实写照，但着"隐隐"二字，便阻断了富贵之家的逼人豪气，多了几分淡雅和婉约。颇具意味的是，诗人在末句用了一个相当陌生且略显"平民化"的词汇——"鼠姑"。《海录碎事》

云:"牡丹,一名百两金,又曰鼠姑。"王渔洋《江南好》词有"鱼子天晴初出水,鼠姑风细不钩帘"之句,"鼠姑"下自注"牡丹也"。显而易见,这一"亦名"用法主要是出于修辞上的考虑,却在客观上产生了一定的"脱冕""祛魅"的效果。这样一来,那些素有"富贵之花""国色天香"之称的牡丹、菊花等名花,纷纷从昔日荣耀的神坛上走下来,重新回到与众花平等的位置上来。

这也在客观上提升了木棉、紫荆、素馨等岭南花卉的审美价值和文化地位,使之成功获得与牡丹、菊花等传统主流文化中的名花进行平等对话的机会,从而打破了中原文化固有的评价体系与标准,彻底改写了传统赏花文化中的"象征秩序"和"文化轻重感"。梁修在《木棉》的小序中旗帜鲜明地颠覆了自宋以来对于牡丹"王者崇拜"的情结,他说:"南中大胜,牡丹见之,定作下风之拜。百咏殿此,大丈夫贵自立,不屑与世人争富贵短长也。"指出文人应有自己的见地,众花也应平等,独立不羁。这一说法与"岭海文章万丈光""擎天还有大南强"等诗句同一机杼,都是从外貌特征、审美文化等不同侧面赞美木棉的。这一品评似无借褒木棉以扬岭南志气的"微言大义",读者应将理解的重点放在"大丈夫贵自立,不屑与世人争富贵短长"这一叹喟上。至于所谓牡丹"下风之拜"的说法,更多地是从展品陈列的角度而言的,多少有一些"戏言"的成分。某些读者由此引出"北王"与"南强"之间的优劣并以木棉"压卷"的联想和错觉,在通览全书之后自可消弭殆尽。

显而易见,《花埭百花诗》客观呈现了纫香园百花诗坛的共时性陈列样态,先后次序排列上并没有明显的褒贬高下的痕迹,也没有明显的文化寓意与政治寄托。虽然这一预设的创作语境,使得诗人无法获得足够的自由创作空间,写作姿态也略显被动,但从根本上决定了一种"人间性"、平民化的抒情路向。也就是说,每一种花卉在获得平等地位的同时,都在进行着一种对等的、深层的艺术对话,展现各自的文化属性与美感特质。这一双向活动充满感性的力量,在某种程度上带有些许米哈伊尔·巴赫金所描述的"脱冕—加冕"

的意趣①。《花埭百花诗》的这一整体感知意识与审美氛围，从更深的层次赋予了诗人进行审美观照的多重视域，亦即在花卉审美接收史的"雅"的追求之外，突出了一种无限接近节日文化、游赏文化、花局文化等"俗文化"的审美体验，体现出了一种高度平民化、世俗化和生活化的思维模式和行为模式，将常常趋于阳春白雪一端的艺术行为，转化为人人皆可参与的观赏活动，使得整个艺术思维活动和创造活动彻底"狂欢"起来了。例如，在咏兰的时候，屈原故实和《楚辞》语典作为一种强烈的"政治无意识"现象不可避免地涌现笔端，但是，梁修一直在有意改变屈赋芳草美人之喻的模式，淡化诗歌体裁的历史记忆与政治寄托，进而翻出古人门墙，寻找一种新的抒情路向。在《兰》诗小序中，梁修指出素心兰实为兰中极品，《楚辞》多处咏兰，却居然没有一一标举出来，因此，"是人是花亦不明白"，良为憾事，故梁修咏道："《离骚》幽怨侬无涉，只祝春风一梦佳。"他认为屈原"疾王之听之不聪也，谗谄之蔽明也，邪曲之害公也，故忧愁幽思而作《离骚》"，与这江渚上的美丽兰花没有必然的因果关系。要说还有什么值得高兴的，那就肯定算是春秋时期发生在郑国的一桩喜事，《左传》宣公三年载：

> 初，郑文公有贱妾曰燕姞，梦天使与己兰，曰："余为伯鯈。余，而祖也，以是为而子。以兰有国香，人服媚之如是。"既而文公见之，与之兰而御之。辞曰："妾不才，幸而有子，将不信，敢征兰乎。"公曰："诺。"生穆公，名之曰兰。

在遥远的历史与眼下的生活、政治寄托与民生向往之间，作者似乎更愿意将民众生子的祈福，投射到兰花上去，在兰花的政治寄托和历史传说中寻绎出生动活泼的人生乐趣，折入一种高度"人间性"

---

① 详见［苏联］巴赫金《拉伯雷研究》，李兆林、夏忠宪等译，河北教育出版社1998年版，第128页。

的抒情路向。同样地,梁修在咏鹤顶兰时也表达了这一"人间性"的关注,诗云:

竟似飞仙胆气粗,问谁骑鹤洞庭湖?
《远游》已解升天诀,出水灵妃笑左徒!

屈原曾任楚左徒,流徙洞庭、汨罗,作《远游》,中有"轩辕不可攀兮,吾将从王乔而娱戏"之句,大意谓既不得楚王重用,便托配仙人,随着王子乔跨鹤飞去,自由自在地遨游天地间。但在潇湘女神看来,以飞仙消解个人闷遁,确属无奈,其作用是暂时的,实际上无法解决现实政治生活的难题,因此,飞仙作为最终的人生选择,难以理解,也难以接受。由此可见,咏兰诸诗在承袭屈原咏兰的外貌之下,另行构思了一种高度生活化的艺术场景,意在创造更接近于节日喜庆氛围和岭南民众喜闻乐见的艺术形式。

这恰恰又从另一个角度印证了百花"众声喧哗"的共时性并置的基本事实,同时也反映了纫香园上元节多重文化并置的客观景象对于百花诗坛创作的内在限定性和审美要求。梁修置身于节日狂欢的"时空体"之中,清楚地看到,元宵节花灯、灯谜、游园、美食等活动,具备声色味形全方位鼎沸的感知特点,而百花诗坛的静态呈示仅能调控"观众/读者"观看这一单维度的审美活动,在审美的多样性、丰富性和感染力等方面有着明显的内在局限性。于是,梁修站在生活与创作、时间与空间、历史与现实、世俗文化与审美文化的交叉点上,采取了一种灵活而充分人性化的创作策略。一方面充分尊重前人品花的定论,同时又刻意凸显粤人赏花、吟花、评花活动中所独具的人文涵养和闲适意趣,适当渗入自己的独立思考,沿着前人的品花著述、成说及相关诗句,再往前延展一步进行申说。既蕴含着花卉审美接受史的历史积淀,与公众的共识和价值观念保持着相对一致的评价,又能在此基础上进行颇具个性化的艺术创造。另一方面尽可能地通过各种艺术手段描摹众花联袂绽放的热烈与喧闹,贴近纫香园元宵佳节的喜庆气氛,凸显纫香园的审美追求和经营理念,将纫香园为代表的花埭"花局"文化与岭南节日活动打成一片,营造出诗歌创作与节日生活进行深度对话的空间,与纷至沓来、热闹非凡的节日活动一起产生"联动效应"和"狂欢效应",渲染出浓郁而热烈的春节氛围。

三

梁修的百花诗创作,是在这一充满"人间性"欢愉的时空体内展开的。诗人真切地认识到,拥有鲜活生命的花卉才是真正意义上的主角。花卉形象不再是一般层次上的客观对象,也不是听任作者摆布的客体形象,也不仅仅是作家人格对象化的投影,在新的时空体中能够通过自己与生俱来的生命尊严与活力激发艺术创造的能动性,进而成为能与诗人对晤的心灵上的"同路人"。通过与花卉的对话,诗人更获得了一种新的观照花卉世界和进行艺术创造的形式,即充分尊重花卉审美接受史的内在逻辑以及咏物诗的"历史记忆",进行着一种近乎"无意识内摹仿"的艺术思考与创造,由此产生一种与花卉形象互动同构的"亲昵感"。

这种"亲昵感",主要体现在以下三个方面。

第一,肉体的愉悦感。梁修常常从花卉的个性角度切入,顺势推衍,自由驰骋想象,铺陈花卉的独特美感,将"观众/读者"的视觉、听觉、嗅觉、触觉、体觉等审美感觉充分调动起来,触摸到真实人物的日常活动与内心世界。例如,咏玉蝉花,梁修以刘禹锡《春词》"蜻蜓飞上玉搔头"这样"含情欲诉"的句作为艺术想象的起点,幻想着玉蝉在美女鬓边飞舞的模样,诗云:

> 夕阳悄悄晚风微,出浴无人香雾霏。
> 恼杀惊蝉过轻薄,隔花撩得鬓云飞。

玉蝉有两说，一是薄翼的蝉，一是头饰玉搔头，形似蝉翼。这里，无论是梁修将玉蝉花比作蝉，抑或是玉搔头，读可以讲得通。夕阳西下，凉风习习，美女出浴，云鬟散发了馥郁芬芳的湿气，也许是玉蝉隔花飞来，吓坏了美女，或许是玉搔头在晚风中微动，惊动了美女，让女主人公恼怒不已。出浴、鬓云、香气、惊诧、恼怒等一系列外貌描写和心理描写活灵活现，如在眼前，流露出了女性特有的娇羞与柔情。同样的，梁修咏梨，也是化用《长恨歌》"寂寞梨花，一枝带雨"句意来展开想象之翼的，刻画了春睡懒起的旖旎情状：

　　春痕宜淡复宜浓，帘幕沉沉午睡慵。
　　梦里嫩云娇欲化，一双燕子忽惺忪。

梨花院落，融融泄泄，全然一幅"梨花如静女，寂寞出春暮"（元好问《梨花》句）的淡雅宁静。春梦中的女子的脸儿娇嫩白净，一如雪白的梨花。惺忪醒来，瞥见一双燕子飞来，又是"处处梨花发，看看燕子归"（梅尧臣《梨花》句）的意趣。全诗以一个妙龄女子的春睡来写梨花，系沿袭《长恨歌》而来，但铺叙描绘精妙入微，写出了一个闺阁女性的秀丽。又如，在咏铁树时，梁修从两个铁树开花的亲历者——历经沧桑的老人和嬉戏天真的小孩来写铁树开花的奇景，老人是"丁卯花开六十秋，看花人已雪盈头"，六十年开花的周期已令人年华逝去，满头都是白发，一派经尽人生沧桑之后的蔼然平和；而小孩则稚气满脸，用拙嫩的手指拗弄着铁树枝，"小娃戏拗纤枝弄，百炼钢为绕指柔"，这树枝竟如古人所云"百炼钢化为绕指柔"的柔软坚韧，可随意弯曲而不折断。诗中所展现的双重对比——铁树的命运与真实人生的对比，老人看花与孩童看花的对比，都是通过人体的反应来展现的，充满"人间性"的情调。这一折向"人间性"的写作姿态，流泻着对于人体外在特征多角度的观察与善意的理解，描摹了一种日常性行为背后的平凡人生和真实场景，全无"仙姿"与"仙境"的追摹，因而显现出一种深层次的幽默感和喧闹感。

第二，风俗的亲和力。广府风土人情以及受广府风俗规范的花埭赏花之风，有着异常鲜明的平民化、生活化、随意性的色彩。梁修还花费不少笔墨，描绘花埭植花、卖花的风俗，纯是一派岭南风味。《洋兰》"尖尖自绕渔家乐"句，刻画了珠女以素馨、茉莉、洋兰等多种鲜花相间绕簪于发髻的花梳时样，清新鲜活而又婀娜温馨；又如《鸡冠》"莫入琵琶乱粤讴"句、《茉莉》小序"何梦瑶《卖花词》，每江上月明辄闻人唱之，与粤讴声相荡"句，点染了粤女卖花时粤讴回荡相和的场景，而《茉莉》"日暮珠娘不摇橹，沓潮流上贩花船"则描绘了黄昏时分贩花女趁着潮涨之势不用摇橹而自由往来珠江两岸的奇景，全然是查慎行《珠江棹歌》"往来惯是乘潮便"的真实写照。在《花埭百花诗》中，最与节令合拍的，当推《上元红》一首了。梁修通过上元红描绘了花埭上元灯节的热闹场面：

采青人去太匆匆，忘却初花有意红。
十里月明移绿舫，银筝声紧试灯风。

广府上元节极富人情味，如张心泰《粤海小识》云："每届年暮，广州城内卖吊钟花与水仙花成市，如云如霞，大家小户，售供坐几，以娱岁华。"① 在梁修笔下，人们也是心向世俗生活的，纷纷出来采青，原本应该放在赏花上面的审美注意力，却被比鲜花更为鲜活的灯饰、歌舞、游览等节目吸引过去了，步履匆匆，是在追赶着花埭花市的热闹，于是，节日氛围的热烈与喧嚣自然流溢笔端。这一全赖节日氛围构思诗作的技法，又见于《石榴》一诗。梁修在《石

---

① 关于羊城迎春花市，欧阳山《三家巷》描写了1925年花街的情景："到了花市，那里灯光灿烂，人山人海。桃花、吊钟、水仙、腊梅、菊花、剑兰、山茶、芍药，十几条街道的两旁都摆满了。人们只能一个挨着一个走。笑语喧声，非常热闹。"人日花埭赏花，竟也选出了"人日皇后"。邵祖平于1948年撰《词心笺评》，在周邦彦《解连环·上元》条下录若干年前流连广州上元灯会的词作，略云："犹记羊城旧令。任鱼龙翔户，幡胜穿径。粉香成阵。裳衣窄，共逞沸天箫咏。"同样是一派热闹景象。

榴》小序中提到了广府婚嫁风俗——"三家村新嫁娘，往往戴此自田间来"，紧接着从这一风俗出发开始艺术形象的勾勒：

> 忽傍钗头烧碧云，狂言曾记杜司勋。
> 裁红剪绿都时样，漫妒潇湘六幅裙。

这里反用杜牧《山石榴》"一朵佳人玉钗上，只疑烧却翠云鬟"、万初《五日观妓》"眉黛夺将萱草色，红裙妒杀石榴花"句意，极写三家村新嫁娘头上石榴花的娇美与艳丽，以花衬人，将广府婚嫁风俗中最旖旎的情致充分表现出来了，散发着浓郁的农家气息。此诗虽用了唐诗语典，但明白如话，读者览后多半会发出会心一笑。在某种意义上讲，广府民俗、花埭风气是《花埭百花诗》创作过程中活的文化灵魂和深层次的结构因素，细腻、真实而又充满生活气息，形成了全书潜行流转的气韵。

第三，典故的直观性。古人品花，业已形成一些典故和成说，影响深远，梁修顺手拈来，涉笔成趣，生活趣味浓郁，艺术形象生动可感。王嘉《拾遗记》载魏文帝曹丕宠幸灵芸，遣十余灵往迎，车以镂金为轮，辀前悬龙凤衔百子铃，车驾极盛，膏烛之光不灭，陌上尘蔽日月，曹丕不禁叹道："昔者曰朝为行云，暮为行雨，今非云非雨、非朝非暮。"遂改灵芸名为"夜来"。梁修咏夜来香就以曹丕、曹植兄弟间的情事来抒发感慨，诗云：

> 残香铜雀亦三分，惆怅陈思对洛渍。
> 却是阿兄御缘艳，尘漫紫陌纳灵芸。

在这里，曹氏兄弟之间的政治争斗，迅即转换为灵芸入邺的旖旎场面，长时段的政治行为化为眼前这一幅近乎静止的图画，摧刚为柔，以一个胜利者纳妾的喜悦来渲染夜来香"夜半发香，红潮映雪"的幽雅之美。又如，梁修咏指甲花，从指甲花的读音联想到女性的指

甲,再延伸到梁红玉的手,最后"忽想到亲执鼓桴",击鼓助阵的飒爽英姿,诗云:

> 却是红妆照汗青,军中娘子妙知兵。
> 万人喋血黄天荡,儿女掺掺击鼓声。

如此写来,虽没有故事情节的叙述,也没有历史细节的渲染,但因着人们熟知梁红玉击鼓助阵的历史传说,对于历史故事情节的记忆很快被唤醒且复活了,每个人心中浮现出自己所感知和理解的历史画面,一切历历如在眼前。显而易见,这是一种"横向"的、"向下"的书写姿态,淡化或忽视了典故中遥不可及的高雅内涵和晦涩元素,以日常性的动作突出典故中那些高度人间性和直观化的具体行为和内心世界,生动体现了《花埭百花诗》用典的诗性智慧。

综上所述,梁修在创作过程中充分尊重品花接受史的积淀、公众的审美共识与品评观念,通过百花诗坛特有的文化属性,从"观众/读者"应具备的智慧与学养的角度切入,沿着"以人喻花""以花喻人"的双向互动思路,广泛运用雅俗共赏的品花典故、逸事及诗文名句,吟咏的笔触不断超越刻画花卉外在艺术形象的层次,遗貌取神,尽可能地吸引多层次的"观众/读者"积极参与进来,与这些节日进行深层对话和互动,进而营造出艺术欣赏层面上的"众声喧哗"的狂欢景观,极富个性创造的光彩和岭南文化的气息。

[原载于《华南师范大学学报》(社会科学版)2009年第4期]

晚清岭南文化传承的自觉与乡土认知的新变
——以《南海百咏》的晚清流播为论述中心

翁筱曼

【摘　要】《南海百咏》在晚清岭南得到广泛传播和极高关注，相关的追和、续和作品层出不穷，与乡土地理志编修的风潮互相呼应。通过这种艺文作品与地理注释结合的诗歌地理志形式，历史的人与事能因"地"（古迹名胜）而获得另一种形式的保存；而相应的，"地"也因人和事而彰显，成为历史情感与乡邦记忆的承载，并深化人对地域、对国家的情感。通过对《南海百咏》产生的时代背景及文体内涵的阐释，反观《南海百咏》的晚清流播及相应学术现象，这股社会学术风潮反映出晚清岭南地域文化传承的自觉，进而折射出内忧外患、社会结构变动中的晚清中国，在家国观念的重新建构过程中，"乡土"认知与内涵的丰富。

【关键词】文化传承；南海百咏；乡土；家国；自觉

建筑、山水，因其相对的稳定与恒久性，成为人与地域之间最有代表性的审美中介。历代文士透过建筑和山水这些审美中介所抒发的情感以及相关的史地性记载，以文字的方式，将历史信息与记忆封存在建筑与山水之中，营构出一处富含诗意而笺证历史的空间。这种文字记载，通过隔代的追和与续写，不断丰富与推进历史记忆，从而凝聚为地域的集体记忆。与此同时，同为审美感应的文字记载，不同的时代有着不同的呈现方式,背后蕴含着丰富的社会文化传统内涵,可以窥见时代风潮与地域的文化风貌,亦是地方认同的深化与演变的过程。异代的同题阐释可以帮助我们加深对文化学术推进与转变的认识。

南宋方信孺的《南海百咏》是一部以南宋时南海山水建筑为咏叹对象的诗歌地理志,此书作于南宋,镂刻行世于元,直至晚清,在岭南得到较为广泛的传播,续和、追和之作频现,产生了比较深远的影响。这一文化现象的出现有其时代的必然与偶然性,折射出晚清岭南文化传承意识的自觉与地域观念的凸显。我们通过对《南海百咏》产生的时代背景及文体内涵的阐释,反观其晚清流播及相关学术现象,并结合学海堂的文学教学内容以及追和、续和的情况,兼及彼时岭南学界的地理志编修风潮,更延伸至民国时"新学"对地方教育的大力鼓吹,对这一文化现象背后的"家国"观念重构以及乡土认知新变进行探讨。

一 《南海百咏》简介

《南海百咏》的作者方信孺生于兴化军莆田地区(今福建)的方氏大族,理学世家,家学渊源深厚,曾祖及祖皆有名于时,父崧卿,登隆兴癸未进士第,任广西转运判官时卒,因此,方信孺荫补番禺尉,时年方二十初,从此踏上仕宦生涯,《南海百咏》应作于番禺尉任上。"南海"当指南宋时期广东南路广州,南宋绍兴后,广州置八县,即南海、番禺、增城、清远、怀集、东莞、新会、香山。[①]后来,嘉定元年(1208)方信孺任通判肇庆府,三年(1210)又知韶州,皆在广东境内,与南海大地结下不解之缘。

(一)《南海百咏》及其版本

方信孺好游山水,对南海山水兴致盎然,曾入罗浮一月不归,

---

① 《宋史·地理六·广南东路》,《四库全书》景印文渊阁本,上海古籍出版社1987年版,第281册第90卷,第228页。

他不畏辛苦寻访古迹，征之史籍，并以古迹为题吟诗，每题之下皆有小注，对此古迹的由来及与之相关的典故、民间传说、诗文记载作进一步的描述，其注解甚为翔实。明清以来涉及广东名胜古迹的著作多参考此书，如明代黄佐编修《广东通志》时便多处引用此书内容。略举例如下，借此一窥其百咏风貌：

  南濠
  在共乐楼下，限以闸门，与潮上下，盖古西澳也。景德中高绅所辟，维舟于是者，无风波恐。民常歌之，其后开塞不常。
  经营犹记旧歌谣，来往舟人趁海潮。风物眼前何所似，扬州二十四红桥。①

小注将南濠的地理位置、繁华的景象、开辟之历史用寥寥数语便交代清楚，而诗歌的渲染与情感的抒发则与注释互相发明，在南濠不复存在的年代，后人仍然能够由此诗此注打开时光的大门，回到那段似扬州红桥那般景致的南濠时光。

又如《花田》此条：

  花田
  在城西十里三角市，平田弥望，皆种素馨花，一名那悉茗。南征录云，刘氏时，美人死，葬骨于此，至今花香异于他处。
  千年玉骨掩尘沙，空有余妍胜此花。何似原头美人草，樽前犹作舞腰斜。②

花与美人是永恒的传说，方信孺既尽叙花田之美，又引《南征录》之南汉刘氏之美人葬骨传说，让花与美人一同谱写花田的

---

① 方信孺：《南海百咏》，光绪壬午刊本，第6页。
② 方信孺：《南海百咏》，第14页。

历史。

此书较常见的版本是学海堂光绪壬午年刊刻的本子,书前有此书最初刊刻时叶孝锡作的序,书后有两位收藏者校勘后所作的跋文,记述了该书的流传以及对作者生平事迹及此书内容的考述,为我们了解此书提供了许多宝贵的信息,引用如下:

> 南海百咏,大德间镂版行世,后未有重梓之者。余家向有抄本,承伪踵谬,不无鲁鱼帝虎之失,恨不能一一订正之。今春茗贾钱仲先携一册至,点画精楷,装潢郑重,卷端有印章曰绛云楼钱氏,乃知为虞山家藏善本也。借观三日而校勘之功毕,因命学徒重为缮写,珍诸箧笥,视向之承伪踵谬者相去远矣。镫下对酒,辗转欣然,因速浮大白而为之跋。时康熙己亥岁长至前三日,艾亭金卓识于城东书塾之碧云红树轩。[①]
>
> 信孺字孚若,兴化军人,以父崧卿荫补番禺尉……是集乃其尉番禺时咏古之作,每题各疏缘始,时有考证,如辨任嚣城非子城,卢循故居非刘王廪,石门非韩千秋覆军处,皆足以正《岭表录异》《番禺杂志》诸书之失,不仅以韵藻称也。……是集刻于元大德间,黄泰泉广东通志多引之,而吴任臣作十国春秋、厉樊榭作宋诗纪事皆不及见,则明季以来流传已少故。……四库未著录,余从江郑堂先生假得钞本,爰为校正并稽其事迹,书于卷末云,道光元年五月嘉应吴兰修跋。[②]

由此可知,该书自元大德年间刊刻之后,流播十分有限,且没有重刻,仅有少量抄本流传,且错讹在传抄中增多。叶灵凤在《北窗读书录》中就提到他曾托友人辗转觅得本书,记述了基本的

---

① 金卓:《南海百咏·跋》,方信孺:《南海百咏》。
② 吴兰修:《南海百咏·跋》,方信孺:《南海百咏》。

版本情况，认为明末时本书便流传甚少，《琳琅秘室丛书》第三集目录中写到"阮相国于嘉庆中始得其书，进呈内府，故四库书目未曾著录也"①，也从一个方面印证了叶灵凤的判断。收藏者金卓以钱谦益绛云楼藏善本校对过的抄本后来应该归江藩所有，直至江藩随阮元来到广州时，吴兰修方有机会假得钞本，校勘后将之收入《岭南丛书》于道光辛巳年行梓于世，而后光绪壬午年学海堂又重新刊刻，从而在一定范围内扩大了此书的流传②。

（二）《南海百咏》产生的时代背景及文体内涵

地名百咏，以百篇之结构涵盖一地风土的大型组诗，在宋代已经颇具规模，除了《南海百咏》，其他如曾极的《金陵百咏》、许尚的《华亭百咏》、张尧同的《嘉禾百咏》、阮阅的《郴江百咏》，都可说是开一地先河的作品。

针对南宋地名百咏组诗兴起的文学现象，近年来有不少学者进行了专门探讨，认为其滥觞、演变与时代、学术等因素密切相关。

剖析其产生的社会土壤，有两个重要的方面。首先，宋代是一个重儒尚文的时代，宋初《太平御览》、《太平广记》、《文苑英华》以及《册府元龟》的编纂，既是立国之初典章制度与图书典籍重新整理之举，亦由上而下带动起一种崇尚文化、倾心学问、以资鉴戒的社会风气。在蓬勃发展的教育和图书出版的有力推动下，宋代士人形成了追本探源的学术精神，尚理、尚史、尚博以"资鉴"的意识深入人心。其次，屈辱的亡国历史，山河的沦陷，民族危机的如影随形，极大地刺激了南宋士人，原先习以为常的一切，瞬间不再，因此产生了一种惧怕人事变迁而力求详细记录，以文字将当下所见

---

① 胡珽辑：《琳琅秘室丛书》，董金鉴续校光绪十四年本，《丛书集成初编》本，商务印书馆1936年版。

② 在《南海百咏》2010年刘瑞点校本的前言中，对《南海百咏》的版本有详细而精到的梳理，认为本书现存的《宛委别藏》本和《琳琅秘室丛书》本以及丛本、国图本等，皆出自甘泉江氏影钞原本，而元大德年间的刊本则是各本的共同祖本。方信孺、张诩、樊封撰，刘端点校：《南海百咏 南海杂咏 南海百咏续编》，广东人民出版社2010年版，"前言"第7—9页。

所闻所感所知所及定格的焦虑心态。①

　　从文学学术发展的角度来定位地名百咏这一兼具诗文与地志功能的文体，有学者认为《南海百咏》因应了"文学地志化"的潮流。"文学地志化"的概念是一个以作者为中心的概念，强调作者的创作动机，作家们将地志编撰中的结构、视角、功能、注释模式等原则和方法，自觉地运用于文学的创作实践中，这为南宋以后地志文学的繁荣提供了强有力的理论和技术支持。因此，宋代地名百咏呈现出以下几个特色。第一，较鲜明的纪实色彩。创作者翻阅大量典籍，实地采风，确保作品有较强的纪实性。第二，较深入的微观视角。与宏大的正史叙事不同，地名百咏是从某一地区的政治文化、社会生活等角度切入来进行创作。特别是对一些地方历史社会信息的细节补充。第三，开拓诗歌的题材和创作模式。百咏彼此间关联性较强，具有较好的结构稳固性，这种稳固性所强调的，不只是简单的作品排列和叠加，还有更多层次、更广视野的整体观照和把握。换句话说，风土作品所包含的地方知识信息的结构建架上，宋代地名百咏无疑向前迈进了一大步。②

　　综上所述，笔者认为《南海百咏》的产生，体现一个核心观念及相关的导向，这个核心观念是"地方"。在中国儒家文化传统中，"修齐治平"的最终指向是天下，"国"是凌驾于"家"的，因此，以往不是没有"家"，也不是没有"地方"，只是此"地方"非彼"地方"，以往的"地方"都是相对于中央的政治区域意义上的"地方"，其内涵是行政区划或者方位名词。美国汉学家包弼德曾提出"地方"的兴起，认为南宋以降，"地方"的观念变成士人思想中非常重要的一个概念。③ 在两宋以前，"没有太多的乡土指向，而到了

---

①　参见刘芳瑜《地志与记忆：南宋地方百咏组诗之研究》，硕士学位论文，台湾"中央"大学中国文学系，2012年，第79、80页。

②　参见叶烨《拐点在宋——从地志的文学化到文学的地志化》，《文学遗产》2013年第4期。

③　[美] 包弼德：《地方史的兴起：宋元婺州的历史、地理和文化》，吴松弟译，《历史地理》第21辑，上海人民出版社2006年版，第450—451页。

宋代，人们对地方的理解已经有了边界意识，对不同地方的文化传统也有了更深刻的区别和认知"。① 正如前文谈到的社会外因，进一步加深了"地方"的认知，当时代裂变，国土沦丧，"南宋士人对于个人生存空间与国家疆域的剧烈改易，在检视新居地的同时，促使自我反观原有生存空间与改换后生存空间之间的差异，必定是极为切身之课题；不同立场、身份之人在重新定位自我与空间关系的过程中，在空间上对'家'与'国'之认同势必也有所调整，而呈现出认同多元且复杂的特性"。② 由"国"到"家"，他们将目光转向了身边的家乡，宦游的任所，行旅的山水，在吟咏的同时，进行了详细的记录与情感空间的定格。因此，当方信孺来到南海，也不辞辛劳踏遍山水古迹，着力创作打上时代以及他本人印记的南海胜览。正是在认识了不同的"地方"，在宋尤其南宋以来士人更为频繁的旅行、互动交流中，在家乡与他乡的比照中，在自我与他者的相反相成、相互建构中，认识了他者，更认识了自我，家国观念完成了新的阐释。

"地方"观念的浮现与深化，还推动了对一方风土记忆有意识进行建构的进程。人文地理学对"地方"的看法不同于"空间""场所""区位"等概念，其意指"人有主观与情感依附的空间"。巴什拉的《空间诗学》里，将家视为人类接触的最早世界或最初宇宙的最初空间，所以"家"作为一个有意义的"地方"，人们在此有情感依附和根植的感觉，往往塑造了往后我们对外在各种空间的认识，因而人对于熟悉的、养育的地方产生认同，即"地方认同"③。方信孺虽然并非南海人，在广东为官期间，其对当地山水的吟咏遨游，更多的可能不是出于对岭南的"地方认同"④，而是"文学地志化"

---

① 叶烨：《拐点在宋——从地志的文学化到文学的地志化》，《文学遗产》2013年第4期。
② 刘芳瑜：《地志与记忆：南宋地方百咏组诗之研究》，硕士学位论文，台湾"中央"大学中国文学系，2012年，第70页。
③ 参见Tim Cresswell《地方：记忆、想象与认同》，徐苔玲、王志弘译，台北：群学出版社2006年版，第15、42—43页；刘芳瑜《地志与记忆：南宋地方百咏组诗之研究》，硕士学位论文，台湾"中央"大学中国文学系，2012年，第69页。
④ 参见笔者在《古代诗学视境下的"地域意识"——以岭南地域诗学为个案》一文中对于"地域意识"的阐述，载于《汕头大学学报》（人文社会科学版）2008年第6期。

潮流以及地方文人书写权强化的驱动，但是其客观上开启了有意识地对岭南风土人情进行构筑的地域文化传承行为，对后世的岭南文化建构产生影响。此前对地方风土人情记载与描述的文字并非少数，包括许多因贬谪而寓居岭南的诗人，都留下了很多宝贵的诗篇，然而，有意识去进行地方风土人情建构的，却应是在"地方"观念出现之后。寓粤诗人的风土诗篇"以景写心"的程度更深，而方信孺的百咏，以景写景，有意识地去记录与景物有关的资料，为南宋时期的岭南风物留下了珍贵的记忆。值得一提的还有与此交相呼应的南宋地方志编修热潮，南宋朝廷吸取历史教训，要求各州撰修州府图经以备战时所用，激励了"近时州郡皆修图志"[①] 的热情，"僻陋之邦，偏小之邑，亦必有记录焉"[②]。这些方志在编修时大多由地方州县学教授和郡人执笔，方志除了介绍地方基本自然情况与历史，大量摘引笔记杂录和诗赋题咏，甚至设专门加以收录，体现了更为浓厚的地方色彩，可谓当时编纂地方志的一种新旨趣[③]，具有宣传地方特色且实施教化的功能。因此，方志编纂对于地方士人的"地方认同"也产生了积极的作用。

二 《南海百咏》的晚清流播

前文述及《南海百咏》版本情况时已经对该书在晚清的流播做了介绍，笔者认为除了版本带来的传播信息，他者的接受亦是重要的流播体现。《南海百咏》的晚清流播离不开当时岭南的学术阵地学海堂及围绕着学海堂所形成的文人群体的有力促动。这种促动主要体现在以下两个方面：其一，学海堂以此书作为课士的题目，可以

---

① （宋）周辉：《清波杂志》卷四《修图经详略》，周氏著《清波杂志》，中华书局2000年版，第63页。
② （宋）黄岩孙：《宝祐仙溪志·跋》，收录于《宋元方志丛刊》本，中华书局编辑部编《宋元方志丛刊》，中华书局1990年版，第8册，第8333页。
③ 参见郭声波《唐宋地理总志从地记到胜览的演变》，《四川大学学报》（哲学社会科学版）2000年第6期。

说是把《南海百咏》当成了学海堂的教材;其二,有关此书的追和、续和,以学海堂学长樊封的《南海百咏续编》最为突出。

学海堂办学初期即定下了课士的基调与原则,历届学长皆谨守之,在课卷结集出版的《学海堂集》一至四集中体现出很强的延续性,学海堂一集的典范性尤为凸显。《分和方孚若南海百咏》一题即出现在学海堂一集之中,题目之下有小注曰"按孚若百咏皆有小序,引证详敷,今备录之。原作七绝,兹和以七古"[1]。可见彼时此书尚不易得觑,故备录编者认为学术价值高的小序。此题具有浓郁的岭南历史意蕴,将宋人眼中的南海古迹一一道来,兼以地理注释考证和典故、民俗的记录,后之人读之,无不思接千载,神游万仞,带着历史的幽情去触摸这片土地曾经的记忆,从而使阅者、和者心中对乡土的深情,得到释放且产生共鸣。后来学海堂又先后以《续和南海百咏》《分和宋方孚若南海百咏》为题课士子,分别限以五古和七律,同题而限以不同诗体,既是诗歌创作的锻炼,又是乡情教育的绝佳范本,体现了学海堂在课士时深化地域文化感应的意图。

学海堂以此课士,持续时间长,传播的范围广,士子于课卷之外又别有追和、续和之作,散见于各种个人诗集文集之中。不仅如此,学海堂人在追和、续和之外,还进一步表达对《南海百咏》的认可,学长樊封的《南海百咏续编》便是另一种形式的隔代追和。该书体例与《南海百咏》相仿,依然是对古迹的地理和历史陈述,诗歌吟咏,再加以注解;分为四卷,共有八类,卷一名迹、遗构,卷二佛寺、道观,卷三神庙、祠宇,卷四冢墓、水泉。在该书的序中,樊封谈道:"考据者嗜古而略今,咏歌者守近而忽远。躬际明良,目摩简素,虽小撰著,须益于时。……读先子之遗书,耳邦人之习谚,幽光可颂,畸行堪悲。恒惧其久而就湮,更虞其讹以传讲。会戴醇士学使山堂课士,以'南海百咏续编'命题,一时俊髦咸效孚若。凡属陈迹,争事网罗。因仿厥制,稍为变增,晰以子目八门,

---

[1] 阮元编:《学海堂集》卷1,道光五年刊本。

都为小诗两卷，广辑近闻，附诸细注。诗虽咏古，注实传今。……邦国掌故，安可诬也。志乘蒐罗，或有取焉。道光丙午朴学山房主人录。"① 可见本书的创作目的在于传承地方文化。

《续编》目前笔者所知所见有三种版本，清道光二十九年刊本，光绪十九年学海堂刊本，清末王宗彝抄本。书前有道光刊刻时张维屏和黄培芳的序，两位岭南文坛名宿都给予了此书极高的评价。引张序如下：

> 维桑与梓，聿垂恭敬之文；某水某邱，用谙钓游之地，而况事关家国、义系纲常、迹合幽明、典兼文献者乎？此吾友樊子昆吾续方孚若《南海百咏》所以为必传之作也。昆吾铁岭世家，穗城老宿，诗探五际，学贯九流，以其暇日乃著斯编。考地志之自为注解，见于杨衒之洛阳伽蓝，地志之自为诗歌，见于迺贤之河朔访古。是编参其体例，加以变通，句完七言，条分八类，诗必有注，注必求详。思古贤而凭吊，如闻楚些之歌。……披览兼旬，率题俪语，己酉腊月番禺张维屏。②

作为彼时羊城举足轻重的学人领袖，张维屏对此书"事关家国、义系纲常、迹合幽明、典兼文献"的认定以及"必传之作"的极高赞许，即便有学人间相互推举之嫌，樊封作此续编的功力与价值亦足见一斑。兹举《续编》中的黄木湾和萝岗洞为例：

> 黄木湾：在郡东波罗江口即韩昌黎南海神庙碑所称扶胥之口，黄木之湾是也。土语讹为黄埔，为省河要津，近为夷人停泊所矣。
>
> 黄木湾头寄画桡，高荷大芋接团蕉。怪他蟹舍春风紧，罂

---

① 方信孺、张诩、樊封撰，刘端点校：《南海百咏　南海杂咏　南海百咏续编》叙录（全文底本无，据扬大本补），广东人民出版社2010年版，第145页。

② 张维屏：《南海百咏续编·序》，樊封：《南海百咏续编》卷首，光绪十九年学海堂刊本。

粟花开分外娇。

　　阿芙蓉即罂粟浆和砒石而成者也,夷人持以流毒中原,其祸至烈。圣天子仁育万物,欲挽浇风起而禁之,诚转移之大机。而奸商狙于肥己多方挠乱。大司马莆田林公竭尽忠诚,卒之鲜济兹,则斩山为屋,架树成村,百弊丛生。阿芙蓉之毒不止,遍布东南已也。①

　　萝岗洞:在郡东八十里,危峰四拱,曲径通幽,中互四十里,咸膏腴佳壤,烟村星错,皆莳梅种荔为业,洞内有萝峰寺、玉岩书院,冬梅盛开,晶玉廿里,真同香雪海,粤人多往游焉。

　　石发林霏滑马蹄,东原小猎玉岩西。风流四镇归何晚,鞍上梅花月里鏖。

　　平王镇粤,每届隆冬必躬领将卒围猎于郊坰,虽非从禽,然借以驰驱习劳,亦国俗也。时藩下有四总兵,卢可用、班际盛、田云龙、张国禄,最握权要,分班列队,士处櫜鞬乘骑以侍王猎,日暮必会于看城,烹鲜行酒,赏梅为乐。今洞内犹有尖屯卡伦故址,而尚王之放鹰台,里老犹能指其处也。②

　　上引内容既有历史之记载、又有当下之描画,更通过今昔对比联系,进一步反映现实社会问题。如黄木湾一条,谈及阿芙蓉也即鸦片,樊封痛陈鸦片之流毒,也极赞林则徐禁烟之举,有助于我们了解当时广州士人对鸦片的态度,而这也从一个侧面透露出,在社会矛盾日趋激化的社会环境下,"经世致用"的文风以及士子对国家大事、社会情势的关注。

　　对诗歌的注释,实际上是对与名胜古迹相关的历史典故和传说的进一步阐释,用更为直观和生动的历史故事来还原历史的记忆,使阅者如临其境。上文描述萝岗洞的文字简洁而动人,不只是一般

---

① 樊封:《南海百咏续编》卷1。
② 樊封:《南海百咏续编》卷1。

的介绍性文字,而带有散文般行云流水的优美。不仅如此,作者还在介绍中放进其他同时代的文友甚至自己的一些活动,使文字更加亲切、真实,另一方面也因之保存了不少士人交游的资料。如卷二《安期仙祠》和卷四《君臣冢》:

> 安期仙祠:诗人张南山黄香石林月亭段纫秋七人,于观左别筑南雅堂,广植名葩奇卉,盛结吟坛,补禊消寒,殆无虚日,伊墨卿太守为南雅堂记,镂石于壁。①
> 君臣冢:在大北门外,流花桥南,象岗炮台下,明唐王朱聿粤暨其臣苏观生等十五人攒葬处也。粤民呼之为君臣冢,荒垅数尺卓立于菜畦间,百年来耕人无敢犯之者。既乏题碣又非兆域,过者忽之。予尝与同志谋售其地,筑茔立碑以表之,惜未果耳。②

如果说方信孺所记录的是宋时南海负有盛名的古迹名胜,樊封的《续编》选录的古迹名胜也具有极强的时代特征。学海堂课题中不少拟作课题,所歌咏的主题多是当时有名的游览胜地,有不少与樊封《续编》中所选录的是一致的,可以互相发明。如二集《黄木湾观海拟孟襄阳望洞庭湖》《越台怀古拟高常侍古大梁行》《游六榕寺拟韩退之山石》《拱北楼铜壶歌》《罗冈洞探梅》③,四集的《绝武君臣冢》,等等。因此,我们认为樊封的《续编》以及其他士人的同题作品是对《南海百咏》的隔代追和与延续,也是《南海百咏》流播的重要体现。

三 《南海百咏》的选择与被选择

反观文学史的发展历程,某一部作品的流播以至成为经典,在

---

① 樊封:《南海百咏续编》卷2。
② 樊封:《南海百咏续编》卷4。
③ "萝岗"与"罗岗"常通用,此处以原文为准。

选择与被选择中都充满了必然与偶然的各种因素。也许可以不是《南海百咏》，而是其他某一部同一类型的诗文地理志来扮演其角色，但《南海百咏》的后世流播恰正反映了这本书本身的特殊性，以及时间轴上与地域文化传承、与晚清学术风尚的契合。

（一）《南海百咏》的纵向呈现：地域文化传承

由宋及清，沧海桑田，方信孺与樊封，二人以隔代的问题呼应，为我们呈现出一幅变动着的南海大地景致，在时空的穿越中，流淌着文化的默契。这种默契，根源于地域文化传承的责任感，而其呈现方式，则体现为诗文与山水古迹所营构的绵延不绝的地域文化空间，即是境与诗文的交织，境与人文的交织。

方信孺之友叶孝锡在《南海百咏》序中写道："境以诗名，在在皆诗也。……方君来尉番山，剜苔剔藓，访秦汉以来数百年莽苍之迹，可考者百而缀以诗，可见胸中磊落，使其乘飞廉，凭丰隆，翱翔乎氛埃之上。……"此序不仅阐明了方信孺创作此书实地勘考之艰辛，亦从另一个方面点出了"境"与"诗"的相依并存之关系，山水古迹之成为一地名胜或某地象征，诗文是重要的推动力，而相应的地域文化空间，则成为地域文化传承的重要内容，也是方信孺与樊封隔代呼应的媒介。

世易时移，方孚若与樊封，二人的视角，二书的侧重点有何不同呢？南海大地的人文空间在二人的笔下又有着怎么样的改变。

方信孺所记载的古迹，大多与南越、南汉相关，尤其是短祚的南汉王朝，虽然历时才五十余年，却大兴土木，劳民伤财，帝王也是花招迭出，留下了很多悲惨的、骄奢的、香艳的、奇异的故事。也许药洲已找不到炼药的丹炉，只剩下不会说话的石头；也许刘王花坞早已没有夹岸而生的鲜花，土里只残存当年妃子、宫女嬉戏跌落的发簪，但许许多多的人物和传闻，始终缠绕着这一空间，从而转化为《南海百咏》中永不磨灭的文字。对于清末的樊封而言，南越、南汉是极为遥远的时空了，即使是明末的南明小王朝，清初平王镇粤，也渐渐在世人的记忆中淡去。樊封所选取的古迹，有一些是宋以前的古迹而方信孺没有记载，而后因为新的历史事件而具有了新的意蕴，譬如旧迹新筑；其他宋以后形成的名胜古迹，或因人而名，或因事而显，有很大部分内容与南明和清初那个时期紧密相关。如靖王府、平王马圈、靖王马圈、备调军装库、铁局、怀远役等，还有一些是甚受时人喜爱的名胜景点，所述内容下延至道光年间，则又具有了近代史的史料意义。

从注解之详敷来看，樊封比方信孺更为精审，力求完整地、清晰地呈现该地的过去与当下，他在书的序言中也提到"盖前编之咏，藉证耳闻；斯录之收，多凭目验"①，强调其真实性更胜方信孺之《南海百咏》。方信孺的注解多引用《岭表录异》《南征录》等书，有些古迹注解略显简单，但是在当时关于南汉的历史记载甚为简略的情况下，方氏能对古迹作比较精确的注释，相关历史典故和传说也较为详细，为后人留下宝贵的资料，是十分难能可贵的，可见作者经过了深入的调查和寻访，作出极大的努力。由上文所举黄木湾和萝岗洞，则可见樊封则更为注重名胜古迹的现时状况以及与之相联系的社会内容和环境。总的来说，樊封更注重当世价值，自觉地纪当代史，而方信孺则依然较侧重纪古代史。有学者指出，随着"文学地志化"趋势的不断加强，"文学作品中对中小地区社群的地理、文化面貌的描绘越来越多，以致有时候文学只剩下一个躯壳，实际内容已是对地域历史、地理信息的介绍和建构"②。这固然是极端化的比方，但正说明了从方信孺到樊封，正是一个文学发展循序渐进、不断推进的过程。

方信孺和樊封都将他们所看到、听到、问到的内容呈现于文字之中，或翔实记载，或动情歌咏；都关注古迹的历史与现实之间的联系，追古思今。他们将南海大地的历史时空连接了起来，营造出更富有内涵和时空感的诗意空间。如果说《续编》与《南

---

① 方信孺、张诩、樊封撰，刘端点校：《南海百咏 南海杂咏 南海百咏续编》叙录（全文底本无，据扬大本补），广东人民出版社2010年版，第145页。
② 叶烨：《拐点在宋——从地志的文学化到文学的地志化》，第101页。

海百咏》之间带有历史的层积性,樊封从纵向的历史链条上承接方信孺记录南海古迹的使命,那么,元代吴莱的《南海古迹记》、明代张诩的《南海杂咏》、明代南海郭棐的《岭海名胜记》,如此种种,与南海名胜古迹相关的著作,都是这一链条的重要组成部分。

前文我们分析过,《南海百咏》因应着"文学地志化"学术潮流以及南宋时地方文化书写的有意识建构,这种建构也深层地体现了古代文人的"立言"心态。樊封对《南海百咏》的追和,除了当世意识的加深,通过地域文化构筑使自己成为地域文化链条的一个节点,更体现出这种建构以及文化传承的自觉。张维屏说樊封之续《南海百咏》"为必传之作也",虽然意在指出樊封之续编文质彬彬,于史有补,重要性自不待言,却也从另一个角度反映出樊封与书同传的深层期望。诸位学人或为专书或仿而作诗以和,固然是寻前贤之源而前行,而今日之举,亦可成为他日后辈学人之源,自己亦可随之留名后世。重要的是,学术链条因之而延伸,集体记忆、地域文化也能够波澜不惊地传递下去。

(二)《南海百咏》的横向呼应:晚清学术风尚

纵向的历史链条延伸为我们搭建起时光的经度,如果从横向的社会风尚契合来进一步剖析,则纬度的营构可以使这一文学作品及文学现象得到更为充分的阐释。

嘉道时,诗歌地理志或乡土地理性质的著作编撰呈现出相对集中而且备受学人重视的态势。

首先,围绕着《南海百咏》,除了刊刻重梓,以及樊封的《续编》,学海堂学子的同题课卷,在《广州城坊志》中还提到"陈昙《补南海百咏诗》自注引李士桢《街史》云:'亚荷塘在东门内,宋周茂叔为提刑时种莲处,后人转为雅荷塘,又讹为阿婆塘。……'"[①] 陈昙是当时备受赞誉的诗人,也是学海堂肄业生,这条记载既说明陈

---

① 黄佛颐编纂:《广州城坊志》,广东人民出版社1994年版,第70页。

昙熟悉且认可《南海百咏》,不然不会有"补"之举,而且其诗自注也带有《南海百咏》古迹介绍的意味;① 此外,莅粤为官,与粤士人交往甚密的方濬颐,仿《南海百咏》而作五言诗,其小注云:"乙丑冬日仿吾宗孚若先生作南海百咏五言诗,取其考证以成韵语,体虽不袭,义实相沿,非敢谓于诗境之外另开一境也。亦聊见前贤门户,后人尚有寻源而至者尔。"或以此为题,或续和、补和,这样的诗人诗作在元大德此书刊刻之后当为数不少,根据现在所见资料,至少可以肯定,到了嘉道年间,《南海百咏》受到的重视是比较明显的。

其次,异曲同工的相关著作卷帙浩繁,蔚为大观。如与学海堂人交往密切的邓淳,他所编纂的《岭南丛述》内容十分丰富。列目四十,厘卷六十,共有二十四册之多,内容遍及岁时、舆地、群山、诸石、水道、礼制、文学、武备、服饰、宫室等方面。

略往前追溯,乾隆时陈兰芝编辑刊刻的《岭南风雅》也较有代表性。此书分三卷,每卷分上、下,是为广东地方艺文总集,初集之前编列各种文体及其阐释,其后是岭海名胜古迹,在目录部分,古迹名胜下会有小注,或注明彼处之名由来,或注明彼处之特色,或注明所处方位,如刘王花坞,羊城西郭;华林,西来寺达摩初到此;秋波钓台,黎贞辞辟后筑,白沙有诗;坡公宅,惠阳春梦婆处;百花冢,才女张乔坟;荔枝湾,南汉主燕歌地;马侍郎宅,香山宋端宗驻跸处;泷峡,文公为阳山令时信宿于此;越华楼,陆贾所居……该书意在保存历代广东艺文,然而视之为保存粤中古迹名胜、鸟兽草木,亦不可谓不可。因为书中辑录的诗歌文赋,出注甚多,譬如第五册,卷二的《石门贪泉有怀吴刺史》小注则将晋吴隐之清操一事及其后续的传闻一并记入;彩云轩,小注"在罗浮麻姑峰,麻姑常降此,至则彩云缭绕……"有借诗而存人存事存地,详述岭南风土人文、历史人物的意味。

---

① 方濬颐:《二知轩文钞》卷12,《续修四库全书》第1556册,上海古籍出版社2001年版。

陈兰芝以"吾粤古迹名胜,鸟兽草木"作为选编地方艺文的主干,附以地理方位、历史人物事件、风情民俗的注释,可见,吟咏古迹名胜的诗作可以成为向世人介绍吾粤风情的窗口,可以保留地理情况和历史资料,可以成为方志编修的借鉴和参考,更可以成为乡人深入了解和感受地域文化的文本。这一点,与《南海百咏》《南海百咏续编》以及其他类似的作品,是相同的。而"古迹名胜",通过这种艺文作品与地理注释结合的形式,历史的人与事不会仅仅成为史书或地方志上略显单薄和严肃的文字,能因"地"(古迹名胜)而获得另一种形式的保存;而相应的,"地"也因为人和事而彰显,成为后人游历和思咏的所在,成为超越时空的历史情感与记忆的承载,并进而深化人对地域的情感,乡人游之增其自豪与归属感,外乡人游之增其认同与体验,从而凭借"古迹名胜"的审美感应,产生地域的共鸣。

(三)《南海百咏》的异代阐释

《南海百咏》的晚清流播,可以说是该书的晚清阐释,或者说是晚清的学术及社会因素在该书流播上的折射。历史总是惊人的相似,晚清中国面临的挑战,"数千年来未有之变局"①,丝毫不比南宋朝廷简单,不再是民族的相争;外国列强的枪炮迫使我们要在世界之林寻找自己的定位,天朝上国的美梦已被彻底粉碎。地方士人在忧心国事之时,充满了文化流失乃至灭亡的焦虑,因此,汲汲于地方文献的收集整理,自觉于地方文化的传承。清末新政期间,政府大力推行乡土教育,地方的读书人编纂乡土志和乡土教科书作为初等教育的教材,用以培养青少年的乡土感情,或透过介绍地方物产来传播爱乡爱国的观念。如1909年出版的《潮州乡土教科书》,格致一科选取了诸多日常生活中惯常可见的事物,譬如"芥,气味辛烈,俗称为大菜,经霜而味益美,民家以盐蓄之曰咸菜,潮人以为常食

---

① 李鸿章:《筹议海防折》,《李鸿章全集》,奏稿卷二十四,安徽教育出版社2007年版。

之品焉"。① 而《嘉应新体乡土地理教科书》的编纂则以游记体的形式，带着受教对象去游历他们所熟悉的、习见的，但也许并未深入了解的当地的建筑景观、风土人情。该书的编写独辟蹊径，"嘉应居广东之东，吾人爱慕乡土，不可不先事游历，今与诸生约，遍游一州，自城内始，后及于三十六堡。……"② 乡土志和乡土教科书当然颇有些"新学"的意味，但是在记录并传播乡土特色，培养乡土感情的方面与古代的各类地方志书并无二致。

由爱乡土而爱国家，对"乡土"的认知和对地域文化的热爱，正是对凝聚这一切的中华民族文化的深爱。此时的"国"已不是天子的国，既不是简单的地理概念，也不是单纯的政治概念，而是文化概念意义上的"国"，体现了近代国家意识的萌发和过渡性的特征。文化的认知构成了"家国"观念重构的核心，而地方文化的认知与建构的自觉，奠定了这种重构的基础。

嘉道而下及至民初，围绕着《南海百咏》一书而延展开去的乡土地理志编撰之风，对地方风物尤其是古迹名胜的重视，固然与当时学术界的地理学背景、与国家受到内外挑战的时代背景有密切关联，然而更重要的是，这股风潮之下所蕴含的人与地域之间审美感应的循环，在地域辨识和自觉中，得到了进一步的凸显。人与地的审美感应，面对古迹名胜本身，抑或面对与兹相关的《南海百咏》式文本，浑然而成的感情与体悟空间，既是个人的，自得的，灵动的，又在开启集体记忆的同时，延续和推进集体记忆，扩展为共同的集体记忆空间。因此，无论是方信孺，还是樊封，抑或学海堂中应答课题、补和续和"百咏"或其他古迹的士子，他们营构充满地域特色的诗意空间时是自我的，而后这一空间又成为共享的，成为其他人营构空间的起点和基础。从某种意义上说，古迹名胜有可能会有物理形态的转移，而精神形态的诗意空间，却能够在文化群体

---

① 林宴琼：《学宪审定潮州乡土教科书》，第二十一课《芥》。汕头中华新报馆，宣统元年。
② 萧启冈等编：《学部审定嘉应新体乡土地理教科书》光绪三十四年编辑，宣统元年八月审批完毕，宣统二年刊行。

和历代士人的推动下，拥有更加活跃和茁壮的生命力。循学术链条而上，这股风潮与汉代杨孚作《南裔异物赞》是一脉相承的，这种文化精神，是地域宝贵的人文积淀。值得注意的一个细节是，方信孺和樊封都不是土生土长的岭南人，从某种意义上阐明了，地域文化传承既是地域性的，更是整个中华民族的。

晚清中国，社会结构发生着深层次的变动，新的社会阶层萌发成熟壮大，旧有体制观念遭遇质疑颠覆重构，"家"与"国"的概念处于重新确立的过程中。因此，"乡土"的认知方式与内涵的丰富都打上时代的烙印，并伴随着地域文化传承自觉意识的渐渐鲜明。

在晚清的社会大背景下，以《南海百咏》的晚清流播所代表的文学文化现象，既沿袭了地域文化传承的传统内核，又呈现出具有现代意义的自觉意识，折射出晚清中国传统文明深层变革的未来走向。

[原载于《中山大学学报》（社会科学版）2016年第4期]

文学地理学视野下的晚清学海堂文学教学

翁筱曼

【摘　要】晚清学海堂以经史考据和辞赋为教学内容,其文学教学特色鲜明,对地域文化资源的利用,充分体现了学海堂的地域文化身份。这种利用地方文化资源的教学策略在晚清岭南的凸显,是时代裂变之际地方"乡土"认同和"国家"观念重构的投射,亦是历代岭南士人"吾粤"认同不断深化与自觉的表现,是学海堂身兼书院与地方学术共同体的身份驱使下的文化行为。

【关键词】学海堂;文学教学;地域认同;文学地理学

晚清学海堂与诂经精舍,是阮元手创的两所著名的书院,两书院以经史考据和辞赋为教学内容,不以科举为目的,而举文学复古旗帜,因此,其文学教学特色鲜明,选题自由度相对较高。而学海堂地处岭南,围绕学海堂形成的学海堂文人群体,不仅成为岭南学术的中心,更以学术交游和著作出版等方式向京城、江南等地区扩散自身的影响,其文学教学特色鲜明地体现在对岭南地域文化资源的利用上,充分展现了学海堂的地域文化身份。就笔者目前所及其他书院的课艺文集,在文学教学中呈现出来的地域文化特色,学海堂是比较突出的。《中国历代书院志》①丛书共收录24种书院课艺或文集汇编,从课题中辞赋的比重和地域文化类型题目的数量来看,学海堂文集的诗赋部分所占的比重较大,内容丰富,对本地文化资源的利用明显。除阮元外,学海堂前后有八位学长共理,那么,站在历任学长的立场,岭南可供描摹、构筑的地域文化空间究竟是怎样的?具有哪些地域文化因子?而在地域文化资源利用的教学理念的接受过程中,应答课题的学海堂士子们又经历了怎样的地域观照和文化定位?我们以《学海堂文集》为中心,梳理下学海堂文学教学中所构筑的地域文化空间。

一 文学地理学视野下的地域文学空间构筑

在中国文学和文论语境中,文学地理不宜简单割裂为文学与地理,而应首先视为一个相辅相成的整体。因此,当我们翻开《学海堂文集》,扑面而来的有历史喧嚣后的尘埃落定、有清新喜人的乡土气息、有粉墨登场的乡宦贤达。岭南以外人士读来,有如一个充满岭南风情的世界,引人入胜;岭南人读来,则多了一层亲切,跟随乡情饱满的文字,心底的温热汩汩流出。学长命定课题时,士子应答课题时,以及课题本身,共同构筑起来的地域文学空间,其间的审美感应与文化传承,呈现出晚清岭南的文学文化风貌。

(一) 岭南文学史谱系

考镜源流,既是古代文人著述的目标,又是为自身寻找定位的方式。因此,对岭南文学作通史式回顾,选取重要的文学史人物为论述对象,就成为学子们追源溯流,为自身在学术链条上找到位置

---

① 此处《学海堂文集》指的是学海堂历任学长编撰的四部课艺文集,这四部文集基本收录了学海堂从创立到光绪年间的课题,分别是阮元编《学海堂集》,道光五年刊本;钱仪吉、吴兰修编《学海堂二集》,道光十六年刊本;张维屏选《学海堂三集》,清咸丰己未年启秀山房刻本;金锡龄、陈澧选《学海堂四集》,光绪丙戌年启秀山房刻本。赵所生、薛正兴主编《中国历代书院志》,江苏教育出版社2005年版。

的方式。而这一过程，亦是地域文学经典的异代接受与阐释，形成了晚清岭南学人心目中的岭南文学史。

在《学海堂二集》中，以《论诗绝句专论粤东诗人》为题，收录了梁梅的课卷绝句十首。① 其一云："论古谁稽汉惠年，越讴频奏御池边。谁知诗始萌芽日，已在文坛元帅先。"汉孝惠帝时，番禺人张买"侍游苑池，鼓棹能为越讴，时切规讽"，② 此处作者以张买作为粤诗开端。其二云："岭南诗派曲江开，正字青莲鼎足陪。海日江春还手写，可知卿相总怜才。"张九龄开岭南诗派的里程碑式地位，既奠定了岭南诗派雅正的基调，又以一代名相的美名，为后世树立了典范。以下依次论及晚唐的陈陶，宋代的余靖、李昴英，明初的南园五先生（孙蕡、王佐、黄哲、李德、赵介），嘉靖时的南园后五先生（欧大任、梁有誉、黎民表、吴兰皋、李时行），万历年间的区大相、邝湛若，明末清初的岭南三大家（屈大均、陈恭尹、梁佩兰），以及岭南历代许多潜心诗文而未留名青史的诗人。梁梅的十绝，列出了他所认为的在岭南文学发展中具有不可磨灭贡献的岭南文士。学海堂学长黄培芳亦作有《论粤东诗十绝句》③ 可参见，由岭南首位状元莫宣卿开始，至清中期冯敏昌止，黄培芳选择的诗论对象与梁梅不尽相同，但可以看到张九龄、南园前后五先生、岭南三大家、区大相、邝湛若亦是论述对象。另外，《学海堂二集》收有《用江文通杂体诗三十首法拟唐宋元明二十首并序》，此题仅收录李应中所作序，序谈的是大文学史："昔江文通作杂体诗三十首，溯五言之渊源，拟诸家之体势，权舆汉魏，下迄晋宋，镂心刻骨，尽相穷形。今仿其法作三十首，各家悉备，众体兼全，始自曲江，终于瑶石，合四朝之风，格振五子之坛场。……匪曰希高踪于前哲，夫

---

① 《学海堂二集》卷22。
② 欧大任：《百越先贤志》卷1，影印文渊阁《四库全书》第453册，台北：商务印书馆1986年版。
③ 黄培芳：《论粤东诗十绝句》，引自邱炜蓂《五百石洞天挥麈》卷3，《续修四库全书》第1708册。

亦缅流风于桑梓云耳。"① 拟作仍以岭南诗人为范围，学长出题的意图着意于地域先贤，三十首的内容，我们暂未能获知，但由序中可见张九龄、余靖、李昴英、黎民表等诗人名字，他们在大文学史上占据了一席之地，作为乡先贤，对后世的岭南士子，其典范的力量极为深远。受篇章体式和数量所限，三位士子仅举出自己认为重要的诗人来论述，因此所提到的诗人并非岭南文学史全貌，但却具有代表性，张九龄、余靖、李昴英、南园前后五先生是岭南文学史里公认且不可替代的主角。

以上是课题中对岭南文学进行整体描绘的部分，另有许多专论之题，进一步丰富了这幅岭南文学史图景，如《和陈独漉怀古十首》《秋日咏怀拟张曲江感遇》《晚游万松山拟余武溪晚至松门僧舍》《和邝海雪赤鹦鹉八首》《和易秋河白牡丹》《读赤雅追和黄蓉石比部》等。这些岭南文士与作品，犹如分布在岭南文化空间的闪亮星辰，与学海堂学子进行着穿越时空的交流。

（二）岭南风情画

其一，岭南农耕。《学海堂二集》《岭南劝耕诗》《岭南刈稻词六首》《半塘采菱词》，三集《梯田引》《农具诗十二首》《拟唐人十樵诗》，四集《田家杂兴》等，围绕农耕活动、农家用具、农家日常生活一一展开描述。其中，《岭南劝耕诗》按照月份来写，农趣盎然，清新可喜，泥土气息与文学雅致结合得很自然。如正月："东风入新年，海气吹浅绿。茫茫潮花田，矮矮榕树屋。开灯聚邻里，添丁酒新熟。……视我翻根泥，理我犀尾湴。明朝择黄道，送儿入乡塾。农亦视此忙，流光赴奔促。"（徐荣）二月："雨歇生嫩凉，宿草清露消。仲春农事亟，破晓比邻招。……飞灰何处田，石火沿山烧。土性各有宜，本业当勤操。"（张有年）三月："三月众修禊，清明卖饧天。麦浪春风翻，蠓蠓满村前。……思毛围田白，收获有后先。黄苗与金鸡，粘糯遥相连。"（吴宗汉）

---

① 《学海堂二集》卷18。

其二，渔业。渔业在岭南民生中占据不可或缺的地位，二集的《续天随子渔具咏》，以陆龟蒙所作渔具咏为模拟对象，小序云："天随子渔具咏十五篇备矣。粤滨海蜑人，衣食于鱼，其具尤异。载之广语者……，多皮陆所未知也，为十五题续之。"[①] 朋罛、公姥罛、兄弟钓、罾门、鱼枪、鱼镫、涂跳、跳白、塞箔……，这些渔具听起来十分新奇，应课的士子除了细致阐述渔具的用途，更设身处地，表达渔民生活的艰辛。如："封川鱼苗阜，在在供征输。税别上中下，盛至九百余。乃名曰鱼牌，于义曷取诸。俗谚惯相沿，鲤簰拟则殊。"（刘步蟾《鱼牌》）

其三，岭南花果。《学海堂文集》自然离不开岭南佳果荔枝，有荔枝词、荔枝赋、荔园诗，彩笔华章，毫不吝惜；还有吴应逵所作的《岭南荔枝谱》，将岭南荔枝的来源、发展、品种等细细道来。学海堂一集的《岭南荔枝词》，谭莹等皆有佳作，而谭莹创作尤多，此课题的课卷涉及诸多与荔枝相关的典故、民俗、种植知识等。荔枝而外，学海堂各集课题还有不少或熟悉或陌生的花木面孔，二集的《咏岭南茶》，分述了"西樵茶""和平茶""清远茶""罗浮茶""莲花峰茶""古劳茶""河南茶""新安茶"，茶文化源远流长，岭南茶亦有悠久的历史；《刺桐花歌》《木芙蓉》《木棉》《金钱花》《米囊花》，以及三集的《白桃花》《玉簪花》，呈现一个熙熙攘攘的岭南花木世界。

其四，民俗。四集《斗龙船行》《七月烧衣曲》涉及端午、七月施孤两个民间大节日；三集《咏七夕节物八事》，描写与七夕相关的"银河""月""曝衣""针""鹊""蜘蛛""花""果"。《岭南新正乐府四首》分述"送蚕姑""照田禾""打灯谜""夺花炮"，这些习俗相沿至今，是岭南乡民十分重视的传统习俗。如《送蚕姑》："拂莞席，陈兰汤。家家出户迎蚕娘。清水一盂香一炷。迎得娘来愿娘住。……岁晚村前陈百戏，共喜蚕娘今日醉。"（谭宗浚）

---

① 《学海堂二集》卷20。

《夺花炮》:"粤城二月开花炮。巧夺豪偷昼争闹。褰裳或至趋泥淖。就中一炮名添丁。得之云足充门庭。"(李征霨)① 看似普通的仪式,对村民而言却有着无比重要的象征意义。但有些习俗在部分乡村变了味,在利益驱使下,村与村之间变得对立,甚至演变为械斗,本是热热闹闹共庆的习俗转变为陋俗。如谭宗浚写夺花炮就在小注中谈到"近岁有因争花炮而夺杀者,此陋俗不可不禁",说明学子们既关注民俗,更关注民俗背后的社会民生状况。《送蚕姑》中也提到了粤地市舶萧索,导致布匹市场萧条,对以养蚕织布为业者的生活带来巨大冲击。

这幅岭南风情画,泼墨匀彩到此也已经粗具雏形。《学海堂四集》的《反昌黎南食诗》,更把令人赞叹的岭南美食也补充上来,色香味俱全,梁起序:"咏歌所及,纸墨遂多,爰择其味之绝珍,词之尤雅者。次为反昌黎南食诗,将使灶下老婢当食部之方歌,江上珠娘杂粤讴而低唱。"② 若果由珠娘以此诗为粤讴,浅吟低唱,定必让听者食指大动,居住岭南,不徒啖荔枝矣。学海堂课题中诸多物产、民俗的阐述,贴近到学子们日常生活里,从他们习以为常而具有地域特色的内容着手,深化地域的辨识和认同感。

(三)羊城风华

据传五仙人各执谷穗一茎六出,乘羊踏祥云而至,衣服与羊各异,色如五方,遗穗与州人,羊化为石像,故而广州又称"羊城""穗城"。往日的羊城风华,今日已难重现。《学海堂文集》中学长和学子诗文为我们提供了可能,去重构当日的广州景象与文化记忆。羊城作为学海堂坐落之所在和大多数学海堂人生活和学习的地方,以羊城为主体的文学空间构建,带有时光的尘埃,更多的是沉淀在生活中的细枝末节。

以《学海堂二集》许玉彬的《珠江行》为前引,沿着珠江,一同

---

① 《学海堂四集》卷23。
② 《学海堂四集》卷28。

凭吊羊城遗踪:"极目苍茫岛屿浮,沿洄郁水探灵洲。白鹅潭畔云光湿,朱雀航前日影留。居然海市通商贾,东燔西琛积如土。……最怜消夏居江乡,柳波潊带荔湾长。槟榔微醉红潮晕,茉莉齐开白雪香。……回首前朝迹已陈,南濠楼阁忆飘茵。……俯仰江天有所思,生涯珠女共珠儿。杨孚宅已苔花没,忠简祠空木叶飞。得月高台谁管领,钟声静与潮声应。买渡时寻穗石踪,对河遥揽花田胜。江干风定偶停桡,浮家愿借一枝箫。请歌海国承平际,看尽蛮烟瘴雨消。"① 好一句"看尽蛮烟瘴雨消",灵洲、白鹅潭、荔湾、杨孚宅、忠简祠、得月台、走珠石……这些分布在珠江两岸充满意义的点,谱写着动人的乐章,让这个城市鲜活起来。其中花田和南濠,可谓盛极一时。

《学海堂一集》吴兰修的《花田》便阐释了花田的由来及传说:"花农家在城西住,花田十里迷香雾。踏青人上玉勾斜,有酒惟浇素馨墓。……阿侬不愿金为屋,但愿花田作汤沐。消受氤氲一种香,夜深开傍鬟云绿。博得君王几度怜,由来紫玉易成烟。……香魂冉冉来花坞,地老天荒奈何许。生生不断有情根,只恋刘家一抔土。"② 二集的《茉莉田》、三集的《西樵白云洞杜鹃花盛开》、四集的《大滩尾看桃花》,这些都是延伸到羊城不同角落的"花田"。学海堂集《岭南四市诗》分别以羊城花市、廉州珠市、东莞香市、罗浮药市为题,直至今日,羊城一年一度的迎春花市,满载着羊城人民爱花的情怀。

花让生活充满了生机,水,则是城市的生命线。曾几何时,羊城水道虽称不上星罗棋布,也将西南角编织成繁华的临濠胜地。学海堂《南濠》一题,应答课卷甚夥,学子们在各自的关注角度下引向不同的情感触发点:"白鹅潭中波浪恶,贾帆风利不得泊。移船急向南濠来,有闸启闭时则开。此闸闻是高公辟,万口歌功今不易。前明风俗最繁华,一路珠帘夹岸花。……繁华逐渐膏腴竭,风流毕竟成消歇。……我生喜见承平久,清时乐事无不有。斜日轻舟荡桨

---

① 《学海堂二集》卷21。
② 《学海堂集》卷11。

迟,荔湾西去间携酒。"(吴应逵)① 吴应逵此诗是南濠历史演变的诗意描绘,诗歌结尾点出承平之乐,荡桨荔湾的闲适之情。谭莹之作,则写得文字华美,"导客争移茉莉灯,背人解劝玻璃枓。红豆抛残曲未停,素馨开遍鬓重掠",捕捉了茉莉灯、红豆、素馨等诸多意象,演绎南濠的风情万千。

(四) 杨孚与雪

岭南是否会有六出飞花的降临?广州南边的土地有"河南"之称是因为在珠江之南么?围绕着杨孚、杨孚故宅、南雪,这两个问题紧紧地联系在一起,其阐释和内涵始终在变动和丰富之中,成为地域文学史上经典的主题。

《广东新语》中对"河南"和"南雪"这两个典故有如下记载:"广州南岸有大洲,周回五六十里,江水四环,名河南。人以为在珠江之南故曰河南,非也。汉章帝时,南海有杨孚者,举贤良,对策上第,拜议郎。其家在珠江南,常移洛阳松柏种宅前,隆冬蜚雪盈树,人皆异之,因目其所居曰河南。河南之得名自孚始。"②"孚字孝元,其宅在河南下渡头村。越本无雪,至是乃降于孚所种洛阳五鬣松上,可谓异矣。唐许浑诗:'河畔雪飞杨子宅,海边花发粤王台。'有张琼者,尝掘地种菱,得一砖云'杨孝元宅',琼异之,因号南雪。"③ 重点都在于"雪",一个追溯雪的源头,洛阳松带来了河南的雪,故得名"河南";另一个则突出雪的稀奇,越本无雪,所以有"南雪"之典。杨孚南雪的典故,后人或引用之,或称述之,亦有以"岭南无雪"驳斥之的文献记载。尽管如此,这个典故的魅力却不曾消减,其所蕴涵的文化价值信念依然受到重视。

阮元莅粤之后,曾在杨孚故居的旧址上组织修建杨孚南雪祠,以祀杨议郎,并为此赋诗。杨孚南雪之典是《学海堂文集》里的熟悉面孔,展现了此典故在岭南地域文学空间的代表性和重要性。

---

① 《学海堂集》卷11。
② 屈大均:《广东新语》卷2,中华书局1985年版。
③ 屈大均:《广东新语》卷2,中华书局1985年版。

学子们阐释角度的不同，体现出该典故丰富的阐述空间。从课卷中，我们可以归纳出以下几点。其一，杨孚作为议郎，以抗疏直谏闻名，这一点在岭南地区，是受到极高称许的。杨孚归里之后，潜心著述，其《南裔异物志》的赞语为四言韵语，诗味浓郁，屈大均认为这些赞语就是岭南诗歌的萌芽，在文学史上具有里程碑式的意义。其二，故居故址。虽然洛阳松已经不在，杨孚故居的主人也迭经更替，但"古甓残砖资考镜"，"万松地古人皆识"，足以为后人提供凭吊和追思的载体了。其三，岭南人看"雪"。"雪"在岭南则极为罕见，因其稀有或无法得觑，雪就显得异常珍贵。南雪之典的传播恰好说明了雪的罕见和岭南人对雪的期待。

二　学海堂对地域文学文化资源的传承与推进

拟定课题的学长，应答课题的学子，阅读课题的士人，《学海堂文集》成为一种特殊的载体，在地域文学空间里，传递着一乡之人共同的记忆。这种文学教学中对地域文学空间的有意识构筑，也是对地域文学文化资源的整合与推进，我们可以将之视为一个岭南地域文学的晚清学海堂读本。

前文我们通过学海堂课卷的分析，从四个方面探讨岭南地域文学空间的构筑，篇幅所限，仅举其要，并非全景。课卷中还有许多关于岭南先贤和人文建筑的课题，如二集《拟洗夫人庙碑》《拟重修广州城南三大忠祠碑》，三集《拟重修南园前后五先生抗风轩记》《拟广州北门外明季绍武君臣冢碑》，四集《海珠李忠简公祠碑》《东莞伯何公祠堂碑》《拟重修粤秀山安期生祠碑记》等，这些充满地域文学记忆的人物和建筑，也沉淀在历史时空中，学长们在教学中不断渗透和加深这种先贤典范的力量，[①] 进一步加深士子的地域认

---

① 关于学海堂教学中以岭南先贤为课题主体以加深其典范力量的论述，笔者已有专门文章，故在此不赘述，参见《晚清学海堂文学教学与先贤宗奉情结》，《暨南学报》（哲学社会科学版）2014年第7期。

同和文化精神。学海堂教学以"杨孚故居与雪""黄牡丹状元黎遂球""邝海雪抱琴""易秋河白牡丹"等来命题,既是对岭南文学史上经典文学主题的重温,亦是对经典的确认和推进。通过同题诗歌的创作,进行具有重复性又有创新性的阐释,在这种重复与创新的交织中不断丰富和深化主题。

余嘉锡在《四库提要辨证》之"《太平寰宇记》"条指出,叙述地理而兼记人物,班固《汉书·地理志》已开先河,"东汉以后,学者承风,各有撰述,于是传先贤耆旧者,谓之郡国书;叙风俗地域者,谓之地理书;至挚虞乃合而一之。南北朝人著书记州郡风土,多喜叙先贤遗迹、耆旧逸闻……盖郡国书可不记地理,而地理书则往往兼及人物"。[①] 魏晋南北朝时,地记涌现,且多出于本地士人之手,这一类型的著作多记录山川水土,风俗物产,先贤事迹及遗迹,以及一些民间口耳相传的故事,具有较为自觉的美化地域的意识。学海堂课卷中选择诸多山川风物课题以及先贤事迹,用以构筑地域文学空间,这种教学策略的意图及其内涵,与魏晋南北朝而下的地记撰者和地志编者是一脉相承的。那么,地域文学文化接力棒的传递,为何历史性地落在了学海堂的肩上?为何到了晚清岭南,会如此强化和彰显地域文学空间的构筑?

首先,学海堂身兼多重身份。学海堂是一所讲求经史实学和辞赋的官学书院,其官学身份决定了其在地方文学文化的推动上具有强大的号召力和影响力。围绕着学海堂建立起来的学海堂学术共同体,成为岭南文学学术的中心,学长与学子几乎囊括了当时岭南诗文著述、地方文献整理、方志编撰等的作者、编者。这种角色的多重性及岭南文化身份,与地域文学文化资源的利用是互为因果的,学长与学子们不遗余力地在教学与应答中构筑着地域文学文化空间,并在其他诸如雅集交游、编辑出版等方面,进一步拓展和丰富着这一空间。

---

① 余嘉锡:《四库提要辨证》,云南人民出版社2004年版,第337—338页。

其次,"吾粤"认同。屈大均也许不是第一个标举"吾粤"的岭南学人,但却毫无疑义地是以《广东文选》《广东新语》等著作清晰而明确地标举"吾粤"的第一人。经历了明清易代的惨痛文化记忆后,岭南学人表现出更为鲜明的地域意识,这是一种建立在对他者和自我的充分认识之后,对自我文化归属的清晰判定。"吾粤"认同存在地域边界,但更核心的是对地域文学文化的认同与归属感。由屈大均而下,岭南学人追随屈大均的足迹,学海堂在文学教学中利用地域文学文化资源,同题拟作的反复,同题异体的出新,学长们在教学中不断渗透和加深士子的地域认同和地域文化精神的熏染。这是历代岭南学人"吾粤"认同不断深化和渐渐自觉的表现。

再次,时代的投射。学海堂在1903年关闭之前,走过了近80年的时间,这个时期正是晚清中国风起云涌、剧烈震荡的变革期。以往的"乡土",建立在对中华大地其他地域的辨识,而今,被迫开放的中华古国在世界之林中,寻找着自己的定位,国人面临着国家观念的重新建立。由自我的地域认同,地域文化归属,由"乡"到"国"的理念渐进,逐步去构筑"国家"意识,这一时代思潮投射在学海堂的文学教学中,便凸显出地域文学文化的特色。

因此,学海堂文学教学中对地域文学文化空间的构筑,对地方文化资源的传承和推进,这一教学策略或者说学术现象在晚清岭南的凸显,是时代裂变之际地方"乡土"认同和"国家"观念重构的投射,亦是历代岭南士人"吾粤"认同不断深化与自觉的表现,也是学海堂身兼书院与地方学术共同体的身份驱使下的文化行为。

(原载于《学术研究》2016年第8期)

"盛世"情结：肌理说的生成背景

张 然

【摘　要】翁方纲"肌理说"的生成，以对"盛世"的盲目认同为背景，隐含着对满清政权的充分肯定。"士生今日"是肌理说的发轫点，以学问、考据入诗反映了《四库》馆臣之一的翁方纲的职业特点。作为朝廷恢复"试帖诗"的执行者，翁方纲虽对"帖括气"不满，仍对乾隆、嘉庆两代皇帝崇尚"学问"的文学趣味亦步亦趋。其诗论的理学背景亦只是来自官方规范的程朱理学，并未真正继承宋儒的政治理想。

【关键词】翁方纲；肌理说；盛世

作为清代乾嘉时期北方诗坛的盟主，翁方纲在王渔洋的神韵说、沈德潜的格调说之后又创肌理说，与袁枚的性灵说被文学史家并列为清代四大诗说。但王渔洋的神韵说继承了《诗品》与《沧浪诗话》的审美传统，沈德潜的"格调"、袁枚的"性灵"又是明代前后七子与公安派提出的观点，只有翁方纲的"肌理"在前人诗论中找不到渊源，唯其中的"理"字被翁方纲自己说成与程朱的"义理"是一个概念："夫理者，彻上彻下之谓。性道统挈之理，即密察条析之理，无二义也。""义理之理，即文理肌理腠理之理，无二义也；其见于事，治玉治骨角之理，即理官理狱之理，无二义也；事

"盛世"情结:肌理说的生成背景

理之理,即析理整理之理,无二义也。"① 但程朱理学又与翁方纲本人以考据、学问入诗的"肌理"风格无关。因此,考查"肌理说"生成的背景环境,才能更准确地理解这一诗论。

一

"肌理"一词出自杜甫诗句"肌理细腻骨肉匀",钱锺书将其誉为"一个新颖的生命化名词":翁方纲精思卓识,正式拈出"肌理",为我们的文评,更添上一个新颖的生命化名词。② 肌理说的理想诗艺,是将作者苦心经营的痕迹隐藏起来,使作品仿佛自然浑成,巧夺天工。在翁方纲看来,只有杜甫的诗作达到了这样的极境。

翁方纲衷心服膺杜诗,认为杜甫诗作超绝千古,只能仰望。他在《杜诗附记》自序中写道:"苟非上窥三百篇,中历汉魏六朝,下逮宋金元明,彻原委而共甘辛,敢辄于此举赞一词乎?"③ 翁方纲赞颂杜诗的高不可攀:

> 杜之魄力声音,皆万古所不再有。其魄力既大,故能于正位卓立铺写,而愈觉其超出;其声音既大,故能于寻常言语,皆作金钟大镛之响。此皆后人之必不能学,必不可学者。④

在翁方纲生活的时代,杜甫早已被尊为"诗圣",而无比崇仰杜甫的翁方纲却将杜诗界定为"变声"。于"乾隆盛世"回望唐代安史之乱,翁方纲对杜甫的崇敬中竟夹缠着太平人看乱离人的同情与

---

① (清)翁方纲:《复初斋文集》,《续修四库全书》第1455册,上海古籍出版社1995年版,第419页。
② 钱锺书:《中国固有的文学批评的一个特点》,《文学杂志》1937年第1卷第4期。
③ (清)翁方纲:《杜诗附记》,《续修四库全书》第1704册,上海古籍出版社1995年版,第227页。
④ (清)翁方纲:《石洲诗话》,郭绍虞《清诗话续编》,上海古籍出版社1983年版,第1375页。

优越感。他不断慨叹杜甫生不逢时，设想："设使少陵与房、杜诸人并时，立于贞观之朝，有唐一代，雅颂跻汉魏六朝而上矣。"① 在翁方纲看来，杜甫"不幸遭天宝乱离，饥饿奔走，抑塞无可告语，而其诗之江河日出不穷者，盖天地元气至此时，必于是人发之，不择其时与地矣"。他认为，杜甫的志向本为遵奉孔子诗教，追摹《雅》《颂》，传承上古诗风，但不幸遭遇动乱时世，没有机会作雅颂正志，不得已退而求其次，发出哀伤怨怒之辞，而为"变声"。翁方纲认为世人不察诗人本怀，遂以杜甫的叙乱离之作为诗道正格。

翁方纲钻研杜甫五言排律《偶题》多年，认为杜诗的深意都隐藏于这首诗中。翁方纲评诗之起句"文章千古事，得失寸心知"，"二句乃一篇之总摄，其曰'骚人'，曰'汉道'，曰'江左'，曰'邺中'，于词场祖述，艺文流别之故，有意其推本之矣"。② 翁方纲以为杜甫之"本"是直承《雅》《颂》，遵奉孔子诗教，不离温柔敦厚之旨。于是他替杜甫解释了"千古得失"："而此老抚心自许，终若未敢自信者，终若有许遗失者，故于此有怦怦难释之积憾焉。其得则先世之传绪也，前哲之禀承也；其失则坎壈不偶之所致也。"③ 翁方纲读出了杜甫的什么"怦怦难释之积憾"？翁方纲将杜甫《偶题》中对自己诗歌道路的回顾，解读为对后世诗人的期望：惟愿后世诗人遵守诗教的"旧制""清规"，万勿再像遭遇安史之乱的一代诗人那样"缘情慰漂荡"或"愁来赋别离"。

翁方纲相信自己恰逢千载难逢的盛世。他的《复初斋诗集》多达70卷，缪荃孙为之收集的《复初斋集外集》亦有24卷，其中竟没有涉及民生疾苦的诗作——这与他所崇敬的杜甫大不相同，也与他同时代的大多数诗人不同。例如他的诗友钱载作过传世的《僮归

---

① 翁方纲：《杜诗附记》，《续修四库全书》第1704册，上海古籍出版社1995年版，第539—540页。
② 翁方纲：《杜诗附记》，《续修四库全书》第1704册，上海古籍出版社1995年版，第536页。
③ 翁方纲：《杜诗附记》，《续修四库全书》第1704册，上海古籍出版社1995年版，第540页。

十七首》《木棉叹》等,他的学生乐钧作过岭南乐府《买凶》《划草行》等。倡扬"温柔敦厚"的沈德潜也作过有句"残兵僵卧风雪中,鬼马相随鬼妾语"的《战城南》①。幼年跟随沈德潜学诗的封疆大吏毕沅,到荆州治灾时也有诗句"百年未见此灾奇"、"万家骨肉痛流离"(《戊申六月二十日,荆州大水冲决城堤,居民淹没无算,致成大灾。沅衔命节制两湖,与相国阿公、少司空德公会议工赈事宜,驻节江干沙市,倏逾三月,感时述事,成诗十首》)②。而翁方纲偶尔写到民间,则是宁静太平的图景,如他在乾隆三十六年(1771)视学广东,行至连州写下《燕喜亭次石上韵二首》,诗中有句"收余茶油茅茶种,开过山桃小麦花。官不常来民更静,鸬鹚喇满石梁斜。"③某春日,翁方纲与翰林院同事赏桃花,在午后的沉寂中想象农家的太平安乐,其二为"溶溶漾漾一渠烟,秋麦今秋最有年。识得农家真节候,山桃花后杏花前"。④翁方纲想象"盛世"国泰民安,百姓幸福。至于乾隆帝严酷统治及"十大武功"所造成的"盛世"表象下的危机以及人民的苦难,翁方纲则视而不见。乾隆朝吏治败坏,社会矛盾激化,各地起义不断,较大规模的有:乾隆三十九年(1774)王伦领导的清水教起义,乾隆四十六年(1781)苏四十三领导的撒拉族人民起义,乾隆五十一年(1786)林爽文领导的天地会起义,乾隆五十九年(1794)石柳邓等领导的苗民起义,以及乾隆末年爆发、之后延续十数年的白莲教大起义。这些,翁方纲也视而不见。依照清朝的回避制度,乡试考官不得由本地人担任。但乾隆四十八年(1783),乾隆帝破例让作为本地人的翁方纲做顺天乡试副考官,

---

① 沈德潜:《归愚诗钞》,《续修四库全书》第1424册,上海古籍出版社1995年版,第240页。

② 毕沅:《灵岩山人诗集》,《续修四库全书》第1450册,上海古籍出版社1995年版,第359页。

③ 翁方纲:《复初斋诗集》,《续修四库全书》第1454册,上海古籍出版社1995年版,第433页。

④ 翁方纲:《复初斋诗集》,《续修四库全书》第1454册,上海古籍出版社1995年版,第499页。

此事令翁方纲受宠若惊。出闱后,他在去向皇帝复命的路途中作《杏山》诗,叙述该地附近曾发生的后金与明朝之间的松山、锦州之战:"杏山十八里,东与松山接。驱车杏山西,仰面瞻岌嶪。"被皇恩感动的翁方纲完全忘记自己的汉人身份,而为当年皇太极的战绩自豪欢呼:"昔我文皇帝,大蕆松山捷。明师三十万,迅若卷枯叶。"松锦之战的结果是洪承畴被俘、祖大寿投降,明军丧失了辽东的最后防线。但如果没有此次"大捷",哪有翁方纲体认的太平盛世?于是翁方纲歌颂:"东则吕翁山,塔山连山叠。历历用武地,煌煌万年业。"① 作为一个感戴皇恩的汉臣,翁方纲祈望大清王朝万年永续。

翁方纲既惋惜拥有绝代诗才,足以上追雅颂的伟大诗人杜甫被恶浊的乱世贻误,不得不写出"变声",他庆幸自己和自己同时代人生正逢时。他强调官方造就的文化环境决定了诗人能够享受前辈不可得的安定的生活、精致的学术、平和的诗思,因而正有机会依照圣人遗教作雅颂正声:

  惟我国朝,景运日新,经义诗文并崇实学,是以考证之学接汉跨宋,于此时研精正业者,盖必以实学,风兴观群怨之旨,得温柔敦厚之遗,审律谐声,作忠教孝,岂徒有鉴于明季相沿之伪体?乃正足以上溯《三百篇》之真意,士所以自是者,当何如乎?②

在翁方纲看来,杜甫"再使风俗淳"的社会理想已经因乾隆"盛世"而变为现实。基于对政治环境、文化环境、国家气运盲目乐观的体认,翁方纲希望当世诗人珍惜千载难逢的太平光景。在他昏昏然的想象中,当世诗人有如周初先民,泽被文王之化,可以淳厚到"思无邪"的程度,"足以上溯《三百篇》之真意"。翁方纲所倡

---

① 翁方纲:《复初斋诗集》,《续修四库全书》第1454册,上海古籍出版社1995年版,第602页。
② 翁方纲:《苏斋笔记》,《复初斋文集》,台北:文海出版社1974年版,第8080—8081页。

"肌理说"虽为诗学,其实以对"盛世"的盲目认同为背景,隐含着对满清政权的充分肯定。

二

由来已久,中国诗人相信苦难与诗歌成就有关。韩愈说"不平则鸣",欧阳修说"穷而后工"。与翁方纲同时代的赵翼有名句"国家不幸诗家幸,赋到沧桑句便工"。① 而翁方纲明确反对"穷而后工"说,他写道:"吾最不服欧阳子'穷而后工'之语。夫谓'穷而后工'者,盖不穷不能工也。"② 翁方纲还反感欧阳修《有美堂记》的绮靡,指责欧阳修"徒娱意繁华之是称,其将何以示后人?顾不虑销金颓废之风日长耶?"翁方纲认为真正的美应该是"风俗之美""吏治之美""文章之美",他甚至为欧阳修未能生活在乾隆盛世而遗憾,"今则官清而政平,士务学而民安业,胥入于圣天子绥和煦育之中,使欧阳修居今日,其文当不如彼矣"。③

中国文学史上不乏"盛世"的颂辞,但像翁方纲这样陶醉到昏昏然的,实不多见。所谓"圣天子绥和煦育",与现实反差极大。乾隆朝是清代的鼎盛时期,君主专制统治的严苛,也已登峰造极。如鲁迅所说,"对于'文艺政策'或说较大一点的'文化统制',却真尽了很大的努力的"。④ 乾隆帝在位60年,曾兴起130多起文字狱,较康熙、雍正两朝更为酷烈,如著名的乾隆二十年(1755)胡中藻诗案、乾隆四十三年(1778)徐述夔诗案、乾隆四十七年(1782)方国泰诗案等。乾隆四十三年,御史曹一士上疏,述文字狱致使揭

---

① 赵翼:《题元遗山集》,《续修四库全书》第1446册,上海古籍出版社1995年版,第640页。
② 翁方纲:《杜诗附记》,《续修四库全书》第1704册,上海古籍出版社1995年版,第538—539页。
③ 翁方纲:《复初斋文集》,《续修四库全书》第1455册,上海古籍出版社1995年版,第393页。
④ 鲁迅:《且介亭杂文》,上海三闲书屋1937年版,第65页。

发检举之风大盛，以致人人自危的情况："往往挟睚眦之怨，借影响之词，攻评诗书，指摘字句。有司见事生风，多方穷鞫。或致波累师生，株连亲故，破家亡命，甚可悯也。"曹一士并向皇帝进言："臣愚以为井田封建不过迂腐之常谈，不可以生今反古；述怀咏史不过词人之习态，不可以为援古刺今。即有序跋，偶遗纪年，亦或草茅一时失检，非必果怀悖逆敢于明布篇章。"乾隆未必不明白绝大多数"悖逆"罪案都属莫须有，而文字狱正是他用以巩固专制统治的重要手段。印鸾章著《清鉴纲目》在"附记"中评道：

> 康熙、雍正间，屡兴文字狱。虽文网深密，然因天下未定，其所对付者亦半属实意反对之人，霸者为自卫计，尚属情非得已。至乾隆时，天下平定已百余年，汉人之亡国之痛久已磨于专制积威之下，大可不必更作如是手段。而高宗竟作如是手段者。①

乾隆帝"作如是手段"，制造恐怖，禁锢思想，进一步加强集权统治的权威，造成"万马齐喑"的局面。身历专制、血腥的文字狱高峰时期，翁方纲竟没有表现出丝毫"不平"，相反，他不厌其烦地说"士生今日"，即生逢盛世应当怎样：

> 士生今日，经籍之光盈溢于世宙，为学必以考据为准，为诗必以肌理为准。②
> 士生今日，百年以前尚沿明朝人貌袭古之弊，惟我国朝考订之学，博洽则近东汉，精研则兼南宋。际此通经稽古之会，则其为诗也，必以学人之诗为职志，乃克有以自立耳。③

---

① 印鸾章：《清鉴纲目》，岳麓书社1987年版，第386页。
② 翁方纲：《复初斋文集》，《续修四库全书》第1455册，上海古籍出版社1995年版，第391页。
③ 翁方纲：《苏斋笔记》，《复初斋文集》，台北：文海出版社1974年版，第8656页。

"盛世"情结:肌理说的生成背景

翁方纲创肌理说,倡"学人之诗",都以"士生今日"四字为发轫点。

翁方纲论诗,常与论学相提并论。在他看来,学问在朝代兴亡、动乱频仍的中国古代是奢侈品,只有社会安定才可能涌现大批"学人","学人之诗"才能蔚为风气,并成为"太平盛世"的点缀。何况清政府不断倾全国之力修书,为学者提供了空前丰厚的文献资源。继康熙、雍正两朝编辑《古今图书集成》之后,乾隆帝组织空前规模的人力编辑《四库全书》,翁方纲奉旨任纂修官。自乾隆三十八年(1773)入《四库全书》馆修书,翁方纲参与了这一浩大文化工程的全过程。

翁方纲在《翁氏家事略记》中记叙:

> 自癸巳(乾隆三十八年)春入院修书,时于翰林院署开四库全书馆,以内府所藏书发出到院及各省所进民间藏书,又院中旧储《永乐大典》,日有摘抄成卷、汇编成部之书,合之处书籍分员校勘。每日清晨入院,院设大厨,供给桌饭……如此者,前后约将十年。①

乾隆四十一年丙申十月,充文渊阁校理,又充武英殿缮写四库书分校官。乾隆四十二年(1777),"辞武英殿分校复校事,仍在四库全书馆,专办金石、篆隶、音韵诸事"。②

乾隆四十四年(1779),乾隆帝御经筵,翁方纲以校理侍文渊阁,作《侍文渊阁歌》:

> 中天书库照万方,群玉册府开文昌。今之文渊古秘阁,帝作之纪文聿详。勒碑阁东仰宸翰,复书于阁于中央。汇流澄鉴榜四字,倚天照水金煌煌……③

---

① 翁方纲:《翁氏家事略记》,吉林英和刻本1836(道光十六年),第38页。
② 翁方纲:《翁氏家事略记》,吉林英和刻本1836(道光十六年),第38页。
③ 翁方纲:《复初斋诗集》,《续修四库全书》第1454册,上海古籍出版社1995年版,第520页。

乾隆四十七年（1782），《四库全书》告成，储于文渊阁，翁方纲作《曝书登文渊阁》记其事：

> 直到蓬莱最上层，日毕云气缦舭棱。群书宿海躔珠斗，帝座文昌界玉绳。下际周阿环镜汇，高悬宝墨倍冰兢。绸函却傲龙山顾，梦寐程编读未能（自注：最上一层，御座中央）①

翁方纲还以感激的语气写道：

> 至我国朝……上自官颁钦定诸经训纂义疏，汇正群言，既胜于前代石仓倍万矣。钦定《四库书》以来，士益知通经学古，不肖蹈空谈义理之习，所以居今日学为古文，必不可虚撑唐宋家数之空架，而惟以研核考证为本务，其要先自诸经注疏始也。②

鲁迅曾多次谈及《四库全书》，揭示满清统治者组织这一文化工程的意图："乾隆朝的纂修'四库全书'，是许多人颂为一代之盛业的，但他们却不但捣乱了古书的格式，还修改了古人的文章；不但藏之内廷，还颁之文风颇盛之处，使天下士子阅读，永不会觉得我们中国的作者里面，也曾经有过很有些骨气的人。"③ 充任《四库全书》纂修官、分校官的翁方纲与"骨气"无关，他参与"捣乱了古书的格式，还修改了古人的文章"。作为一个中规中矩、趋奉惟谨的文化官员，翁方纲以能参与编纂自古以来最具规模的官修丛书为荣幸。

翁方纲参与编纂《四库全书》与他创肌理说存在着关联。"为学必以考证为准，为诗必以肌理为准"正以所谓的"盛世"作为先决条件。

---

① 翁方纲：《复初斋诗集》，《续修四库全书》第1454册，上海古籍出版社1995年版，第585页。
② 翁方纲：《苏斋笔记》，《复初斋文集》，台北：文海出版社1974年版，第8617页。
③ 鲁迅：《且介亭杂文》，上海三闲书屋1937年版，第224—225页。

"盛世"情结:肌理说的生成背景

"肌理"一词出自杜甫《丽人行》诗句,又包含朱熹的理学精神,两者结合,文学、哲学、伦理学的概念相互作用,翁方纲本人又未对作为诗说的"肌理"做明确界定,致使后来的研究者对肌理说的阐释众说纷纭。依照当时的主流意识形态,翁方纲尊奉程朱道统。他不通经学而好讲经学,其涉及各学科的文章都不断地使用"理"字,既是对程朱理学之"理"的粗浅认同,也造成了概念的模糊不清与歧义。而在诗歌写作的操作层面,翁方纲则以"肌理"评判诗作的句法字法以及章法结构,诗歌评点中对诗艺技巧的关注,使"理"字的形而上意味悄然退去。肌理说成为有清一代最重视诗艺的诗说。

肌理说对诗歌艺术及技巧提出了很高的要求。翁方纲赠学生乐钧的题扇诗云:"分刌量黍尺,浩荡驰古今。"他解释说:"分刌黍尺者,肌理针线之谓也。遗山之论诗曰:'鸳鸯绣出从君看,不把金针度与人。'此不欲明言针线也。少陵则曰:'美人细意熨贴平,裁缝减尽针线迹'……然则巧力之外,条理寓焉矣。"① 翁方纲认为,诗的理想境界,是仿佛自然浑成,内则暗藏肌理,却不露苦心经营的痕迹。翁方纲悬出了极高的诗艺标准,实现了这个标准的范本是杜诗。他承认杜甫诗艺高不可攀,而面对求教的小诗人,他只能反复讲述实用的诗歌技巧。他的《石洲诗话》是为学子量身定制的教材,他的《五言诗平仄举隅》《七言诗平仄举隅》《七言诗三昧举隅》等则讲解常识性的作诗规范。以翁方纲讲解的诗歌技巧,要达到杜诗那样细肌密理的境界,应该说是不可能的。翁方纲只得要求诗人下苦功夫:"且先咬着牙忍性,不许用平下,不许直下,不许连下,此方可以入手。不然,则未有能成者也。"②

翁方纲认为生逢其时的"盛世"诗人终于有了乱世所不能提供的钻研诗艺技巧的条件。与赵翼"国家不幸诗家幸"的体认相反,在翁

---

① 印鸾章:《清鉴纲目》,岳麓书社1987年版,第496页。
② 法式善:《陶庐杂录》,中华书局1983年版,第31页。

方纲看来，国家幸，才是诗人三生有幸，而有幸身处盛世的诗人是不该心怀"不平"的。因而，他无法理解同时代"不平而鸣"的天才诗人黄仲则。他曾以黄仲则为例，批驳欧阳修的"穷而后工"说：

> 予最不服欧阳子"穷而后工"之语。若杜陵之写乱离，眉山之托仙佛，其偶然耳。使彼二子者，生于周召之际，有不能为《雅》《颂》者哉？世徒见才士多困踬不遇，因益以其诗坚之，而彼才士之自坚也益甚，于怨尤之习生，而荡僻之志作矣。（《悔存诗钞序》）①

黄仲则生前，翁方纲希望他遵守世俗法度，放弃"怨尤"与"荡僻"。而在黄仲则死后，翁方纲将其已是劫余剩稿的千首诗"又删其半"。20岁即中进士的翁方纲不曾体验黄仲则的"穷而后工"，也不能理解黄仲则的"只知独死不平鸣"。② 作为一个专制体制下规矩谨慎的官员，又处于最高统治者对"不平"极其敏感的时世，翁方纲的肌理说既为作诗者提供了避祸之道，又顺应了皇帝对诗和"学问"的双重提倡。

三

在翁方纲生活的时代，诗不仅仅是一种文学形式，而是延续着漫长的传统，承载着越来越多的功能。乾隆二十四年（1759），27岁的翁方纲被朝廷任命为江西乡试副考官。这一年的乡试首次加试五言诗，这也是自北宋王安石"熙宁变法"取消试帖诗七百年后，中国政府首次恢复诗歌的应试功用。命题那天，主考官钱维城、副考官翁方纲二人手中各握一纸，相互出示，诗题都是"秋水长天一

---

① 翁方纲：《复初斋文集》，《续修四库全书》第1455册，上海古籍出版社1995年版，第379页。
② 黄景仁：《两当轩集》，上海古籍出版社1983年版。

色",翁方纲以为"钱与予之心眼相协更深矣"。① 其实这正说明二人思路的狭窄,性情的乏味。此后,文人学子为了应付考试,无论是否拥有诗心诗情,都必须学会按照试帖诗的要求写诗。

试帖诗五言八韵,十六句中,前四句像八股文的"破题",而最后二句必须"颂圣"。启功分析统治者在科举考试中要求考生作试帖诗的意图:"考试做完八股文还要加上试帖诗,从形式上看,好像是诗文并重。仔细看来,实在另有缘故。八股文自从明末清初删去'大结'之后,全篇中即没有应考者自己立场的语言,因此在文中也就没有地方可以安插对皇帝表颂扬的话了。皇帝下令考了一番,竟连一句颂扬的话都没听到,自是缺点,也不甘心。那么试帖诗的'颂圣'尾巴,正可起画龙点睛的作用,也都弥补了前边八股文之不足了。"② 启功强调指出:"诗的末尾要'颂圣',即是末二句处一定要扯到赞扬皇帝,歌颂时政上,即使强词夺理,牵强附会,也都在所不惜。"③

翁方纲长期参与教育、考试工作,但出于一个诗评家对诗最基本的认识,他并不喜欢"帖括气"的诗。他在自己的《复初斋诗集》卷一就写下了自悔少作的理由:"壬申十月改庶吉士,此以前之作,山阴胡云持以为染帖括气,不可存也。"④ 翁方纲参与科举考试时,尚不须加试试帖试,但反复研磨八股文的规范要求也会影响诗歌写作。中了进士、授庶吉士,立刻就否定自己从前"帖括气"的习作,功利至此,势利若此,官方考试制度在翁方纲心目中的形象可想而知。所以翁方纲给人写信,教人以试帖诗的特征,而不作褒贬,要人作两手准备:

---

① (清)洪亮吉:《北江诗话》,《续修四库全书》第 1705 册,上海古籍出版社 1995 年版,第 26 页。
② (清)法式善:《陶庐杂录》,中华书局 1983 年版,第 56 页。
③ (清)法式善:《陶庐杂录》,中华书局 1983 年版,第 54 页。
④ 马伯通:《韩昌黎文集校注》,古典文学出版社 1957 年版,第 366 页。

押韵总思多用虚活字，便与帖括时文试帖相近，所以渔洋先生少年用功全在乐府，地名、人名实在，字句押住方响脆，此其不传之秘。即如符合之符押韵，任凭你能手总以八股时文气。幸时时以此告知蓝邻（五字七字），内总恳多用虚活，如时文，如律赋，如试帖之字眼，此法一得手，则不怕人矣。其事不难，而人多忽之。①

考试时要多用虚活字押韵，以符合格式要求。等收入诗集，预备流传后世时，则要有所取舍。翁方纲评厉鹗诗集，读到《顾丈月田招同人南屏让师房避暑分得叶字》，虽点出"骄阳似避人"一句，认为"无人道过"，但在页眉批道："苦无文外远致耳"，又在诗末批，"句句抱定题目，即与试帖何异？"②

但翁方纲任职翰林院，须经常应付皇帝出题考查诗艺。每当此时，他都面临一次官职升降的考验。乾隆十九年（1754）闰四月，乾隆帝命翰林院将《桃花源诗》翻译成满文，"是日方纲坐在西苑正大光明殿之东楹，午刻驾出，上步自西阶，向东行至方纲跪所，问：'已作完否？'取卷阅之，问姓名，至再谕曰'牙拉赛'"。这句满话即"作得好"，次日即列翁方纲为一等第一名。③ 乾隆二十年（1755）四月，翁方纲"随驾至圆明园，自初一日至初八日，每日或一次或二次蒙召见于勤政殿。初八日午后于西苑朝房奉旨过，恭和圣制《浴佛日雨》五言六韵律诗一首。是年六月，平定准噶尔，方纲恭进颂十二章册，入选，奉恩诏加一级"，以诗换得升级。④ 乾隆二十四年（1759）三月，乾隆帝出题《富而可求也，馆人求之弗得》，翁方纲赋得"披沙拣金"，列一等第五名，六月即被任命为江

---

① （清）翁方纲：《翁氏家事略记》，英和1836年版。
② 昭梿：《啸亭杂录》，中华书局1980年版。
③ （清）洪亮吉：《北江诗话》，《续修四库全书》第1705册，上海古籍出版社1995年版，第21页。
④ （清）洪亮吉：《北江诗话》，《续修四库全书》第1705册，上海古籍出版社1995年版，第23页。

西乡试副考官，去给新增的"试帖诗"命题了。① 乾隆二十六年（1761），值皇太后七旬生日，翁方纲献颂诗，"恩诏加一级"。② 但以诗求得升级并非总是一帆风顺的，乾隆二十八年（1763），乾隆帝又出题《江汉朝宗赋》，以"予乘四载随山刊木"为韵，翁方纲赋得"结网求鱼"，得"先"字，《畿辅水利疏》，列三等五名。这次再到勤政殿上见皇帝，气氛就和以往大不一样了。据翁方纲自己记述，三等的成绩令他惶恐不已：

上曰："汝是会作的，何以考在此？"

方纲叩首对："臣是日实作得不好，写得亦不好。"上曰："何以不好？"臣又叩首谢。

上又曰："汝是会作的。"

翁方纲因此"奉旨罚俸一年"③，在乾隆四十一年（1776），又以平定两金川，"恭进颂册，恩诏加一级"。④

乾隆四十四年，乾隆帝出题《枨也欲焉得刚晋平公之于亥唐也》，翁方纲赋得"山夜闻钟"，得"张"字，列一等第三十六名。虽是好成绩，却也考得心烦，所以又记云："惟此一次发出名次，以后皆不发出矣。"⑤ 紧张的心情终于得以缓解。嘉庆帝上台，也像其父一样喜欢出诗题考大臣。嘉庆五年（1800）四月在南书房，皇帝出题《茂正其德而厚其性论》，翁方纲赋得"友风子雨"，得"兴"字，次日被召见于养心殿西暖阁，嘉庆帝称："汝文诗皆好，字画亦佳。"⑥

---

① （清）洪亮吉：《北江诗话》，《续修四库全书》第1705册，上海古籍出版社1995年版，第24—25页。

② （清）洪亮吉：《北江诗话》，《续修四库全书》第1705册，上海古籍出版社1995年版，第28页。

③ （清）洪亮吉：《北江诗话》，《续修四库全书》第1705册，上海古籍出版社1995年版，第30页。

④ （清）洪亮吉：《北江诗话》，《续修四库全书》第1705册，上海古籍出版社1995年版，第37页。

⑤ （清）洪亮吉：《北江诗话》，《续修四库全书》第1705册，上海古籍出版社1995年版，第38—39页。

⑥ （清）洪亮吉：《北江诗话》，《续修四库全书》第1705册，上海古籍出版社1995年版，第53—54页。

翁方纲得到乾隆、嘉庆两代皇帝的器重，总是被说成"学问好"。乾隆二十四年四月，乾隆帝问掌院学士蒋溥："闻翁方纲会作文章，然乎？"蒋答："此人学问甚好。'于是'上颔之。"① 乾隆二十七年（1762），乾隆帝出题考大臣：《先之劳之，请益至于日至之时》，翁方纲赋得"竹箭有筠"，得"如"字，列一等之一。弘历在勤政殿召见他，说："翁方纲学问甚好。"② 乾隆三十八年三月，乾隆帝命翁方纲任《四库全书》纂修官，九月降旨"翁方纲学问尚优，且曾任学士，著加恩授为翰林院编修"③。乾隆四十四年六月，乾隆帝命翁方纲任江南乡试副考官，在热河问当时的正考官谢墉："翁方纲是汝同年否？"谢墉答："是。"乾隆帝道："其学问在北方中所少。"谢答："即在南方亦所少。"④ 嘉庆十九年，嘉庆帝得知翁方纲有资格重预琼林宴，向户部尚书潘世恩询问翁的近况，潘世恩说"尚能作小楷"，嘉庆帝说："其学问本好。"⑤ 在最高权力者一次次的宣示之下，翁方纲难免以为"学问"是自己的特长，"学问"是文章正道，很自然地发展为"误把抄书当作诗"⑥ 了。

但乾隆、嘉庆父子说的学问仅指知识，与思想观念无关。乾隆帝大力扶植汉学，鼓励考据训诂。历史学家白新良的《乾隆帝与乾嘉学派》一文总结了这一时期皇权与学界的关系。乾隆帝尊奉程朱理学，但也看到宋儒著作不利于控制人们的思想，如胡安国《春秋传》强调"复仇"，朱熹《名臣言行录》标榜臣权而非君权，所以"在历次殿试

---

① （清）洪亮吉：《北江诗话》，《续修四库全书》第 1705 册，上海古籍出版社 1995 年版，第 25 页。
② （清）洪亮吉：《北江诗话》，《续修四库全书》第 1705 册，上海古籍出版社 1995 年版，第 29 页。
③ （清）洪亮吉：《北江诗话》，《续修四库全书》第 1705 册，上海古籍出版社 1995 年版，第 36 页。
④ （清）洪亮吉：《北江诗话》，《续修四库全书》第 1705 册，上海古籍出版社 1995 年版，第 39 页。
⑤ （清）洪亮吉：《北江诗话》，《续修四库全书》第 1705 册，上海古籍出版社 1995 年版，第 59 页。
⑥ ［美］兰色姆：《新批评》，王腊宝、张哲译，江苏教育出版社 2006 年版。

中，乾隆帝很少就理学出题","乾隆帝大大限制了理学信徒的入仕途径，而将一大批经史研究有成的学者吸收到各级政权中来"。另外，皇权支持下的学术毕竟无自由可言："就经学研究而言，学者批判宋儒则可，但却不能显斥程朱，尤其不可触及孔孟。"① 白新良先生归纳的乾隆朝学术规定，在翁方纲则以八字概括"博综马、郑，勿畔程、朱"，他把这两句题于自家屋壁上②，又在《赠李兰卿归福建序》中说，"博综训故"，"勿畔程朱"③。八字的重点在"勿畔程朱"，意在按照官方要求为学术设禁区。他认为这两句口号比较平衡："兼斯义也，足以对古人，足以策今人矣。"④ 在官方学术政策的高压下，翁方纲的"肌理"之"理"虽出自程朱理学，但也不能超出朝廷圈定的研究范围。宋代理学家如张载"上古无君臣尊卑劳逸之别，故制以礼，垂衣裳而天下治"⑤ 或朱熹"古之君臣所以事事做得成，缘是亲爱一体"⑥ 等观点，是翁方纲想都不敢想的。因此"肌理说"的理学背景只反映了当时的官方立场，并非深入研究理学或诗学的结果。

作为清代乾嘉时期的诗坛盟主，翁方纲以先后三省学政的身份论诗谈艺，显示出以官方正统文学观念控制诗坛的意图，也获得了众多的追随者、附从者、鼓吹者。将肌理说置于清中期文化视域下考察，其生成背景中的"盛世"情结不容忽视。

[原载于《嘉应学院学报》（哲学社会科学版）2015年第4期]

---

① 钱锺书：《中国固有的文学批评的一个特点》，《文学杂志》1937年第4期。
② （清）翁方纲：《复初斋王渔洋诗评》，《烟画东堂小品》，缪氏1920年版。
③ （宋）朱熹：《四书章句集注》，中华书局1983年版，第497页。
④ 冯应榴：《苏轼诗集合注》，上海古籍出版社2001年版，第8259页。
⑤ （清）翁方纲：《复初斋文集》，台北：文海出版社1974年版。
⑥ 黎靖德：《朱子语类》，中华书局1986年版，第2284页。

肌理说对文本与作者的区隔
——兼谈翁方纲对"穷而后工"的质疑

张 然

【摘 要】 清代诗评家翁方纲的"肌理"说并未张扬某种诗歌风格,而是悬出了好诗的艺术标准。他偏离了作为中国古代文论、诗论基石的"知人论世"批评观,质疑了"穷而后工"说,将诗歌文本与诗人本人境遇相区隔。尽管翁方纲的"肌理"与西方新批评所说肌质(texture)所指有所不同,而其本意皆为将诗歌文本视为自足的存在。

【关键词】 翁方纲;肌理;诗艺

中国传统文论强调文学作品与时代、与作者本人境遇的关系。孟子说:"颂其诗,读其书,不知其人,可乎?是以论其世也。是尚友也。""知人论世"为中国古代文论、诗论奠定了理论基石,并且衍生出"文如其人""穷而后工"等经典命题。

清人翁方纲著《石洲诗话》8卷,《苏斋笔记》16卷,《杜诗附记》20卷,后世研究者从他的论诗文字中拈出"肌理"二字,命名为"肌理说",列为清代四大诗说之一。然而,与王士禛的神韵说、袁枚的性灵说、沈德潜的格调说不同,翁方纲并未张扬某种诗歌风格。翁方纲数十万字的论诗文字驳杂无系统,而其中有不俗的卓见。本文涉及的是他对诗人与诗、即作者与文本的区隔,包括对"知人论世""穷而后工"等经典命题的质疑。

一

翁方纲终生崇仰杜甫,他诗论中的关键词"肌理"即取自杜诗:"少陵曰:'肌理细腻骨肉匀。'此盖系于骨与肉之间,而审乎天与人之合。"将指涉人体部位的词语"肌理"借用诗艺,并以杜诗中的句子说明"肌理":"分寸量黍尺,浩荡驰古今。"并做解释:"分寸黍尺者,肌理针线之谓也,遗山之论诗曰:'鸳鸯绣出从君看,不把金针度与人。'此不欲明言针线也。少陵则曰:'美人细意熨贴平,裁缝灭尽针线迹。'……然则巧力之外,条理寓焉矣。"① 翁方纲悬出了很高的艺术标准:看起来浑然天成,而作者的功力、对诗艺技巧的追求、呕心沥血的苦心经营,都被"熨贴平","灭尽针线迹"。他以"从玉从里""如玉如莹"形容杜诗,颂曰:"此乃八面莹澈之真境也。"②

在翁方纲看来,杜甫诗是中国诗歌史上最伟大的存在。他说:"苟非上窥三百篇,中历汉魏六朝,下逮宋金元明,彻原委而共甘辛,敢辄于此举笔赞一词乎?"③ 那么,杜甫诗前无古人后无来者的伟大精湛是时势所造就吗?翁方纲的回答是否定的。

在翁方纲之前,论杜诗者多强调其与家国之难的关联。首以"诗史"称杜的孟棨在《本事诗》中写道:"杜所赠二十韵,备叙其事,读其文,尽得其故迹。杜逢禄山之难,流离陇蜀,毕陈于诗,推见至隐,殆无遗事,故当时号为'诗史'。"④ 是的,恰逢唐朝由

---

① (清)翁方纲:《复初斋文集》,《续修四库全书》第1455册,上海古籍出版社1995年版,第496页。
② (清)翁方纲:《杜诗附记》,《续修四库全书》第1704册,上海古籍出版社1995年版,第229页。
③ (清)翁方纲:《杜诗附记》,《续修四库全书》第1704册,上海古籍出版社1995年版,第227—228页。
④ 丁福保:《历代诗话续编》,中华书局1983年版,第15页。

盛转衰的时期，杜甫的诗作总是与当时重大的历史事件相关，抒写了百姓的流离饥寒。而杜诗的艺术成就、精神气势，已经超越了某一时期的历史。将"诗"与"史"相黏合，容易压低诗歌艺术本身的自足性和超越性，同时也可能影响历史文本与历史研究的真实性质。主张"以诗证史"的陈寅恪也注意区分文学和历史："文人赋咏，本非史家纪述，故有意无意间逐渐附会修饰，历时既久，益复蔓衍滋繁。"

王渔洋的好友汪琬在《海日堂诗集序》中，从"文章辨体"的角度指出杜甫写离乱的诗不符"温柔敦厚"的诗教：

> 孔子删《诗》以为诗之宗，作《春秋》以为史之宗，是二者可以兼行，不可以偏废。诗之不能为史，犹史之不能为诗也。自诗史之说兴，而学杜氏者至于愈趋愈极，而莫知其所止，则温柔敦厚之教几何不尽废也哉！①

汪琬指出杜甫写安史之乱与诗教相悖，说明了诗与史是两种不同文体，不可混淆。翁方纲对此回应："果有以激切拙直、指斥时事为古，如汪先生所言者，此乃正高谈貌古者之弊也，而可以为杜病乎？"他诘问："谁谓风与雅颂可分哉？"并假设："设使少陵与房、杜诸人并时，立于贞观之朝，有唐一代，雅颂跻汉魏六朝而上矣。"② 杜甫写"变风"之诗无人可及，如果早生数十年，幸逢大唐全盛时期，写"雅颂"同样无人可及。

在翁方纲看来，以杜甫的博大才能，无论生活在什么时代，都能写出伟大的诗作。他说："杜陵之诗，继《三百篇》而兴者也，非天宝、至德、上元、宝应一时之作也，非成都、夔府、回想秦川、偶写乱离之作也。"杜甫的才思不会因苦难的暂离而中断，与身处的

---

① （清）程可则：《海日堂诗集》，石洲草堂1771年版。
② （清）程可则：《海日堂诗集》，石洲草堂1771年版。

环境无关:"而其诗之工乃日出不穷者,盖天地元气至此时,必于是人发之,不择其时与地矣。"①

中国自古有"多难兴邦"一说,诗人也大多相信"多难"兴"诗"。与翁方纲同时代的诗人、诗论家赵翼认为"国家不幸诗家幸,赋到沧桑句便工"。翁方纲否定了"沧桑"和"工"之间的因果关系,也因而质疑了从"诗可以怨"到"穷而后工"的悠久而牢固的传统见解。

二

翁方纲不但区隔了诗人成就与时代的关系,而且区隔了诗歌成就与诗人境遇的联系。他多次质疑"穷而后工"这一经典命题,直言:"吾最不服欧阳子'穷而后工'之语,夫谓'穷而后工'者,盖不穷不能工也。"②

宋人欧阳修在《梅圣俞诗集序》中写道:

> 予闻世谓诗人少达而多穷,夫岂然哉?盖世所传诗者,多出于古穷人之辞也。""盖愈穷则愈工。然则非诗之能穷人,殆穷者而后工也。

"穷而后工"是对韩愈"穷苦之言易好""不平则鸣"命题的承袭和发挥。

韩愈在《荆谭唱和诗序》中说:"夫和平之音淡薄,而愁思之声要妙;欢愉之辞难工,而穷苦之言易好也。是故文章之作,恒发于草野;至若王公贵人,气满志得,非性能好之,则不暇以为。"韩愈

---

① (清)翁方纲:《杜诗附记》,《续修四库全书》第1704册,上海古籍出版社1995年版,第538—540页。
② (清)翁方纲:《杜诗附记》,《续修四库全书》第1704册,上海古籍出版社1995年版,第538—539页。

有感于孟郊在官场的边缘化境遇，在《送孟东野序》中写道："大凡物不得其平则鸣。""人之于言也亦然，有不得已者而后言，其歌也有思，其哭也有怀。凡出乎口而为者，其皆有弗平者乎。"韩愈指出："人声之精者为言。文辞之为言，又其精也，尤择其善鸣者而假其鸣。"① 韩愈区分了"人声"、"言"与"文辞"，即非交流性发声、日常交流语言和文学语言，并对三者做价值排序。他又区分了"鸣"和"善鸣"，"善鸣者"可以理解为拥有文学才能和艺术表现力的人。

苏轼曾以"穷而后工"激励友人："非诗能穷人，穷者诗乃工。此语信不妄，吾闻诸醉翁。"（《僧惠勤初罢僧职》）他还在特定语境中写下过"恶衣恶食诗愈好"（《次韵徐仲车》）的感慨。而苏轼《读孟郊诗二首》有句："我憎孟郊诗，复作孟郊语。饥肠自鸣唤，空壁转饥鼠。诗从肺腑出，出辄愁肺腑。有如黄河鱼，出膏以自煮。"② 苏轼借孟郊诗自嘲，也有揶揄之意。

翁方纲终生崇敬苏轼，他在《石洲诗话》卷三中针对葛立方"坡贬孟郊诗亦太甚"，辨析道："坡公《读孟郊诗二首》，真善为形容。尤妙在次首，忽云'复作孟郊语'，又摘其词之可者而述之，乃以'感我羁旅'而跋之，则益见其酸涩寒苦，而无复精华可挹也。"

翁方纲对以"寒苦"著称的孟郊诗评价不高："孟东野诗，寒削太甚，令人不欢。刻苦之至，归于惨慄，不知何苦如此"，由此引发对"穷而后工"的质疑："诗人虽云'穷而后工'，然未有穷工而达转不工者。"于是他做对比性假设："若青莲、浣花，使其立于庙朝，制为雅颂，当复如何正大典雅，开辟万古！而使孟东野当之，其可以为训乎？"③ 他还在《悔存诗钞序》中继续假设，再次反驳"穷而后工"论："予最不服欧阳子'穷而后工'之语，若杜陵之写乱离，眉山之托仙佛，其偶然耳。使彼二子者，生于周召之际，有不能为

---

① 马伯通：《韩昌黎文集校注》，古典文学出版社1957年版，第153—154页。
② 冯应榴：《苏轼诗集合注》，上海古籍出版社2001年版，第550页。
③ （清）翁方纲：《石洲诗话》，郭绍虞《清诗话续编》，上海古籍出版社1983年版，第1410—1411页。

《雅》《颂》者哉？"①

翁方纲"最不服欧阳子'穷而后工'之语"，但他对李白杜甫所做的假设与欧阳修700多年前对梅尧臣境遇所做的假设极为相似。引发欧阳修提出"穷而后工"命题的是梅尧臣在现实中的不得志，"抑于有司，困于州县"，"不得奋见于事业"。欧阳修高度评价梅尧臣的诗歌成就，慨叹"愈穷则愈工"，却又在其逝后假设："若使其幸得用于朝廷，作为雅、颂，以歌咏大宋之功德，荐之清庙，而追商、周、鲁之作者，岂不伟欤！奈何使其老不得志而为穷者之诗，乃徒发于虫鱼物美，羁愁感叹之言。"（《梅圣俞诗集序》）

虽然欧阳修和翁方纲分别以梅尧臣与李白杜甫为例，说明他们如生逢其时，得当大官，就会写《雅》《颂》类的诗，而提出"穷而后工"命题的欧阳修显然认为实现诗歌作品的"工"须先经历"穷"，"后"字即表明其过程。依此逻辑，"穷"之境遇成为命运赐予大诗人的考验。孟子说："天将降大任于是人也，必先苦其心志，劳其筋骨，饿其体肤，空乏其身……"中国古代文人诗人大多服膺此论，并将"天将降大任"拓展至文学成就，欧阳修的"穷而后工"说是对这一思维定式的概括。而欧阳修对此命题的阐述确有可质疑之处：他认为梅尧臣诗艺"工"得益于"穷"，而他假设"其幸得用于朝廷"，将诗风转为"雅颂"，能确定梅尧臣会继续拥有因"穷"而得来的艺术功力吗？欧阳修本人虽曾被诬被贬，仕途毕竟比梅尧臣畅达得多。如果将"穷而后工"视为定律，怎样解释"幸得用于朝廷"的欧阳修某些方面的文学成就高过梅尧臣？

在"穷而后工"的因果链中，"穷"或因遭逢动乱时势，或个人仕途不顺。杜甫的"穷"，二者兼有。因而翁方纲试图通过阐释杜甫作品说明：是诗人本人的才华、气品，决定着诗的艺术品质，即是否"工"。在《与冯鱼山编修论杜〈偶题〉起句》中，翁方纲写道：

---

① （清）翁方纲：《复初斋文集》，《续修四库全书》第1455册，上海古籍出版社1995年版，第379页。

"文章根于性道，英华发于事业。故曰'自许稷与皋'，又曰'圣哲垂《彖》《系》'，思深矣。作者其有忧患乎？此所以上下千古，返证寸心者也。"① 在翁方纲看来，古今大诗人都具备超越个人际遇的品性，其胸怀通过精湛的诗艺得以表现。杜甫的诗艺即从经学而来，并非苦难造就："此乃羽翼经训，为《风》《雅》之本，不但如后人第为绮丽而已。"而且《偶题》一诗也表达了杜甫对自己诗作并不满意，如"余波绮丽为""缘情慰漂荡"，翁方纲解释为："而缘情绮靡，斯已降一格以相从矣。又无奈所遇不偶，迁流羁泊，并所谓缘情者，只用以慰漂荡，尤可慨也。"②

钱锺书的论文《诗可以怨》讲述"中国文艺传统里一个流行的意见：苦痛比快乐更能产生诗歌，好诗主要是不愉快、烦恼或'穷愁'的表现和发泄。这个意见在中国古代不但是诗文理论里的常谈，而且成为写作实践里的套板。"钱锺书梳理了源自"诗可以怨"的包括"穷而后工"的传统，广征博引，并与歌德、雪莱、爱伦·坡、弗洛斯特等的说法相比照，在文章的结尾处提问："古代评论诗歌，重视'穷苦之言'，古代欣赏音乐，也'以悲哀为主'；这两个类似的传统有没有共同的心理和社会基础？悲剧已遭现代'新批评家'鄙弃为要不得的东西了，但是历史上占优势的理论认为这个剧种比喜剧伟大；那种传统看法和压低'欢愉之词'是否也有共同的心理和社会基础？"③——正如钱锺书所说，这提问"常牵涉到更大的问题"。④

早在钱锺书提问的一百多年前，翁方纲已在探讨"重视穷苦之言"和"压低欢愉之词"的问题，并对已经成为定见的"穷而后工"发起质疑。他不是从钱锺书所说的"共同的心理和社会基础"

---

① （清）翁方纲：《杜诗附记》，《续修四库全书》第1704册，上海古籍出版社1995年版，第451页。
② （清）翁方纲：《石洲诗话》，郭绍虞《清诗话续编》，上海古籍出版社1983年版，第1380页。
③ 钱锺书：《七缀集》，生活·读书·新知三联书店2004年版，第116页。
④ 钱锺书：《七缀集》，生活·读书·新知三联书店2004年版，第130页。

的角度做阐释,而是以文学本体作为立论基础,挑战"穷而后工"说以及相关联的"诗文理论里的常谈"。

三

吴承学的论文《"诗能穷人"与"诗能达人"——中国古代对于诗人的集体认同》研析了中国古代文论"有选择的集体认同:在'诗能穷人'与'诗能达人'两者中,选择了'诗能穷人';在'穷而后工'与'达而后工'两者中,选择了'穷而后工'"。他指出:"'诗能穷人'或'穷而后工'之说虽然是'片面'的,却显深刻。它反映的是一种超越世俗、追慕崇高的诗学理想。"吴承学通过深层考察,指认了这种集体认同的丰富而积极的意义:"它表现出古人对诗歌的价值判断以及对于诗人的想象与期待:诗不仅是一种爱好与技艺,更是高尚的精神寄托,是承载苦难、超越功利的神圣信仰。'诗人'在古代中国是一个被赋予悲剧色彩的崇高名称。诗人必须面对苦难和命运的挑战,承受生活和心灵的双重痛苦,必须有所担当,有所牺牲。"①

吴承学对中国古代诗人集体认同的精当分析涉及中国古代诗歌和古代诗人的宝贵传统:"追慕崇高""承载苦难""有所担当,有所牺牲"以及被赋予或自我赋予悲剧色彩。

宋代之后,多有从不同角度对"穷而后工""诗能穷人"的质疑和反思,而翁方纲之所以会挑战古代诗人选择性的集体认同,则是因为他不慕崇高,无关苦难,没有担当和牺牲,遑论悲剧色彩了。

翁方纲科考顺利,20岁即中进士,做过三省学政,又任职于翰林院和四库馆,置身于固化的官僚体制中。他谨慎、规矩、驯顺,

---

① 吴承学:《"诗能穷人"与"诗能达人"——中国古代对于诗人的集体认同》,《中国社会科学》2010年第4期。

很得意于乾隆帝夸他"学问甚好""学问尚优"(《翁氏家事略记》)。洪亮吉说翁方纲诗"少性情"①，而翁方纲本就不是性情中人。他不仅"少性情"而且少才华，得享85岁高龄的他20岁即开始存汰诗稿，最终《复初斋诗集》存诗多达70卷，另有《集外诗》24卷，但绝少佳作。他却是一位好诗主义者。如前所述，翁方纲论诗，并未提出独异的诗歌主张，也并未张扬某种诗歌风格。他悬出极高的诗艺标准，即取自杜诗的"肌理细腻骨肉匀"，而他又深知杜甫的功力和杜诗的境界高不可攀："今人不知杜公有多大喉咙，而以为我辈亦可如此，所以纷如乱丝也。"② 于是，翁方纲不厌其烦地向学诗者讲解诗艺，他的《石洲诗话》是写给学诗者的教材，辑其视学时与各地学子讲诗的笔记。丁福保汇编的《清诗话》收翁方纲文五篇，如《五言诗平仄举隅》《七言诗平仄举隅》等。编者眼光敏锐，看出翁方纲诗论的特点在于重视作诗的技艺和规矩。

正因为强调技艺，翁方纲不以风格评论诗之高下。他反对王渔洋的"神韵说"将诗风定为一格，认为"言之短长，声之高下，气之缓急舒敛，色泽之疏密浓淡，焉有执一格以定之者?"③ 王渔洋以个人偏好选编《唐贤三昧集》，不录李、杜。对此，翁方纲与欧阳修的"穷而后工"说相联系，申论道："若依渔洋之论杜，准以欧阳子之语，则必评杜曰，变而不失其正乎！夫见时势之艰，则以为诗之穷。见其叙述之苦，则以为诗之变，此恶可与言诗也哉！"翁方纲也不认同"正风""变风"的区分，说："人之为志，有不必繁言以含蓄为正者，亦有必以发抒详实为正者；所谓言定一端而已，达而已矣，各指其所之而已矣。"④

在翁方纲的诗论语言中，"工"绝不仅是对仗工稳、声韵协和，

---

① （清）洪亮吉：《北江诗话》，《续修四库全书》第1705册，上海古籍出版社1995年版，第7页。
② （清）翁方纲：《石洲诗话》，郭绍虞《清诗话续编》，上海古籍出版社1983年版，第1378页。
③ （清）翁方纲：《小石帆亭五言诗续钞》，商务印书馆1936年版，第17页。
④ 丁福保：《清诗话》，上海古籍出版社1978年版，第291页。

而是指向标准更高的艺术表现。他深知"肌理"说那"人与天之合"的至高境界极难达到，于是提出三项诗人须具备的才能："所以诗家，言才矣，曰才思，才力，才藻。思与力皆自己出，藻则资学矣。因时因地，温古宜今。"所谓"才思""才力""才藻"都是有弹性的说法，"才"从何来？翁方纲讲诗的对象大多是中才的学子，须应付科举考试中的试帖诗，因而他要求学诗者、作诗者努力经营："且先咬着牙忍性，不许用平下，不许直下，不许连下，此方可以入手。不然，则未有能成者也。"① 翁方纲诗论的"理"涉及的"肌理"、"义理"与"文理"，其"学人之诗""学问诗""考据诗"并非是实践"肌理说"的样本，重视的是诗艺，即诗人的艺术经营能力。

中国古代有"诗言志"说，有"诗缘情"说，也有过对于"言志""缘情"的区分与争论，而"志"与"情"的表达皆属诗人内心世界的外化，如《毛诗序》所言："诗者，志之所之也，在心为志，发言为诗，情动于中而形于言。"在中国古典诗歌的价值系统中，情志因与忧国悯民、感时叹苦、或狂或狷等相联系而占有重要位置，其中包含着吴承学所指认的"崇高""苦难""悲剧"等因素。

翁方纲一再说"最不服欧阳子'穷而后工'之语"，也不认同"达而后工"，即作者的穷达与诗艺二者之间不存在相互影响。而在他本人的仕宦生涯中，诗扮演了重要角色。翁方纲任职翰林院，每逢边境报捷、帝后生辰等事都要献诗，乾隆也经常出诗题面试群臣，数次给翁方纲评定较高等次，并"恩诏加一级"，但若作得不好，也会让他"奉旨罚俸"。② 他的诗作水准不高，但应试的反应能力较好，从未出现王渔洋那种"诗思本迟滞"、请张鹏翮代作皇帝试题的窘态③，说明平日钻研诗艺有了效果，也给他带来了切身的回报。这种"工而后达"的人生经历，与"穷而后工"背道而驰，使翁方纲的诗学观点背离了历代诗人向往崇高、担当苦难的集体认同，而变

---

① （清）法式善：《陶庐杂录》，中华书局1983年版，第31页。
② （清）翁方纲：《翁氏家事略记》，英和1836年版，第22页。
③ 昭梿：《啸亭杂录》，中华书局1980年版，第253页。

成以诗艺作为评价标准的好诗主义。由此，他不但质疑了"穷而后工"说，而且偏离了"知人论世"的观念，将诗歌文本与诗人本人的境遇相区隔。

四

中国古代"知人论世"的批评观与西方人相信"风格即人"是一致的，中国古代论文论诗注重与作者"本事"相联系，与西方传记式文学批评传统也是一致的。

20世纪之前，中国与西方都少有人质疑文学文本与作者本人的一致性。诗被视为时代的产物，又被视为诗人人格的外化。评论家们从作品中认识诗人，又从诗人的人生理解作品。如果发现了不一致的情况，他们也会想方设法尽力做出或合理或牵强的解释，使其仿佛一致起来。评论者相信：诗人具有什么样的品性所作的诗就会呈现什么样的格调。并且相信诗人身处乱世会写动乱，身处盛世会写太平；穷苦时以诗说穷苦，欢愉时以诗说欢愉。在阅读前人作品时，人们很难像后现代批评家那样设想"作者死了"——即使作者真的已经死去。

进入20世纪之后，西方理论家从不同角度冲击着作品与作者之间的一致性关系。艾略特提出"非个人化创作原则"，认为诗人应该逃避感情、放弃自我与个性；叶芝以"面具理论"说明诗人会戴上面具，充当第二个自我；荣格创"集体无意识"说与原型理论，把"掺杂个人因素"视为艺术领域内的一个缺陷。异军突起的"新批评派"强调文学批评的使命即是对作品文本的分析和评价，其前提是将作品文本视作独立存在的客体。兰色姆的《批评公司》一文，否定了感受性批评、文学背景与作者生平研究、道德批评等，力求将文学批评的重心转向作品本身。

兰色姆提出诗歌的结构/肌质（structure/texture）论，并做了深入的、多方位的阐发："在完成的诗歌中，韵律与意义的关系正是肌质与结构的关系。语音肌质具有很大的随意性，与结构也并不相关，却又历历可见，在不明所以的读者看来，它像莫名其妙新增来的一笔意外之财。"①"提升肌质就是要使肌质更加不着痕迹，更加圆熟，就是要打磨掉它部分的个性棱角，也就是说，使它与主旨结构更加珠联璧合。"② 显然，兰色姆对"肌质"的界定与翁方纲对"肌理"的理解有相似之处。

钱锺书于1937年发表《中国固有的文学批评的一个特点》，他所指认的特点是术语的拟人化。钱锺书十分赞赏翁方纲诗论的关键词"肌理"，说：

> 翁方纲精思卓识，正式拈出"肌理"，为我们的文评，更添上一个新颖的生命化名词。古人只知道文章有皮肤，翁方纲偏体验出皮肤上还有文章。现代英国女诗人薛德蕙女士（Edith Sitwell）明白诗文在色泽章节以外，还有它的触觉方面，唤作"texture"，自负为空前的大发现，从我们看来"texture"在意义上，字面上都相当于翁方纲所谓肌理。③

钱锺书指出翁方纲发现"肌理"早在以前卫、古怪著称的英国女诗人薛德蕙（今译伊迪比·希特维尔）之前一百多年，当然，也比英国诗人、批评家罗伯特·格雷夫斯和兰色姆早了一百多年。尽管翁方纲的"肌理"与西方批评家所说肌质（texture）所指有所不同，而其本意皆为将诗歌文本视为自足的存在。

区隔了诗歌文本与作者本人境遇的关系，翁方纲认为语言具有自我生长的能力。他在《有美堂后记》中举出从语言到语言的文本生长可能性："昔欧阳子为梅公仪作记，以游览之盛归美于斯堂，愚窃非之。梅公取畅诗'地有湖山美'之句以名其堂，而欧阳正切杭

---

① ［美］兰色姆：《新批评》，王腊宝、张哲译，江苏教育出版社2006年版，第148页。
② ［美］兰色姆：《新批评》，王腊宝、张哲译，江苏教育出版社2006年版，第224页。
③ 钱锺书：《中国固有的文学批评的一个特点》，《文学杂志》1937年第4期。

湖言之。"欧阳修应杭州知府梅挚之请作《有美堂记》，"有美堂"的命名本出自宋仁宗《赐梅挚守杭州》第一句"地有吴山美"，与此堂周围的景物环境无关。欧阳修从位于吴山的有美堂写起，描述"宽闲之野，寂寞之乡"，又写到罗浮、天台、衡岳等远处的风景，被姚鼐评为"势随意变，风韵溢于行间，诵之锵然"。但翁方纲则认为欧阳修作此文，本可以就"有美"一词发挥，不必被真实世界中的景物束缚。由于不能实现词语的生长和增殖，欧阳修才会越写越远，从杭州吴山写到了"洞庭之广，三峡之险"。那么，能不能如翁方纲期待的，仅从堂名"有美"生发出去，在一个自足自洽的语言系统里为这个堂撰文作记呢？翁方纲在评点杜甫《江上值水如海势聊短述》时，肯定全诗只有第五六句写到水，其余都是自叙或议论的写法："是乃不写之写也，是乃无字句之跋浪掣鲸也。其实正面只得五六句，质实无文。以此为短述，胜于千百句之奇恣矣。其味之深长为何如哉！"并引述诗坛前辈钱载的评语："俗子乃写水，不知此非另一手也。"① 杜甫观看江景，"水如海势"，却用一首七律的主要篇幅直抒胸臆、故意避开眼前实景。即使写到水的"新添水槛供垂钓，故著浮槎替入舟"也主要为了引出"水槛""浮槎"两个意象，借此想象自己的人生归宿。这样的诗作，区隔了诗人与真实情境的关系，依仗词语的增殖，从语言到语言，成为翁方纲推崇的体现"肌理"的好诗。如果联系到翁方纲本人的"事境"说又强调诗与真实情境的镜像关系，我们能确认翁方纲诗学的复杂性，其中包含矛盾的、相悖的内容。

　　翁方纲竭力从文本细读中发现作品的"肌理"。他读王渔洋诗，斤斤计较字句之间肌理的粗疏之处，如评《二月五日淮阴作》"淮南风物剧骎骎"句："每遇'剧'字'镇'字皆随手为之，此等字意须细讲。"评《双剑行吏部侍郎孙公席上作》："下既云'吾悲

---

①（清）翁方纲：《杜诗附记》，《续修四库全书》第1704册，上海古籍出版社1995年版，第373—375页。

焉',则前句亦不应云'悲来也'。"甚至认为《海门歌》"我愿此山障江海"一句"此等字皆随手不关肌理"①。他品评杜甫诗更是通过细读寻找潜藏于诗句中的"笋缝""线迹"(《杜诗附记自序》),尤为重视诗句之间的相互依存关系,发掘杜诗章法的蓄势待发、虚实相间:"往往语南而意北,似实而似虚,自古文人秘妙藏皆是如此。"②例如,他在《与梁芷林说"雪重拂庐乾"句》中分析杜甫《送杨六判官使西蕃》,认为"'雪重'二字即篇内'氛祲满'、'遥怀怒'、'前程急'、'兵甲'、'垂泪'诸句也。'拂庐乾'即篇内'和亲愿结欢'、'惟良待时宽'、'今日起为官'、'从兹正羽翰'、'九万一朝抟'诸句也。言氛祲虽盛,而判官此行则皆消弭无事也"③。一句关于雪天帐篷的景物描写,翁方纲并不只作景语解,而是读出背后蕴含着的微妙复义。这样的解诗法,确与西方关注语言的"新批评"派有些相似。

翁方纲区隔了文本与作者本人,关注文本的形式研究和诗艺技巧,并且提供了文本细读的具体方法。从这个角度看,以"一个新颖的生命化名词"命名的"肌理说"在中国古代诗论中具有不可替代的独特性。

[原载于《西南民族大学学报》(人文社会科学版)2020年第12期]

---

① (清)翁方纲:《复初斋王渔洋诗评》,《烟画东堂小品》,江阴缪氏1920年版,第2—8页。
② (清)翁方纲:《复初斋文集》,台北:文海出版社1974年版,第99页。
③ (清)翁方纲:《杜诗附记》,《续修四库全书》第1704册,上海古籍出版社1995年版,第283—284页。